南科人文学术系列 · 第三辑　主编/吴岩

科幻创作的未来版图

The Future Map of Science Fiction Creation

刘　洋　主编

重庆大学出版社

图书在版编目（CIP）数据

科幻创作的未来版图 / 刘洋主编. -- 重庆：重庆
大学出版社，2023.6
（南科人文学术系列. 第三辑）
ISBN 978-7-5689-3719-1

Ⅰ. ①科… Ⅱ. ①刘… Ⅲ. ①幻想小说—小说创作—
创作方法—中国 Ⅳ. ①I207.42

中国国家版本馆CIP数据核字（2023）第073685号

科幻创作的未来版图
KEHUAN CHUANGZUO DE WEILAI BANTU

刘 洋 主编

策划编辑：张慧梓

责任编辑：傅珏铭　　版式设计：张慧梓
责任校对：关德强　　责任印制：张 策

*

重庆大学出版社出版发行
出版人：饶帮华
社址：重庆市沙坪坝区大学城西路21号
邮编：401331
电话：（023）88617190　88617185（中小学）
传真：（023）88617186　88617166
网址：http://www.cqup.com.cn
邮箱：fxk@cqup.com.cn（营销中心）
全国新华书店经销
重庆市正前方彩色印刷有限公司印刷

*

开本：720mm×1020mm　1/16　印张：17　字数：283千
2023年6月第1版　2023年6月第1次印刷
ISBN 978-7-5689-3719-1　定价：68.00元

南科人文学术系列再序

陈跃红

关于这套学术书系出版的缘起，在第一辑出版时的总序里我已经做了详细的说明，这里不再赘述。2017 年，我和人文中心的几位同仁决定编写出版这套南科人文学术书系，第一辑 4 本：《"关键词"：当代建筑学的地图》（唐克扬著）、《中国科幻文论精选》（吴岩、姜振宇主编）、《解码深圳：粤港澳大湾区青年创新文化研究》（马中红主编）、《20 世纪中国科幻小说史》（吴岩主编），已经由北京大学出版社于 2021 年全部出齐，学界与社会反响都颇佳，许多媒体也都做了报道，我也感到十分欣慰。在总序中我已经说了，"既然已经启程出发，开弓没有回头箭，就让我们一直走下去吧！"于是，我们便多次商量继续编著第二辑（科学历史、伦理、传播、科幻主题）和第三辑（中国科幻发展与产业化趋势主题）。前者由田松教授担任执行主编，后者自然还是得由吴岩教授继续担任执行主编。经过他们二位两年来在繁忙的教学科研过程中认真、严谨和不懈的努力，第二辑 5 本，第三辑 3 本，共 8 本 200 余万字的书稿又摆在了案头。搓搓手，抚摸厚重的书稿，真是太有成就感啦！当然，这可不是我的功劳，毫无疑问，完全都是两位执行主编和著者编者群体的劳动成果。想一想，当 12 本著述都能出齐，再加上"南科人文通识教育系列"的陆续出版，加在一起至少20本，也算得上是蔚为壮观了吧！在这样一所新生的理工科大学，有如此厚重的人文学术著述成果奉献于学界和社会，应该值得自豪，也算得是另外一种深圳速度了吧！

7年前，当我们策划这套书系的时候，南方科技大学还常常被社会和媒体误解为是一所深圳为解决就业而创办的民办职业大学，而7年后的今天，这所创办才12年的大学已经成为中国创新性研究型大学的领头羊，成为深圳第一所也是中国最年轻的双一流大学，在中国和世界大学群体中脱颖而出。它在"2023泰晤士高等教育世界大学排名"中位列第165位、中国内地高校第8位，"2022亚洲大学排名"第19位；"2022泰晤士年轻大学排名"全球第13位、中国内地高校第1位。学校的双一流战略目标是在2035年成为在世界上有重要影响力的研究型大学。作为这所大学具有科技人文特色的人文学院，短短7年也已经从寥寥十数人发展为拥有6个系级中心（人文科学中心、社会科学中心、高等教育研究中心、艺术中心，语言中心、未来教育中心）和3个挂靠校级研究院（联合国教科文组织深圳教育创新中心、全球城市文明典范研究院、南科大廉洁治理研究院），有20多位知名教授和100多位教职员工，具有科技文科特色的新型人文学院。当此时，南科人文学术系列第1—3辑和南科人文通识教育系列书系的陆续出版，无疑是在为南科大特色文科的发展重重地添砖加瓦，能够参与这一注定将有世界重要影响的新型大学的文科建设，其成就感不言而喻！

这两个系列著述依旧遵循编著这套书系的初心，即只出版"具有新型文科专业方向和跨界研究性质的，具有学科前沿特征的学术著述"。第二辑共5本，分别是：《科学史研究方法》

（陈久金著）、《科学的正道——科学伦理名家讲演录》（田松编）、《中国科幻论文 50 年精选》（吴岩、姜振宇编）、《不尽长江滚滚来——中国科学传播人文学派 20 年经典文献》（田松编）、《后人类生态视野下的科幻电影》（黄鸣奋著）。第三辑共 3 本，分别是：《科幻理论的未来版图》（吴岩主编）、《科幻创作的未来版图》（刘洋主编）、《科幻产业的未来版图》（张峰主编）。你只要稍加过眼，便能够捕捉到这些著述的科技人文和学科融合的前沿特色。对读者而言，一轮阅过，你将在不知不觉中就站到了该领域的知识前沿。至于具体各本著述的内容特色，田松和吴岩两位主编在他们撰写的出版序言中自会详加介绍，我这里就不必狗尾续貂了。我自己已经决意要认真阅读学习其中我最喜欢的几本，有机会再叙说自己的学习体会吧。

当我动手写此篇再序的时候，正是南科大寒假开始的第一天，壬寅虎年即将过去，癸卯兔年正在走来。回望前瞻，世界风云波诡，神州春蕾待发，无论如何，对这颗星球、这个世界、对这片孕育生养中华民族的土地，对人文学科的未来前景，我们始终保有信心！因此，当此书系第二、第三辑出版之际，我和我的同事们，将继续谋划第四辑、第五辑……的著述和出版。

是为再序。

2023 年元月 15 日

南科人文学术系列第三辑序言

吴　岩

　　2017 年秋天我到南方科技大学任职，在人文科学中心陈跃红主任的领导下组建了科学与人类想象力研究中心。中心的第一个任务，就是承接高水平理工大学建设人文专项"世界科幻革新背景下的中国科幻发展与产业化趋势"研究。在这个项目的引导下，我们聚集全国科幻研究的力量，先后召开了"追寻想象力的本源——2018 人类想象力研究年会""重新定义文化——二次元与娱乐互联网""科技时代的中国文学状况与科幻文学变革""从科学前沿到科幻前沿""中国当代新古典主义科幻暨刘洋《火星孤儿》创作""人类现代文明的历史经验与未来梦想"等重要会议，并参加了国内外的一系列科幻研讨。我们的目标是对国际科幻发展的前沿状况有所了解，对国内创作、产业、理论研究的状况也尽量到位。

　　几年下来，在这个领域中我们逐渐积累起了一系列有价值的成果，并对未来的发展作出了我们自己的判断。除了跟中国科幻研究中心共同发布《年度科幻产业报告》之外，大家拿到手中的这套"南科人文学术系列（第三辑）"，就是我们这个课题研究的最终成果。

　　这一辑丛书一共三本，分别探讨科幻创作、科幻理论研究和科幻产业发展的未来趋势。

在《科幻创作的未来版图》一书中，主编刘洋认真分析了这几年对创作发展的研讨成果，他结合我们邀请的作家撰写的文章提出，当代世界的科幻创作存在着四个重要趋势，分别是：类型之间相互交织频繁，边界显得越来越模糊；在西方创造的科幻小说类型模式之外，各民族的本土叙事意识和能力在不断加强，科幻正在真正成为世界性的文学；科幻小说从边缘走向主流的通路已经被铺设；以及科幻正在从文学走向其他产业形式。刘洋指出："总体来看，当代科幻创作呈现出越来越多样化的趋势，包括故事题材的多样化、作者群体的多样化、叙事方式的多样化以及传播媒介的多样化。在这一多样化发展的浪潮中，不断创造和呈现出新的惊奇感——这是科幻这一文类本身最核心的魅力所在，是所有科幻创作者们共同的使命。"这一看法无论对科幻的从业者还是爱好者，都是值得认真思考的。

《科幻理论的未来版图》分册的主编是我自己。这一分册的撰稿人分布较广，有学者、科幻作家、文化管理者和从业者。我通过阅读和跟他们的讨论，在序言中一改过去对科幻形象死亡的看法，指出当前科幻发展正在走入一个小的繁荣期。这个繁荣期起源于人们对未知和未来动荡的焦虑，且受到当前科技和时代变革的影响。在这样的时代，我通过对文集中文章的综合分析，指出未来科幻理论发展可能围绕如下三个方面。首先是通过哲学思考，拓展对科幻本质的认识。在跨越认知、思想边界探索、思想实验等方面，科幻文学和相关艺术具有自己独特的优势。这些优势还没有被广泛开发出来。其次是当前科技变化对科幻的影响，会导致科幻理论形成一个跟学科重叠的重要方向。这个方向不但朝向科技发展，也朝向伦理和消费与社会文化的发展。最后是在研究方法方面，科幻理论的研究可能更多结合当代信息科技、人工智能科技，并且逐渐从博物学走向演化学。对所有这些方面的研究，我觉得都必须围绕中国科幻本身的问题来进行。在中国的世界地位逐渐改变、中国文学的世界影响力逐渐发展的状态下，科幻文学的中国性和世界性方面的相关研究可能会形成一个热点。

在《科幻产业的未来版图》一书中，主编张峰（笔名三丰）博士先是梳理了科幻产业这一概念的生成，认为科幻产业的核心部分是一个以科幻创意为内核的文化创意产业的子集，即"科幻文化产业"，而它的延伸部分是与旅游、教育、制造业、城市建设、科技创新等产业融合形成的"科幻＋"新业态，称为"科幻相关产业"。科幻文化产业和科幻相关产业共同构成了科幻产业体系结构。随后，他回顾了中国科幻产业发展的历史，并分析了近年来人们对科幻产业的讨论以及我们征集到的重要文章的观点。张峰认为，狭义的科幻产业，至少包括科幻内容创作、科幻休闲娱乐服务、科幻生产服务、科幻生产装备制造、科幻消费终端制造五个部分。此外，科幻可以分别跟旅游、教育、制造行业、城市建设、科技创新相互叠加，形成"科幻＋"形式的产业拓展。文集中的文章来源于各个产业方面的从业者以及这一领域的研究者，他们多数是在这样的划分方法之下针对某个独特方向进行了未来发展的分析。这些思索和分析常常配合着作者的数据统计或职业亲历，具有很强的说服力。

我们认为，科幻是具有广泛跨界性的文学艺术甚至产业类型，这种存在本身具有无限的广延性，也受到多重因素影响，可能产生多种不同的走向。我们提供的文章大多数只是一些灵感或持续关注后得到的思考结果，方向和深度差异很大。如果这样的文集会对中国科幻文学、文化和产业的发展具有一定的促进作用，我们就已经非常高兴。

本文集是在南方科技大学人文科学中心领导和同事们的帮助下完成的。中心主任陈跃红教授鼓励我接受了这个课题，并在各个时段给我许多指导。他也欣然同意我们将这套著作放入南科人文学术系列。

科学与人类想象力研究中心的刘洋、张峰在得到主编任务的时候，都欣然接受，没有任何怨言。他们用自己的努力和学术信誉，征集到了许多重要作家和学术工作者的参与。

人文科学中心的管理人员参加了项目的各个时期的管理。冯爱琴老师参加了图书项目的前期谈判。重庆大学出版社的张慧梓老师自始至终对我们的项目给予绝对的支持，并参与文稿的编辑。在此项目结题的时刻感谢大家。

在本书编辑之际，《流浪地球2》走红影院，获得了超过40亿票房。国家电影局和中国科学技术协会组织我们到安徽物质科学研究院调研中宣部电影局"科幻十条"对科幻电影发展的影响。我们相信，在未来的几年，中国的科幻事业会像本书中预测的那样，在多个方向走出自己的全新道路。

第三章

中国科幻创作的产业版图　/ 195

附录 1

附录 2

引 论

当代科幻创作的四大趋势

刘 洋

　　科幻小说兴起于欧洲，最初大多是一些带有科学元素的冒险故事或讽刺文学。大约在17世纪，一些作家开始把科学方法引入到推测性小说中，从而产生了早期的科幻小说，其形式主要有幻想游记、科学浪漫故事等。20世纪上半叶，得益于一系列通俗科幻杂志的出版，科幻小说在美国得到了广泛的传播，迎来了所谓的"黄金时代"。在晚清之时，这一文类作为救亡图存的工具被译介到我国，并很快就出现了大量原创性的作品。21世纪以来，随着以互联网为核心的新一代科技革命的演进，社会和生活变革的步伐加速，这对科幻创作带来了正反两方面的影响。一方面，很多传统的科幻题材失去了吸引力，在现实中层出不穷的新鲜科技的映衬下，这些科幻主题变得不再有惊奇感，有的甚至已然成为了现实；但另一方面，科学技术的快速发展也拓宽了科幻创作的主题领地，成为了更多新鲜设定的创意来源。与此同时，在新的社会和生活形态下，人们也需要更贴近其心理需求和现代理念的科幻作品。

　　本书旨在通过对不同国家、地区和产业的科幻创作情况进行一次系统的梳理，重点关注它们在近些年的发展趋势，以期对其未来的走向找到一定的脉络。纵观全书，我们可以发现，当代科幻作品在创作上，呈现出四个典型的趋势。

一、类型交织

在美国科幻黄金时代之后，通过雨果·根斯巴克和约翰·坎贝尔等对杂志所刊登文本的界定，科幻逐渐成为了一个独立的文类，出现了惯用的主题和故事模式。其后，随着新浪潮运动的兴起，传统的叙事模式受到了挑战。进入新世纪以后，越来越多的科幻作家开始跳出这一文类的传统边界，创作出了众多与其他文类相交织的优秀作品。同时，其他类型作家也开始在自己的作品中引入科幻元素，打破了不同文类间的壁垒。

兴起于欧美的"新怪谈"小说是一个典型的例子。它经常将超自然元素引入到作品中，模糊了科幻与奇幻的边界，并且融入了哥特、推理、犯罪、冒险等多种元素，具有奇特的魅力。亚当·罗伯茨在《科幻小说史》里说这是"一种建立在对洛夫克拉夫特、马维恩·匹克和（特别是）M.约翰·哈里森喜爱基础上的黑暗而坑坑洼洼的审美"[1]。其代表作品包括柴纳·米耶维的"巴斯—拉格"三部曲（《帕迪多街车站》《地疤》《钢铁议会》）、杰夫·范德米尔的《遗落的南境》三部曲（《湮灭》《当权者》《接纳》）等。在《遗落的南镜》里，来历不明的X区、巨大的未知生物、神秘的灯塔，无不营造出一种诡异而恐怖的气氛，悬疑感十足。在叙事上则呈现出一种支离破碎的状态，加入了大量心理描写，细致地展示着幽异环境与人类之间的交互影响。

事实上，从20世纪中叶开始，便有很多作品以"科学奇幻"的名义发表。这类作品虽然包含了魔法等明显违反科学的元素，但仍然追求世界设定在逻辑上的自洽，因此往往会对这些元素给出一个形式上"科学"的解释。近年来，科学奇幻类作品的代表包括查莉·简·安德斯的《群鸟飞舞的世界末日》、N.K.杰米辛的"破碎的星球"三部曲（《第五季》《方尖碑之门》《巨石苍穹》）等。在俄罗斯，人们对超自然力量的迷恋使得神秘元素大量融入文学作品中，形成了独具特色的斯拉夫奇幻小说。而在印度，阿米塔夫·高希的《加尔各答染色体》把科幻与恐怖和魔幻现实主义融为一体，凡达纳·辛格《爱与怪物和其他怪物》《距离》等作品则在科幻与神话和童话间搭起了一座桥梁。

---

[1]　亚当·罗伯茨：《科幻小说史》，北京：北京大学出版社，2010年，第343页。

在推理小说极为发达的日本，则出现了不少将推理小说和科幻小说融合在一起的作品。其中一类是在作品中引入异常的世界设定，将犯罪推理与设定融合在一起，在远离日常规则的异类环境中破解悬疑，形成了所谓的"科幻推理"流派。例如西泽保彦的《死了七次的男人》，作者设定这个世界上的每一天其实都会重复九次，也就是"九个循环"，而只有主人公能够觉察到这一点，并在不同循环中做出不同的行为，造成不同的结局。这一设定极具科幻色彩，而类似的设定其后也多次出现在其他的科幻作品里。西泽保彦是科幻推理流派的代表性作家，其此类代表作还有《完美无缺的名侦探》《人格转移杀人事件》等。第二类是在推理小说中引入科幻作品里常见的主题元素，如今村昌弘的《尸人庄谜案》中出现了丧尸，并且和凶手的杀人手法很好地结合了起来。其实，阿西莫夫的《钢穴》和《裸阳》也可视为本类作品，它们本质上就是包含了机器人元素的侦探小说。第三类是在推理小说中引入某种前沿科技，围绕它来构造故事和悬疑。这类作品贴近现实，也可以看作近未来的科幻小说。东野圭吾的不少作品就是这一类型，如写大脑移植的《变身》，写克隆人的《分身》，引入了近未来 DNA 技术的《白金数据》等。欧美也有不少此类作品，比如马克·阿尔珀特的《终极理论》，假想爱因斯坦已经完成了大一统理论，由此引发了各方激烈的争夺；又比如丹·布朗的《魔鬼与天使》，引入了反物质这一科学元素，并且讨论了科学与宗教间的关系问题。

在中国，科幻小说也常常和武侠、历史、推理小说等结合在一起。倪匡创作的"卫斯理系列"小说是武侠科幻完美结合的典范，在华语世界中影响甚大。黄易的《星际浪子》、郑军的《人形武器》、陈怅的《量子江湖》也都可以视为此类作品。钱莉芳的《天意》和《天命》、潘海天的《偃师传说》、刘洋的《木人张》等则对历史记载进行了科幻化的诠释。宝树和阿缺合写的《七国银河》更是将历史小说的写法搬到了太空的背景里，构建了一个古色古香的银河帝国。而在科幻小说里引入侦探推理等元素的作品则更为常见，近年来的作品有赤膊书生的《冥王星密室杀人事件》、刘洋的《开往月亮的列车》等。特别值得一提的是付强，他的《时间深渊》《孤独者的游戏》《摘星》都是典型的推理科幻作品。梁清散的《新新日报馆：机械崛起》和《新新新日报馆：魔都暗影》则融合了历史、科幻、推理小说的三重魅力，描写了一个前所未见的晚清蒸汽朋克上海。

　　科幻作家或是其他类型的作家们，越来越热衷于在科幻和其他类型元素之间进行交织，一个重要的原因是喜欢阅读传统科幻题材作品的读者正在显著减少，在欧美或中国都是如此。类型的交织为科幻作品注入了新的活力，有助于扩大这一文类的读者数量和影响力。然而，在文类交织的情况下，如何维持科幻本身的特质，是所有科幻作家都应该思考的一个问题。

二、本土叙事

　　在很长一段时间内，科幻小说的主题都和现实世界没什么关系。不管是在遥远宇宙的猎奇还是去往时间彼端的探险，不管是与可怕的怪兽或外星人战斗还是在银河帝国的衰亡中力挽狂澜，这些故事在时间和空间的跨度上都远远超越了现实世界的范围。在这些作品里，故事发生的国度或地点只是一个并不重要的背景，通常只是作为可有可无的点缀，甚至在架空的银河帝国里被虚化了。当然，这些架空的帝国及其发展史可能是某些真实历史的影子，而且通常具有较强的西方中心主义的特点，但它们通常并不对此持有严肃和批判的态度。20 世纪中叶，在太空歌剧盛行之时，这一趋势尤为明显。但 20 世纪 70 年代以后，新浪潮运动让这一情况发生了很大的改变。科幻作家们越来越多地将目光投射到身边的现实之中，这让他们的作品具有了强烈的现实主义和本土叙事的特征。

　　英国的科幻作家们越来越追求"英国性"和"地方感"。苏格兰作家蒂姆·阿姆斯特朗在《波光粼粼的黑海》中重新审视了苏格兰高地文化与苏格兰盖尔语在英国文化中的地位，这篇小说本身也是用盖尔语书写的。伊恩·麦克唐纳的作品则根植于北爱尔兰的文化和政治立场，展现出了不同于西方传统的社会图景。

　　在美国，人们则对种族问题倾注了更多的关注。今年获得雨果奖或星云奖提名的作品里，N.K.杰米辛的《我们成为的城市》、P.贾里·克拉克的奇幻小说《绕圈呼喊》以及托奇·奥尼布奇的《暴乱宝贝》，都不同程度地反映了因种族问题所带来的社会不公。

在日本，最有名的老牌科幻杂志《SF 杂志》中的 SF 其实是 "Science Fiction & Fact" 的简称，以强调其刊登的作品应该立足于现实。日本科幻作家草野原原在创作时常常将宅文化的元素融入作品中，例如在《暗黑声优》中，声优成为了推动社会发展的不可或缺的力量。柴田胜家则在其作品《云南省ス一族における VR 技术の使用例》（云南凤族在 VR 技术的使用案例）中构建了一个生活在虚拟 VR 世界中的民族——凤族，并以田野调查员的口吻，对凤族人的日常、婚恋、葬礼和世界观都进行了细致的描绘，带有强烈的民俗色彩。

而在伊拉克，其近年来的一部具有代表性的科幻作品是 2016 年出版的短篇合集《伊拉克100+》。这本书收录了 10 部短篇科幻小说，作者都来自伊拉克。书里的故事都发生在 2103 年，即美军入侵伊拉克后的 100 年。这些作品风格各异，但都围绕着伊拉克的巴格达、巴士拉、摩苏尔、纳杰夫和苏莱曼尼亚等真实城市在未来发生的事件而展开想象。

在中国，如何创作出更具有中国味的科幻作品，正越来越多地被讨论。科幻作家陈楸帆认为，科幻是当今最大的现实主义。他创作的长篇小说《荒潮》是一部以潮汕地区某个偏僻半岛为故事背景的赛博朋克作品，其中融入了潮汕美食、宗族祠堂等诸多地方性元素。一些科幻作家试图围绕特定的城市展开故事，从凌晨的《潜入贵阳》、刘慈欣的《太原之恋》，到近年来的《重庆迷城》《济南的风筝》《成都往事》等，在读者熟悉的城市背景中展示陌生化的美感。另一些科幻作家则试图从历史或神话中挖掘文化的传统，从晶静的《女娲恋》，到拉拉的《春日泽·云梦山·仲昆》，乃至最近江波的《魂归丹寨》等，都是如此。但我觉得，要创作出具有中国特质的科幻小说，最重要的还是要在作品中注入对本土现实议题的思索。例如，李维北的《莱布尼兹的箱子》关注了人工智能时代下快递员的困境，陈楸帆的《剧本人生》讨论了偶像经济的问题，吴楚的《幸福的尤刚》将乡土中国和近来颇受关注的基因编辑事件结合了起来，刘洋的《火星孤儿》则将故事建构在了"高考"这一广受关注的社会议题上。在港台地区的科幻作品中，对本土议题的书写也日益凸显。例如，香港作家吟光的系列小说"港漂记忆拼图"，从在港求学的内地学生的视角描述了文化碰撞之下的心灵境况。台湾作家伊格言在《零地点》中书写了台湾核电厂爆炸的原因及其后续灾难。吴明益的《复眼人》则体现了对岛屿生态的关注。

与太空歌剧对空间和时间的远景想象不同，基于现实和本土议题的科幻创作，无法在世界观的设定上生发太多的惊奇感，而是从近未来的技术与社会问题出发，讨论人的生存价值及其在科技浪潮中的异化。相对于外星入侵、宇宙探险或时间旅行等传统的科幻主题，这些作品在娱乐性上或许稍逊一筹，但无疑具有更强的现实意义和文学价值。

三、融入主流

在科幻小说发展的漫长历史中，其绝大部分时间都处于主流文学界的视野之外。在中国同样如此，科幻小说长期被认为只是为青少年进行科普教育的稚嫩文类，或者被歪曲为怪力乱神的伪科学。但近些年来，情况发生了显著的变化。科幻小说与严肃的主流文学之间那道鸿沟逐渐变得模糊，很多科幻小说发表在传统的主流文学杂志上，一些主流文学作家也开始在自己的作品里加入科幻元素，文学界对科幻作品的讨论也日益频繁。

在欧美，新浪潮运动让科幻摆脱了通俗文学的刻板标签，融入了严肃文学。许多主流文学的奖项开始颁发给科幻作品，文学理论界也对这一文类产生了兴趣。随着《外延》《基石》《科幻研究》等专注于科幻与奇幻文学研究的学术期刊的创立，阿尔文·托夫勒的《未来的冲击》、罗伯特·斯科尔斯的《结构虚构：未来的小说》、达科·苏恩文的《科幻小说变形记》等众多科幻研究理论著作的出版，文学界逐渐克服了传统的偏见，将对科幻小说的学术研究带到了文学理论界的主流视野之中，同时，这也推动了科幻类课程在高校中的普及。1953 年，山姆·莫斯科维茨在纽约城市学院开设了一门科幻课程，这大概是最早出现在高校中的科幻课程。[1]该课程大致持续到了 1957 年。在其后，科幻类课程开始在美国的高校中涌现出来，芝加哥大学、普林斯顿大学、贝洛伊特学院都紧接着开设了科幻课程。

某种程度上，中国目前正经历着这样的过程。近年来，《人民文学》《天涯》《花城》《上海文学》《青年文学》《西部》《香港文学》等诸多主流文学杂

---

[1] Sam Moskowitz, "The First College-Level Course in Science Fiction," *Science Fiction Studies*, vol. 23, no. 3, 1996, pp. 411-422.

志多次推出科幻文学专辑。一些重要的文学出版社也开始出版科幻类书籍。人民文学出版社与八光分文化合作出版了《银河边缘》系列杂志书，作家出版社则推出了《青·科幻》丛书，集中展示了张冉、江波、陈楸帆、宝树、飞氘、夏笳、阿缺、双翅目、王侃瑜、刘洋、汪彦中等近年来较为活跃的青年作家的科幻作品。以《20世纪中国科幻小说史》为代表的诸多学术研究著作相继出版，多所高校成立了科幻文学或科幻产业的研究中心。多达三十几所高校开设了科幻类课程，其中既包括了文学鉴赏类课程，如四川大学的"西方科幻文学赏析"、北京师范大学的"科幻电影欣赏"等，也包括创作类课程，如南方科技大学的"科幻创作"和清华大学的"科幻文学创作"。2016年，刘慈欣的短篇科幻小说《带上她的眼睛》进入中学语文教材，高考语文的阅读材料和作文题目也日益频繁地和科幻联系起来。这些都说明科幻文学在中国正逐渐走进主流文学和大众的视野。

科幻与主流的融合，一方面显示了当前主流文学界对科幻的态度更为包容，另一方面也显示了传统小说在这个科技爆炸和社会剧变的时代里急需寻找新的话语，建构新的美学。正因如此，许多纯文学作家都主动尝试创作了一些科幻作品，或者将科幻元素引入到作品中。近年来，这样的作品包括毕淑敏的《花冠病毒》、王威廉的《野未来》、庞贝的《独角兽》、董启章的《爱妻》和《后人间喜剧》、骆以军的《明朝》、吴明益的《苦雨之地》、伊格言的《零度分离》等。

四、走向产业

如果我们把科幻创作局限于科幻小说的创作，那将是极为狭隘的，因为当今世界早已从文字时代转为多媒体时代，科幻产业也早已转型，即从以科幻小说为主要媒介，转向以影视和游戏为主要媒介。

美国是当今科幻影视创作的领头羊。从20世纪50年代以来，无论是在数量、质量，还是在资金、技术等方面，它都具有非常明显的优势。欧洲也有很多经典的科幻影视作品，如近年来的《机械姬》《黑镜》等，在叙事结构和人文深度上，都达到了非常高的水平。相比之下，中国的科幻影视创作仍处于起步阶段。《流浪地球》导演郭帆曾坦言，中国科幻电影在制作上与好莱坞仍有

25 年到 30 年的差距，在特效制作方面也有 10 年左右的差距。但技术上的差距仍不是最主要的，目前中国科幻影视产业最缺乏的，是具有科幻视野的影视从业人员，包括编剧、导演、制片人等。这些问题的解决并无捷径，只有在一部又一部影视作品的拍摄过程中，逐渐完成技术升级和人才积累。在《流浪地球》以近 47 亿元的票房引爆市场之后，近三年来，还没有一部新的科幻电影达到或接近这一水平，仅有《被光抓走的人》《缉魂》等少数几部科幻电影拿到 1 亿元左右的票房。虽然有大批网络电影打着科幻的旗号上线，但总体水平不高。反倒是在动漫领域，出现了《灵笼》《我的三体》等口碑较好的作品。不过，2022 年即将上映的几部院线科幻电影倒是值得期待，《流浪地球 2》《独行月球》都是年度票房冠军的有力争夺者，《宇宙探索编辑部》《明日战记》《749 局》也有望成为票房黑马。在科幻剧集方面，今年很可能上映多部重量级的硬科幻作品，包括在腾讯视频播出的《三体》，以及在芒果 TV 和湖南卫视台网联播的《火星孤儿》。（本文创作于 2021 年，收录本书时未做相关时间线修改）

相比于中国科幻影视的波动式发展，中国的科幻游戏产业则成长迅速。根据南方科技大学科学与人类想象力研究中心发布的《2021 中国科幻产业报告》，2020 年中国科幻游戏产业产值 480 亿元，同比增长 11.6%；而仅在 2021 年上半年，科幻游戏产业产值便接近 300 亿元，同比增长 25%。虽然发展迅速，但当前国内流行的科幻游戏仍然有类型较为单一、过度逐利等问题。相比大型游戏公司，一些独立的游戏工作室，如柚子猫、游戏科学、铃空游戏等，反而开发出了极为优秀的主机游戏，如《戴森球计划》《黑神话：悟空》《昭和米国物语》，取得了不错的反响。相比小说或影视作品只能单向传递信息的局限，游戏最大的特点便是具有较强的互动性及自由性，这一点在呈现科幻的视觉奇观和进行世界观展示时具有极强的优势。但这也成为了科幻游戏制作的最大难点，即如何建构一个包罗万象、场景丰富而又逻辑自洽的虚拟世界。因此，近年来国内多个游戏公司都聘请了科幻作家以"世界建构师""剧情策划"等身份介入了游戏的开发过程，如科幻作家分形橙子、谭刚、肖也辵等现在都在一线游戏公司任职。

此外，还有一些其他的新型媒介正在不断涌现，比如短视频、剧本杀和互动小说等。在这些新的媒介中，科幻题材的作品目前还算不上主流，但也不乏佳作，后续发展值得期待。

从科幻小说到有声书、漫画、动漫、剧本杀、剧集、影视、游戏乃至主题公园，这条产业链虽然还没有完全成型，但正在迅速发展之中。由于具有丰富的小说文本，中国科幻产业应该学习如何从IP改编出发，迅速开发出一系列合格的下游产品的方法。在这一基础上，培养和储备科幻产业人才，最终具备创作出优秀的原创产品的能力。

总体来看，当代科幻创作呈现出越来越多样化的趋势，包括故事题材的多样化、作者群体的多样化、叙事方式的多样化以及传播媒介的多样化。在这一多样化发展的浪潮中，不断创造和呈现出新的惊奇感——这是科幻这一文类本身最核心的魅力所在，是所有科幻创作者们共同的使命。

作者简介

刘洋，科幻作家，物理学博士，南方科技大学人文社科学院教师。

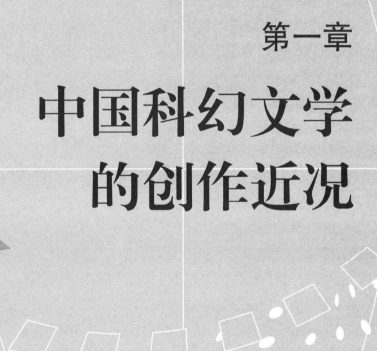

第一章

中国科幻文学
的创作近况

着幻想为铠，引未来之光
——近年中国科幻小说创作略览

肖 汉

近年来，中国科幻小说创作方兴未艾。逐年增加的作品数量、不断拓展的书写题材、持续出彩的本土文化等，共同构成了科幻创作发展的蓬勃之势。

科幻小说历来是人类依靠科技认识世界、改造世界的行为在文学领域的投射，并且附带想象力培养、理性思维认知等重要功能。当下中国科幻在全新的时代背景下，面临着更多的机遇和挑战。航空航天、人工智能、虚拟现实技术的不断精进给予了科幻创作更多空间，而优秀作家作品斩获世界性荣誉，《流浪地球》上映后全民对科幻的现象级讨论，也正向刺激创作群落，阅读市场的扩大与作品边界的延展让作者与读者都乐在其中。但挑战也源于此：彼时科幻小说中的内容已成如今生活的日常，怎样的创作才能在这个时代继续创造陌生的新奇感，并满足日益拔高的读者期待；标杆高度的确立对群体内部分成员带来的则是望峰息心般的挫折感，如何助力他们重拾自我特色发挥创作潜能，也是重要的论题之一；在市场与资本的博弈游戏中如何保持新时代科幻创作的初心与使命，同样成为了未来科幻创作的重要议题。

因此，于热浪之中的沉静思考十分必要，在总结过往实绩的基础上厘清优势与困境，有助于科幻创作继续保持稳定的航道。现阶段的科幻创作像是一位斗士，以文字为剑，着幻想为铠，尝试劈开前路的浓雾而见未来之光。

一、创作数量的扩大与鼓励机制的逐步成型

一种文类蓬勃发展的首要特征是创作数量的不断增加。近年来，中国科幻作品数量保持了稳步增长之势，并兼顾不同篇幅类型。其中，长篇小说以每年120~150部的数量增长，中篇小说以每年100~120部的数量增长，短篇小说以每年400~500篇的数量增长。相较于21世纪初，中国科幻创作年增长数量已得到全面提升，尤其是2015年《三体》斩获雨果奖以来，中国科幻创作数量呈现出小爆发的增长趋势。但也应注意到这些数据相较于主流传统文学和部分类型文学还略显薄弱。

中国科幻创作数量的逐年增长首先跟作者们不懈努力这一内因密切相关，但近年来鼓励机制逐渐成型这一外因也同样重要。鼓励机制内部大致可以分为官方引导与鼓励、评奖选优与征文评优、机构成立与专业团体成型三个方面。

首先，官方引导与鼓励助力科幻"出圈"，并在一定程度上解决了科幻创作与活动的自发性与分散性问题。2015年9月14日，时任中共中央政治局委员、中华人民共和国副主席李源潮在北京与刘慈欣等科普、科幻作家进行座谈。此次座谈释放的强烈信号为：在伟大复兴与科技发展道路上不断加速的当代中国注意到了科幻或将成为反映这一趋势并进行文化输出的有力形式。次年9月，中国科幻大会在北京举行，李源潮同志出席开幕式并作重要讲话，对科幻作家的创作进行鼓励并提出了更高的要求。至此，国家层面对科幻创作的引导与鼓励完全成型，各地紧跟步伐也出台针对科幻的鼓励性政策与落实行动。

时任北京市委书记蔡奇出席2021中国科幻大会开幕式并作重要讲话；北京市石景山区政府近年来依托首钢产业园园区打造科幻地域品牌；深圳市政府积极支持科幻创作，将科幻与城市规划结合策展；成都市委宣传部、成都市政府积极联合各科幻组织申办2023年第81届世界科幻大会，并朝着将成都建设成为中国"科幻之都"的方向迈进；对多次落地山城的全球华语科幻星云奖，重庆市政府非常重视，积极进行宣传与报道，等等。此外，还有一些由官方主导的科幻活动与比赛也不断出现。例如，浙江省委宣传部联合浙江省各出版集团与媒体开展"春风阅读榜"评选，刘洋等科幻作家上榜；宁波市文学艺术界联合会与宁波市科学技术协会主办的华语新声科幻文学大赛也举办多年，发现

了不少科幻创作新人。各层级的官方引导与鼓励不仅极大地激发了当代科幻作家的创作热情，更为当下极具中国特色的城市科幻书写提供了广阔空间。在此基础上，越来越多城市之间的科幻联动又促进了中国科幻特色在整体上的成型。

其次，评奖选优与征文评优成为近年来中国科幻发掘新作者、鼓励深耕者的重要途径。20 世纪末到 21 世纪初，中国科幻奖项主要依托出版机构或民间组织进行颁发，中国科幻银河奖与全球华语科幻星云奖至今都是中国极具权威的科幻奖项。近年来伴随科幻热潮迭起，官方的引导与鼓励使得一部分地方性科幻奖项更具分量；而更多的科幻组织则积极与市场联动，用较为丰厚的奖励，在征文作者年龄、热门科幻题材、指定篇幅等方面进行筛选性征文，网罗一批优秀作品的同时也发掘了一批创作新人。全国中学生科普科幻作文大赛、未来科幻大师奖、科普科幻青年之星奖、光年奖、冷湖奖、水滴奖、晨星奖、引力奖等都是近十年来不断发展且影响力与日俱增的科幻奖项。此外近五年来，越来越多的网络阅读平台与电商平台关注到科幻创作激增的能量，豆瓣阅读、QQ 阅读、知乎、京东等企业均陆续开展小说征文或评选活动，其中科幻成为重要组成部分。以上评奖评优与征文比赛不仅给予当下科幻创作者荣誉，丰厚的奖金更是鼓励了更多潜在作者的创作热情。

最后，各类机构与科幻专业组织的不断增加，配合政策引导与征文评奖，加强了科幻作者之间的创作联系，一定程度上打破了以往较为孤立的创作状态，同时也增强了科幻作者的自我认同与群体认同。2017 年 12 月，科学与人类想象力研究中心在南方科技大学成立，刘洋等科幻作家参与其中；2019 年 11 月，中国科普作家协会科幻专业委员会在北京成立，王晋康、韩松、陈楸帆、贾立元等科幻作家位列其中；2019 年 12 月，钓鱼城科幻中心在重庆合川揭幕，张冉、阿缺、段子期等作家参与其中；2020 年 10 月，中国科普研究所中国科幻研究中心在北京成立；2021 年 2 月，成都市科幻协会成立……以上专业机构与组织，均依托地理位置、城市文化或基础职能积极吸纳科幻作者，尝试构建当代科幻创作共同体，通过强烈的归属感激发科幻作者的创作热情。2022 年 3 月 9 日，中国作家协会公布第十届专业委员会名单，宣布正式成立科幻文学专业委员会，刘慈欣任主任委员，吴岩、陈楸帆、韩松为副主任委员。这样，从地方到全国，专业组织已经比较齐全。

也正是在上述三方面因素的推动下，科幻作者更多的可能性被激发，从而提升产出，促成了近年来中国科幻小说数量与质量上的双丰收。并在题材内容、文化底蕴、读者期望等方面达成了前沿性、中国性、包容性的表达。

二、题材描绘贴近科技前沿，创作的多元性与包容性增强

科技的飞速发展与我国综合国力的不断增强为科幻作者提供了丰富的写作素材，近年来的科幻创作对很多传统题材进行了创新书写，使之贴近最先进的科技前沿并焕发出全新的活力。太空冒险、人工智能、环境异变等题材在全新的创作视野下成果颇丰。

太空航行是科幻创作领域长盛不衰的经典题材之一，当代宇航科幻写作既在一定程度上保留黄金时代的昂扬情绪，又混杂更多文类风格，还强调特殊环境下对个体与集体行为的动因剖析。太空冒险在近年来的中国科创作中已经完全摆脱"歌剧"标签，无论是在叙事方法、场景构建、情节推进、主旨拔升等方面都有长足进步。王晋康的《宇宙晶卵》、谢云宁的《穿越土星环》、阿缺的《星海旅人》、E伯爵的《光渊：混乱之钥》、罗隆翔的"星舰联盟"系列等都是近年来优秀的太空题材科幻小说。

近年中国科幻创作中对人机关系的讨论也随着人工智能技术的不断的精进而深入，并且在类型和风格上产生多种变体。机器形象在科幻作品中一路走来已经逐步摆脱类似人形的传统设定，人机关系也从单纯对抗朝着共生共赢、情愫产生甚至文明对话的层次深入。江波的《机器之门》和《机器之魂》、郝景芳的《人之彼岸》，杨晚晴的《拟人算法》、燕垒生的《未来机器城》、杨卓理的《AI物种起源》、郑军的"临界"系列、萧星寒的《决战奇点》等都是近年来水准较高的人工智能题材科幻作品。

环境异变题材在全球新冠肺炎疫情不断的当下更具启示意义。近年来的环境异变题材既包含外部环境错乱所造成的群体性影响，也包含个体面临外部环境异变时所要做出的坚守或抉择。当代科幻创作语境下的环境不仅包括外部自然环境，同时也囊括了内在精神环境。韩松的"医院"三部曲（《医院》《亡灵》《驱魔》）、陈楸帆的《怪物同学会》、灰狐的《固体海洋》、阿缺的《彼岸花》

和《忘忧草》、吴楚的《记忆偏离》等都是表达这一主题的作品。当然近年也有像顾适的《莫比乌斯时空》这样质量较高的小说集出现，在描写经由技术带来的内外环境变化的同时，也将其他题材进行了有效融合。

除去以上较为突出的前沿题材，近年来中国科幻创作中还有时间穿梭、外星生命等传统题材，也还有一部分作品在故事结构和叙事语言上进行写作实验，产出了一些不易划归题材且带有其他文类特质的作品。例如墨熊的《地狱猎兵》、暗号的《春天大概需要你》、爱潜水的乌贼的《诡秘之主》等作品。

在题材多样性的基础上，近年来中国科幻创作的多元性还体现在发表渠道的多样性。21 世纪最初的十年内，中国科幻的主要发表渠道还是为数不多的纸质期刊，随着《世界科幻博览》《科幻大王》等杂志停刊，《科幻世界》成为仅存的专业科幻投稿发表阵地。2010 年以后，伴随微信公众号等自媒体陆续出现，以及豆瓣、知乎等网站类型阅读频道的开放与规范，科幻的创作、发表、接受路径迎来新变。上文提及的各类奖项成为当前科幻投稿的一种新方式，而科幻阅读则通过网站与自媒体产生更深广的影响。当前科幻主题自媒体数量颇丰，较有影响力的公众号有"星云科幻评论""不存在""八光分""四十二史""高校科幻""三体社区""科幻百科"等。这些公众号在创作、批评或亚文化方面各有侧重，更新及时，同时承担相关奖项组织评审、宣布结果、对外宣传等工作。相关平台近年来已经逐步成为科幻小说尤其是短篇科幻小说集中的产出地。自 2019 年以来，电子平台的短篇科幻创作数量已逐步持平于纸质平台短篇科幻创作数量。

近年来中国科幻创作的包容性可以分三个维度来看。其一是科幻创作内容本身对其他元素风格的包容。代表性事件有邓思渊的《触摸星辰》出版与一十四洲的《小蘑菇》获得第十二届华语科幻星云奖年度长篇小说银奖，这表明近年对网络文学风格与特殊想象类型在一定程度上的接纳，丰富了自身的多元性。其二是科幻创作群体对年轻新人的包容与推介。例如杨庆祥在 2018 年主编"青·科幻"丛书第一辑时，推介了"更新代"作者中张冉、江波、陈楸帆、宝树、飞氘、夏笳这 6 人的作品；2020 年，杨庆祥继续推出"青·科幻"丛书第二辑，介绍近年来更为活跃的青年新作者，丛书包含《湿润的金属》（阿缺）、《猞猁学派》（双翅目）、《海鲜饭店》（王侃瑜）、《分泌》（彭思萌）、《流光之翼》（刘洋）与《异变》（汪彦中）。同时，全国各高校科幻社团的不断成立与活动的日益密切，以及集体组织投稿等方式的出现，也代表着整个科幻创作领域对新人的包容与期待。其三是主流文学界对科幻的认可。近年来如《人民文学》《天涯》《花城》《上海文学》《青年文学》《西部》《作品》等主流文学期刊发表科幻小说或推出科幻专辑，并且数量逐年增多，这足见科幻小说已经走入主流文学视野，相较于更久远的时段，当前主流文学界对科幻的态度更为包容。

三、描绘本土文化与情感，书写当代科幻中国性特征

近年来，中国科幻创作最具标识性的特征是积极主动描绘本土文化与情感，并尝试通过作品来回答"何为中国科幻的中国性"这一问题。在历经多年打磨与锤炼后，科幻小说的中国性表达逐步脱离简单的文化符号堆叠，进而在地理空间、历史时间、情感内蕴、社会热点等方面形成综合表达框架。

幅员辽阔的地理空间给中国科幻创作提供了丰富的故事发生场所。在中国科幻文学发展过程中，已有诸多作者描绘了从汪洋到戈壁、从盆地到山峦间发生的扣人心弦的故事。在科技快速发展、城市化进程提速、脱贫攻坚取得全面胜利等时代背景的加持下，近年来中国科幻也呈现出一种"书写城市"的状态。当然此处"书写城市"带有科幻独特的陌生化美感，并且拥有不同的表现形式。第一类是将城市作为背景和宇宙、技术进行嫁接，通过星空与大地、想象与现实的交错构建张力，例如七月的《群星》。第二类是将城市作为设定的一环，贯穿故事的始终，以时间为媒，描述该城市在过往岁月中发生的故事，并与这座城市的当下产生连接。这方面的代表作有段子期的《重庆提喻法》、E伯爵的《重庆迷城：雾中诡事》、梁清散的《济南的风筝》《新新日报馆：机械崛起》等。

而绵延千年的时间同样给予当前中国科幻作品书写中国性的可能。多年以前，"更新代"科幻作家如钱莉芳、飞氘、夏笳、潘海天、张冉等人均尝试运用"回到历史"的方法构建科幻作品的惊奇感，这一方式近年来被更多的作家接受并创新运用。例如宝树的《猛犸少女》、何大江的《猛犸金沙》介入史前时期；灰狐的《楼兰刺客传》通过想象构建汉代的"丝绸朋克"故事；梁清散的《嗣

声猿》落笔近代，通过发明串联起历史人物。以上作品着眼于时间的过往，近年来还有一部分科幻创作着眼于文化的过往，在一定程度上弘扬文化与文学的传统。例如江波的《魂归丹寨》，用科幻视角解读少数民族文化传统；海漄的《龙骸》用科幻巧思介入古典文化符号；宝树的《时光的祝福》给予现代作家笔下人物以时光机，完成跨越时间的思想共振；飞氘的《河外忧伤一种》，则将"乡愁"从传统概念推至宏大的宇宙。

近年来，中国科幻小说还特别关注中国人情绪表达的含蓄性，在科幻元素加持下，这些深沉的情感得以更显著地彰显。例如王元的《弥留之际》描述了父辈与后辈间令人动容的亲情，由后辈婚姻问题引发的隔阂在生死面前消弭，平行世界的设定又给予亲情重拾的可能；石黑曜的《貔狳》讲述了"隔代亲"的故事，进行生物学研究的外孙与没有文化的姥姥之间隔着时间与生死达成最终理解，传达出血脉传承的意义。中国科幻创作历来重视宏大叙事，有时反而会遮蔽属于个体的偶感与瞬间情绪。而近年来的部分科幻作品注意到这些现象，将每时每刻包裹着我们，可意会但难以言传的情感和情绪进行了科幻式的表达。

此外，近年中国科幻创作尤其关注引发人们热烈讨论的社会热点话题。2021 年末最为火爆的"元宇宙"话题在冷静的思考之下也显露出资本野心的痕迹，而此前几年中的科幻小说，如陈楸帆的《无债之人》、白贲的《人间烟火》等作品都揭露了资本对技术的操控，对过度的资本化、商业化运作进行了批判。另有一部分小说在科幻设定下关注特定人群的困境，例如宋欣颖的《第三类死亡》描绘未来技术成熟后年轻人对购买海景房仍有执念；李维北的《莱布尼兹的箱子》则描述了一个快递柜人工智能为遭受不公待遇快递员鸣不平的故事，与现实生活中快递员、外卖员的困难相互呼应。在这个"内卷"与"躺平"同为"关键词"的当下，教育无疑是人们最为关注的领域之一，近年来部分作品也巧借科幻元素，表达出对教育的思考，例如刘洋的《火星孤儿》通过高考拯救世界的设定引发对当前教育的思考。又如陈楸帆的《剧本人生》讨论偶像经济，《这一刻我们是快乐的》讨论生育选择问题，而他在 2015 年出版的小说集《未来病史》更是通过科幻解析当代多源头焦虑的范本。再如顾适的《〈2181 序曲〉再版导言》用创新的文体表述人体冬眠在技术和伦理上的困境，以及最终被接受的曲折过程。此外，还有如吴楚《幸福的尤刚》将乡土中国与基因编辑等颇受关注的社会事件结合，打开了新的视野。

综合而言，近年中国科幻创作中国性之表达已然不见"为赋新词强说愁"的刻意痕迹，运用科幻手法对热点、焦点甚至是痛点的精准表述与剖析，从个体细腻情绪到民族集体情感的恰当表达，无不反映出在新时代的科技与文化背景中，科幻作家们对社会更为仔细的观察与思考，从而在提高科幻小说美学特征与社会价值的基础上，自然地完成了中国性特征的表达。

四、少儿科幻异军突起，以想象力守护成长

近年来中国科幻创作的又一重要特征为少儿科幻的异军突起。其实早在中华人民共和国成立之初，科幻小说与儿童文学就开始了积极联动，彼时科幻作品的儿童化倾向的目的是激发青少年对科学的兴趣，以便深入进行科普工作。而今科幻文学的内涵和功能已经发生了变化，普及科学知识早已不是科幻的唯一任务，而培养青少年想象力、助力技术社会背景下的基础教育则成为了近年科幻的时代使命，少儿科幻也正是在这样的背景下再度崛起。纵观近年少儿科幻创作队伍，有以下三个方面值得注意。

其一是部分科幻学者、教育工作者回到少儿科幻写作领域，通过对自身经验的科幻表达，完成对少儿科幻时代使命的阐述。例如荣获第十一届全国优秀儿童文学奖的《中国轨道号》（吴岩），故事在似真似幻的城市与时间中展开想象，丰富的历史、科技细节与栩栩如生的生活片段让小说远超出少儿科普科幻的范畴；而故事对民族精神和家国情怀的阐释则使得该小说即使置于核心科幻、主流文学甚至航天文学领域仍是一部高完成度的作品。《中国轨道号》为近年来的少儿科幻创作提供了一种范本，即如何兼顾儿童本位、主流批评话语、科幻元素与时代语境，进而找到描绘当下以及设计未来的少儿科幻创作新思路。

其二是部分先前着力核心科幻写作的作者开始介入少儿科幻创作领域，他们一定程度上为少儿科幻带来了别样的叙事语言和切入描绘题材的新角度。例如江波近年来连续出版少儿科幻作品《无边量子号：起航》和《无边量子号：惊变》，将自己擅长的人工智能题材代入宇航故事；胡绍晏的《地球重生》则关注环保与太空移民等话题。类似作家作品的出现让近年来的少儿科幻写作在

纯粹冒险与发明创造等热门叙事模式的基础上产生了更多融会贯通的、紧贴时代议题的新可能。

其三是此前已在少儿科幻领域深耕的作者近年来创作热情走高,持续性带来优秀的少儿科幻作品。2021年中国少儿科幻创作数量长篇约60部,短篇约100篇,这一数量相较此前已有较大提升,但相较于核心科幻则仍有进步空间。马传思、陆杨、超侠、小高鬼、徐彦利、凌晨、柯梦兰、左文萍等都是近年来较为活跃的少儿科幻作者,他们在各自擅长的题材与风格中深耕,产出了不少优质作品。马传思的《奇迹之夏》和《海神的宫殿》用唯美语言讲述波澜的探险故事;陆杨的"星际之旅"系列和"少年奇境探险"系列影响力扩至海外;超侠的《超能少年》与"超侠小特工"系列专注描绘拥有超能力的少年英雄;小高鬼的《寻找飞行国》将中国历史、传统文化与科幻巧妙结合;徐彦利《永生的劳拉》讨论了永生技术的可能性与伦理问题;凌晨《爸爸的秘密》描绘脑科学与外星技术;柯梦兰的《异兽觉醒》讲述了地球人反抗外星人入侵的故事;左文萍的"少年原野科幻探险系列"立足中国地理空间,开启了多场风景壮丽且扣人心弦的冒险。

近年来,中国少儿科幻在数量与质量不断提高的基础上更加关注少年儿童的成长过程:有的作品讨论了少年主人翁在困境中的抉择;有的作品探讨了少年主人翁在家庭与社会中遭遇挫折时的应对;有的作品向小读者介绍了祖国的大好河山与先进技术;有的作品给小读者传达了想象力的重要性与崇高的爱国主义情怀。这足以看出当前少儿科幻也逐渐明确自身的历史定位与时代使命,正朝着"守护未成年人就是守护未来"的目标迈进。

五、维持想象源流,未来风景依旧

为了保护中国科幻创作的持续动力,在方兴未艾的行业热潮与丰硕的创作成果基础上,我们也应该冷静思索还有哪些方面可以使科幻创作在未来更加完善。

第一,近年创作总数量相较于其他传统科幻大国有差距,并且在长、中、短篇的数量布局上还有优化空间。现阶段中国科幻缺少极具国际影响力的长篇作品，这可能是未来科幻作者需要努力的方向。

第二，近年来科幻创作与接受的头部效应仍然明显。知名作家仍在持续产出，且占据阅读市场的前排份额。尽管有各类征文奖励的加持和科幻迷群体的不懈支持，现阶段科幻创作新人的发掘工作仍然进展缓慢，每年获得业界认可的新人数量甚至以个位数计算。

第三，部分作家的题材选择和叙事风格逐渐固化。读者常将某种题材贴上对应作者的标签，这一方面说明该作者对此类创作炉火纯青，但另一方面也代表该作者的创新不足。多种题材描绘、多元表达方式、多级年龄层次读者接受仍是未来科幻发展对作者提出的要求，目的是刺激作者创作的连续性与变化性。此外，持续的全球疫情在近年的中国科幻创作中得到的反映较少，实际上疫情已经在很大程度上改变了人们的生活方式与思维模式，这一点在未来的科幻创作中必然成为重要部分。

第四，对标主流文学创作标准，现阶段中国科幻创作在叙事语言等方面仍有提升空间。当前科幻创作很大程度上仍在给予读者陌生化的新奇体验，因而更加注重设定与反转。而放眼世界科幻发展史，任何一则高完成度的故事对叙事语言的要求同样是极高的。

第五，核心科幻群落还应以更为开放包容的姿态面对其他幻想文学类型与少儿科幻群落。现阶段中国科幻创作圈层并不庞大，核心科幻人群则更为稀少，目前的科幻创作交流还呈现平行姿态，缺乏核心科幻、少儿科幻、其他幻想文类之间的横向联动。

但瑕不掩瑜，我们仍然相信中国科幻创作在未来的发展过程中能及时总结经验，调整薄弱部分，朝着更美好的风景迈进。这里不妨做一个小小展望：在未来，更多的鼓励政策与官方引导会介入科幻，在不同的城市与不同的科幻征文和评选中，一大批优秀的科幻创作新人将脱颖而出；科幻作者愈发重视当下发生的事情对将来的影响，从而不断调整自己的叙事语言、选用题材以达成科幻创作的"未来时"；国家综合国力的不断发展与世界地位的不断提高在科幻领域得到特殊表达，科幻书写中国性特征将在现阶段已有的经验基础上关注更为深刻的部分；科幻创作、发表出版、接受与批评随着从业人数的增加在未来将形成更为完善的链路，而科幻创作本身也将吸纳其他幻想文学类型的有益经验，同时更为关注未来视域中最为重要的因素——青少年。期待中国科幻创作以想象力为铠，挥斥方遒，剑指未来，待如迷雾般的各类难题最终消散，光辉终现，中国也将跻身世界科幻重镇之列。

作者简介

肖汉，文学博士，科幻研究者，北京师范大学文学院教师。

"超真实"时代的
科幻文学创作

陈楸帆

一、AI 写作：谁是主，谁是仆

我们所处的时代比科幻还要科幻。

就在春节前不久，原《收获》编辑，作家、科技创业者走走告诉我，他们用名叫"谷臻小简"的 AI 软件"读"了 2018 年 20 本文学杂志刊发的全部 771 部短篇小说，并以小说的优美度，即情节与情节之间的节奏变化的规律性，以及结构的流畅程度对这些作品进行打分。

截至 2019 年 1 月 20 日，分数最高的始终是诺贝尔文学奖得主莫言老师的《等待摩西》。然而，21 日下午 3 点左右，参与此次评选的《小说界》和《鸭绿江》杂志的作品赶到，新增 80 部短篇小说。下午 7 点 20 分，情况发生了改变。AI 最终选定的年度短篇是我发表在《小说界》2018 年第六期的《出神状态》，《等待摩西》被挤到了第二位，差距仅有 0.00001 分。

更不可思议的是，在我的《出神状态》里恰好也用到了由 AI 软件生成的内容，这个算法是由我原来在谷歌的同事、创新工场 CTO 兼人工智能工程院副院长王咏刚编写的，训练数据包括我既往的上百万字作品。

"一个 AI，何以从 771 部小说中，准确指认出另一个 AI 的身影？"走走在随榜单一同发布的《未知的未知——AI 榜说明》一文中发问。确实，从使用的计算机语言、算法到标准都完全不同的两个 AI，究竟是以什么样的方式建立共振，这给这次偏爱理性与逻辑的事件披上了神秘主义的色彩。

回到最初，我第一次有和 AI 合作的想法还得追溯到 2017 年下半年。其实机器写作并不是新鲜的事情，包括微软小冰写诗、自动抓取信息生成金融新闻的程序等。但是作为高度复杂的文学金字塔顶端，小说所要求的逻辑性、自然语言理解能力，以及对人物、情节、结构、文法不同层面的要求，目前的 AI 必然尚未达到这样的能力。王咏刚听了我的想法之后也非常兴奋，他本身也是个科幻迷和科幻作者，还出过一本叫《镜中千年》的长篇科幻小说，他很爽快地答应了，觉得这是一个非常有趣的实验。

编写深度学习的写作程序其实不难，"Github"上都有一些现成的代码可以用，难的是如何通过调整参数让它写出来的东西尽量地接近我们现有对文学的理解和审美。输入了上百万字的陈楸帆作品之后，AI 程序"陈楸帆 2.0"可以通过输入关键词和主语，来自动生成每次几十到一百字的段落，比如《出神状态》中的这些：

> 游戏极度发烫，并没有任何神秘、宗教、并不携带的人，甚至慷慨地变成彼此，是世界传递的一块，足以改变个体病毒凝固的美感。
>
> 你露出黑色眼睛，苍白的皮肤如沉睡般充满床上，数百个闪电，又缓慢地开始一阵厌恶
>
> 你再次抬头，把那些不完备上呈现的幻觉。可他离开你，消失在晨曦中。绸缎般包围

王咏刚告诉我，经过大批量语料学习之后，AI 程序已逐渐习得了我的写作偏好——在使用祈使句时爱用什么句式、描写人物动作时喜欢用什么样的形容词或者副词等。在掌握了关于语句的统计规律后，在写作环节，AI 程序便会从大量的语料中随机找到一些词，并把这些词汇按照写作规律拼接在一起，形成句子。比起文学，它更像是统计学与数学。

第一次看到 AI 程序写出来的句子时，我觉得既像又不像自己写的，有先锋派的味道，像是诗歌又像俳句或者佛谒。可以肯定的是，它们没有逻辑性，也无法对上下文的剧情和情绪产生指涉性的关联。为了把这些文字不经加工地

嵌入到人类写作中去，我必须做更多的事情。

所以最后我围绕着这些 AI 创作的语句去构建出一个故事的背景，比如说《出神状态》中人类意识濒临崩溃的未来上海，比如《恐惧机器》中完全由 AI 进行基因编辑产生的后人类星球。在这样的语境中，AI 的话语风格可以被读者接受被视为是合理的，而且是由人类与他者的对话情境中带出，从认知上不会与正常人类的交流方式相混淆，因此它在叙事逻辑上是成立的，是真实可信的。

这次 AI 与人共同创作的实验性并不在于机器帮助我完成写作，而在于最后我发现，**是我帮助机器完成了一篇小说的写作**。

除了参与 AI 榜单评选的《出神状态》一文，在日前出版的新书《人生算法》里，也用到了这个 AI 写作程序。所以王咏刚老师在序言里说这是人类最后一个独立写作的纪元，它不单单是"人 + 机器"，而是人与机器的复杂互动，其中对于"作者性"（authorship）的探讨重要性超出了故事与文本本身，可以称之为行为艺术。当然，这只是一个开始，未来我相信机器将更深入地卷入人类写作和叙事中，未来的文学版图也会变得更加复杂、暧昧而有趣。

二、超真实时代，我们如何写作现实

如果说 AI 写作目前只不过是游戏式的实验，那么摆在每一个文学创作者面前的当下"超真实"时代，却挑战着所有传统文学对现实的定义与理解。

早在 1949 年，香农的信息论就已提出了，信息是用来消除不确定性的东西。这个定义虽然简单，却奠定了我们现在整个信息社会的基石。在我们的生活充斥着数据和比特的今天，人类的大脑却与数万年前石器时代的大脑没有太大区别，依然是亿万年进化而来的基于物理先验知识的信息处理系统。我们大部分的思考都是由一套强大的受控于情绪与生物本能的系统一，与另一套不那么强大的可以运用有限理性进行数据收集、分析、决策的系统二共同完成的，它们所动用的大脑区域是不一样的，我们往往要花很大的力气才能让系统二凌驾于系统一之上，作出所谓的理性判断。但即便是这样的判断，有时也远远不如简单的机器来得准确。

举个最简单的例子，只要把所有人的面孔调转一百八十度，人脑立马就会产生脸盲，而对机器来说，这只是变换坐标系的小菜一碟，更不用说处理一些高维数据模型了。因此，这个看似信息极大丰富乃至爆炸的时代，其实是对人类大脑极其不友好的时代，得到的信息越多，其中的噪声、错谬、变形、误差也越多。我们并没有办法通过某种程序自我消化纠正，它们沉淀下来，成为所谓的认知盈余与信息过载，成为我们的焦虑本身，影响着每一个人对未来的判断，对行动的选择。

如果说这是技术时代对人脑认知不确定性的放大，那另一个方面的不确定则更为事关重大，那就是对这个世界解释的不确定性。在这件事情上，不仅仅普通人焦虑，科学家也焦虑。

在 2017 年的人工智能与机器学习全球顶级会议神经信息处理系统进展大会上，就职于谷歌的资深工程师阿里·拉希米因为 10 年前发表的一篇论文拿到了"时间检验奖"（Test of Time）论文大奖，顾名思义，此奖项是用来奖励历经时间考验的学术成果。照理说拿了大奖应该很高兴，可阿里这个耿直的工程师却在颁奖典礼上说了句狠话，这句话一石激起千层浪，一下子震动了整个业界。他说："**人工智能就是炼金术。**"大家知道，炼金术在历史上声名狼藉，尽管客观上推动了冶金、防止、医疗等领域的发展，但漫长的时间里，它与相信水蛭治病，化铅为金甚至炼制不老仙丹捆绑在一起。阿里这句话的意思是，在当下的人工智能研究领域里，大家用着许多看起来非常有效的技巧，能够提升机器解决问题的能力，但是我们对背后的原理如何运作一无所知，一切都像是炼金术一样，或者更直接点，它就是玄学，但是大家仍然在不计后果的狂飙突进中。

从这场 AI 界的大讨论中，我们也能深深体会到科学家们在这个时代的焦虑。技术发展得太快，以至于每一个人都无法完全理解。这让我想起一个文学理论概念——延异。延异来自德里达。有许多人文学科的理论概念，是我离开了学校许多年之后才领会其妙处的，比如麦克卢汉的"媒介即信息"，比如克里斯蒂娃的"文本间性"，经典概念的有效性往往跨越了学院语境，进入一种日常经验范畴。在德里达看来，作为意义归宿的"在场"已经不复存在，符号的确定意义被层层地延异下来，又向四面八方指涉开去，犹如种子一样到处播撒，因而它根本没有中心可言。

而在当下技术时代，任何对于技术的言说都只能借助于图像、比喻乃至于文学，而技术核心本身是无法言说的，是纯粹的数与理念的存在，人工智能、引力波、量子物理、石墨烯，这些技术即便经过科普，对于大众仍然存在认知门槛，仍然是一种雾里看花，甚至带来更深的误解。曾经有一个导演告诉我，读到《三体》里写到"整个宇宙为我闪烁"，脑中顿时脑补出好莱坞大片般的炫酷视觉。后来经过专家指点，才了解到宇宙微波背景辐射根本不是他想象的那么回事。

这正如法国哲学家让·鲍德里亚早在 20 世纪 80 年代所预言的景象。在后现代媒体情景中，我们经历着"真实已死"（the death of the real），由于我们生活在"超真实"（Hyperreality）的环境里，媒介传播的内容不是真实世界的内容，而只是模拟的现实。例如电视情景喜剧，音乐视频，虚拟现实游戏，或者迪士尼乐园。而我们却越来越将自己的生活与虚拟的媒介传播内容联系起来。

真实与虚拟、现实与科幻、历史与未来、技术与人性、奥威尔和赫胥黎，在我们所处的这个时代无缝衔接、水乳交融。这种"超真实"时代的现实想象力，让很多虚构文学作者深深无力，也给写作者设下了种种不友好的障碍。

传统题材受到极大挑战。

比如，在以往罪案小说会写到非常多的连环杀人的题材，但是在这个时代，全国有 1.76 亿部监控摄像头，它们覆盖了你所能到达的每个角落，我们有一个全球最为精密的监控系统叫作"天网"，不知道这个是不是受到了《终结者》的启发。前不久有一位英国的记者试图想挑战这样的一个系统，他把自己的身份信息录入到这个系统之后，只逃出去 7 分钟，就被系统锁定，然后警察就把他带走了。就在这样的时代，你很难去想象一个人怎么样去犯下连环杀人案，能够由此去虚构小说，在我看来是不可想象的。

1. 写作过于依赖搜索引擎

搜索引擎本身就是信息与话语不断延异的过程，当我搜 A 它会出现 B，当我搜 B 出现了 C，这样的一个过程就无休止地蔓延下去。信息过载就是人为制造一种焦虑来对抗焦虑的过程。因为它会让你觉得自己是在干一件正经事，而不是无所事事。但其实你收集了上千上万次的写作素材，而你迟迟不愿意写你小说的第一句话，是因为你现在陷入这样的一种困境——怎么写。

2. 我们的写作如何评价

在传统的文学生产过程里面其实不存在这样的问题，因为我们有非常稳固统一的学院派评价体系。现在非常多的作者，都是在一个在线的平台上，抛出一篇自己的作品，过不了几秒钟就会有几十上百的评论，每个人的审美偏好和阅读经验都完全不同，但他们都拥有同样平等民主的评论权利。这就使得每一个作者陷入焦虑的场景当中，他不知道应该如何评判自己的作品，因为缺乏一个标准的能够持续发生作用的文学评价体系。

3. 我们为何写作，为谁写作

以前我们都会特别高姿态地说，我们是为自我表达而写，或者说稍微虚伪一点说我们是为读者来写。但是现在的问题不一样，我认识非常多的作者，刚出道没写出几篇作品就被大公司、大资本看中了，作品被买过去改编成电影、剧本，拿到了远远超出正常水平的稿酬。在他写下一篇的时候便会陷入一种焦虑，他不知道这个作品应该为谁而写，是为自己而写，是为读者而写，还是为大电影公司、资本而写。这就是我们所在的所谓 IP 时代的一种焦虑，这种焦虑导致了我们在写作的过程当中一直处于痛并爱着的状态。

在当下，技术在我们的社会链条中扮演着特别关键的角色。尤其在中国，你会发现权力机构、媒体和大众的话语生产和意义建构，往往与技术紧密结合。我们可能觉得父母那一辈人会不适应今天急速变动的新技术生活，但实际上他们可能适应得比你我更快更好——某种意义上这还蛮可怕的。比如你回家时会发现爸妈的智能手机全都用上了支付宝、淘宝，他们非常热衷那种消费返点的电子支付模式。这种情境之下，你不可能逃离科技的语境去讨论现实。

也许正因如此，以色列的历史学家尤瓦尔·赫拉利才会说——**"科幻也许是当今最重要的文类"**，它处理的是在传统文学观念中往往被忽视的人与技术之间的关系，而这一关系现在充斥着我们的日常经验，是无法回避的。

科幻是一种开放、多元、包容的文类，并不是只有所谓的"硬科幻"才是科幻，真正的科幻不分软硬，它们背后都是基于对或然情境下人类境况的推测性想象。越来越多的科技从业者、企业家、教育工作者、艺术家等各行各业的人从科幻作品中汲取灵感，或者说学会用科幻的视角去重构现实。或许这就是科幻这一边缘文类在"超真实"时代得到前所未有重视的原因。

三、三种理论：科幻小说有什么用

中国有一句古话叫作：无用之用，方为大用。我觉得这句话特别好地概括了科幻小说在我心目中的作用——它是当今最重要的一个文类。

尤瓦尔·赫拉利在接受《连线》（*Wired.com*）杂志的一个采访时说了这番话："科幻小说帮助大众形塑了对于人工智能、生物科技等等新事物的理解。这些技术会在接下来的几十年内彻底地改变我们的生活以及社会。"

回到科幻小说诞生之初，1818年。那是一个变革的时代，工业革命、机器大生产让许多的产业工人下岗，同时生物学、电磁学也取得了突破进展，欧洲大陆黑死病肆虐成灾。

一群来自英国的文艺青年跑到了日内瓦去避难，无聊之余他们就以轮流讲鬼故事来打发时间。其中有一位当时年仅18岁的少女玛丽·雪莱，她讲了一个这样的故事：一个科学家利用生物解剖学以及电力学的知识，制造出一个世界上从来没有过的生命，这个造物反过来又摧毁了它的创造者。

这个故事就叫《弗兰肯斯坦》，它被认为是现代科幻小说的源头。它的起点非常高，因为它探讨的这些议题一直延续到了今天。不久前发生的关于基因编辑伦理的问题，其实跟这个故事一脉相承：**我们是否有权利用科技去创造一个新的生命？这个创造物跟我们人类之间的关系又是什么？**

假使我们放眼历史，无论是第一次世界大战后、第二次世界大战后、冷战时期还是互联网时代的今天，这样的事情一直在不断发生。科技的加速发展，使得人类产生了认知、情感、伦理、制度等方面的多重焦虑，这些焦虑来自信息不对称，也来自对新事物的错误认知与判断。就像克拉克所说的，**人类总是在高估一项技术所带来的短期的冲击，但是低估它长期所带来的影响**。而科幻，无论是作为一种文学还是泛化为影视、游戏、设计等跨媒介的类型，都在扮演着对抗、缓解、消除这种文明焦虑的角色。

那么我们不禁要问，为什么是科幻，而不是奇幻、言情或者是现实主义等其他文学类型来扮演这样的角色呢？理解背后产生作用的机制，也许比简单给出结论更有价值，因此，我从历史上找到三位理论学者，尝试用他们的理论来解释给大家听。

第一位叫达科·苏恩文，他是一位生于南斯拉夫的加拿大籍犹太人。20世纪70年代，他从苏联形式主义的立场出发，从诗学与美学的角度，有史以来第一次对科幻文学进行了系统性的理论建构与分析。其中最重要的一点便是提出科幻的"认知陌生化"（cognitive estrangement）这一核心特征。

这是什么意思呢？我们可以看这幅坐标图，所谓的认知性指的是逻辑严密自洽，可以通过理性去进行理解和阐释，而陌生化是指创造一个替代性的虚构世界，拒绝将我们的日常生活环境视为理所当然的。举一个例子，比如《三体》中呈现的恒纪元和乱纪元交替出现的极端环境，便是迥异于我们所熟悉的日常生活，但其背后又是具有坚实的天文物理学基础，可以通过计算及推理进行验证。但请注意这里的认知性并不一定意味着需要完全符合科学事实，而是一种叙事上的逻辑自洽，接受了一个虚构的世界观设定"假定如此"（what if），随后的情节推演都必须符合于这个设定，倘若不符合，便会被大脑认知为"不真实""不可信"。

因此，传统的现实主义文学就落在左上角，而诸如神话、民间传说和魔幻小说落在右下角，而科幻便落在右上角。

	NATURALISTIC	ESTRANGED
COGNITIVE	"realistic" literature	SF（& pastoral）
NONCOGNITIVE	sub-literature of "realism"	*metaphysical*：myth, folktale, fantasy

认知性与陌生化之间并非割裂的关系，设想一下，如果只有认知，那结果就是纪录片般的"自然主义"小说，能在认知上阐释虚构，但却没有陌生化的审美效果；如果只有陌生化而没有认知性，那结果就将是玄幻小说，看上去非常疏离玄妙，但却无法用理性和逻辑去把握。正是在认知性与陌生化之间这种辩证互动的关系，让阅读科幻小说成为一种不断挑战、破坏与重塑认知与审美边界的思想探险。

第二个学者叫朱瑞瑛，她是一位美籍韩裔学者，目前在纽约女王学院任教。她在2010年发表的学术著作《隐喻梦见了文字的睡眠吗？——关于再现的科幻理论》，这个标题很明显就是向菲利普·K.狄克的《仿生人梦见了电子羊吗？》

进行致敬。

她对达科·苏恩文的理论进行了激进的回应。在朱瑞瑛看来，科幻小说是一种高密度的现实主义，而我们传统所说的"现实主义文学"只是一种低密度的科幻小说。

如何理解这种定义呢？她将我们的眼光引向古希腊，在亚里士多德看来，所有的文艺形式都是对现实的模仿和再现。但是到了工业革命之后，许多伴随技术日新月异而产生的现实图景已经过于复杂与抽象，超越了日常经验的限度，难以经由传统文学手法进行模仿与再现，让读者能够直观地认知与理解，比如说全球化，比如说网络空间，比如人类命运共同体。因此我们不得不大量使用"隐喻"来再现这些概念，比如说，地球是一个村落，互联网是一条信息高速公路，等等。

但在科幻小说里，我们所要再现的本体和喻体可以是统一的。比如"网络空间"，在"赛博朋克"小说《头号玩家》里，它就是"绿洲"，一个承担起叙事功能的真实的存在，既是一个对互联网的隐喻是字面上所呈现的那样，一个主角可以在其中来去自如，冒险穿梭的虚拟世界。

再比如图1，旁边的配诗"肥猪赛大象"很容易被解读为对"大跃进"时期农业生产浮夸风的反讽式隐喻，但倘若放到了迟叔昌的科幻小说《割掉鼻子的大象》中，它便是同时具有了现实真实性与隐喻性双重功能的认知指涉对象，让读者能够超越抽象概念层面，调动更为丰富的具身认知，从不同维度来理解这一复杂现实。

图1

因此，在科技日新月异且高度复杂化的今天，科幻小说比起其他的文学形式，能够更有力量，更高密度且更为全息地再现现实图景，它才是最大的现实主义。

第三位是著名的西方马克思主义和后现代主义学者，弗雷德里克·詹姆逊。在他 2005 年的《未来考古学》一书中提出，科幻小说正是一种借助"从未来看当下，从他者看自我"的思维框架来对当下进行批判性"认知测绘"的工具。

在詹姆逊看来，乌托邦冲动是不可化约的人类心理，就像弗洛伊德的性本能一样无所不在，是存在的本质，它既不是预言也不是逃避，而是一种想象性的实验，一种对完美的启发机制，是认识论而非本体论意义上的实体。

然而第二次世界大战之后，核爆、冷战、极权主义与种族灭绝，使以托马斯·摩尔 1526 年《乌托邦》为源头的正统乌托邦文本彻底失去了历史位置。一方面，冷战使乌托邦跟"斯大林主义"成为同义语，另一方面，后冷战时代使资本主义成为席卷全球的浪潮，像智子一样封锁了主流话语中对于未来的所有乌托邦式想象。

而此时，科幻文学却由于其边缘性及封闭性的文类特征，保留了"真实社会空间中的一块想象性飞地"，并以批判性乌托邦也就是我们常说的"反乌托邦"次类型，继续探索未来的可能性。詹姆逊发现，在 20 世纪 60—70 年代，种族和性主题是科幻作家最热衷的话题，而这些内容，恰恰是颠覆以男权和技术为根基的当代资本主义社会的重要作品。

比如女作家厄休拉·勒奎恩在《黑暗的左手》中，构建了一颗常年零下几十度的封建制社会"冬星"。冬星人不像地球人一生下来就分为男或女，每个月中，有大概三分之二是处于中性或者雌雄同体的状态，没有性别之分，进入发情期之后，如果这时候遇到另一位也同处发情期的人，双方就会相应发生生理、心理、行为举止等诸多变化，成为完全的男人或女人，但是性别转换是完全随机的。发情期结束之后，人们又回到中性状态，如此循环往复。在冬星人眼中，地球人这样的二元性别纯粹就是性变态。

詹姆逊之所以高度赞扬勒奎恩小说的乌托邦创意，是因为作品通过消除性别来否定性别政治，而把封建制度跟技术发达联系起来，则否定了资本主义与科技发展之间的历史决定论关联。

这正是他眼中的科幻的价值，是一种认识自我与把握当下的间接策略，通过虚构乌托邦或反面乌托邦世界，让我们更加清楚地意识到自己在精神与意识形态上的被囚禁状态；科幻写作与评判，不止是文本的生产，而是一种具体的政治和社会实践，通过创造一个个他者世界，无论是太空歌剧、赛博朋克还是后人类世界，制度化地否定现实，在思想领域中建立起一块文学飞地，继续推动人性与历史的乌托邦进程。

这三位学者的理论，其实无不围绕着科幻与文学，科幻与科技，科幻与现实，科幻与未来之间的关系问题，当我们对这四组关系有了更深一层的理解之后，回过头再读《弗兰肯斯坦》《三体》，甚至梁启超的晚清乌托邦小说《新中国未来记》，相信又会有完全不同的感受。

四、算法升维：科幻写作如何突破

在我的《人生算法》里，整本书都是讨论人与 AI 共生的关系，六个故事从不同个体的视角去探讨一个人类或后人类如何在这样的一个新世界中寻找自我的位置和意义。其中包括了生育、爱情、衰老、成长、身份、创造等熟悉的主题，但当出现了机器这样一个他者角色之后，所有的故事都变得不一样了。而书中所有的设定都基于现有的科学研究成果，这样让人爱恨纠结的未来其实离我们只有一步之遥。

比如以前也有很多写人跟机器恋爱，但都是把机器当成人去写。但如果从机器的逻辑来看，它其实是对人的情感模式的学习和模仿。人对自己的情绪、感情的认知，其实也不是那么清楚，也许爱情本身就是被文化慢慢建构起来的一个东西，是能够通过学习去模仿的。所以在《云爱人》里我写道，通过算法，"让机器爱上你"是完全可能实现的，但这跟机器有没有爱完全没有关系，它能够给你爱的感觉，就足够了。事情但凡加上一个"感"字，就很有意思。"感"才是真实的。我们都只能有真实感，而无法拥有真实。

这也是我对现实主义的看法，我把这种风格命名为"科幻现实主义"。

现实主义是一种传统的文学写作方式，主要表现在逻辑的可认知性和美学上的自然主义，科幻现实主义则响应这样一个问题：科技已成为我们当今社会不可分割的一部分，你无法想象如何剥离科技成分去讨论我们的日常生活经验。然而，中国纯文学长期都忽略了这种现象，或者说它没有能力去把握和处理科技的问题。科幻现实主义要深入思考科学、科技在人的生活中起到什么作用，与人有怎样的互动关系？它如何从不同层面影响了每一人对于自我、他者以及整个世界的认知？我们对技术有怎样的想象？我觉得这是科幻现实主义最重要的一个立场。我也试图通过自己的写作实践在这样一个"超真实"时代去实现文学与现实之间张力的突破。

在这个时代，科幻文学面临科技飞越、媒介革命和美学标准三大冲击，我们如何应对这些冲击，在这里我权当抛砖引玉，提出三种应对手段，希望能有所启发。

1. 与科学家共情

日常生活里已经随处可见科技概念，但许多科幻文学作品并没有跟上，落后于当代技术。如何让读者在了解现实技术的飞跃之后，在逻辑自洽的前提下，产生对科技的惊异感，当下很难做到。

今天的技术与数学、算法密切相关，更加抽象，很难像经典科学一样可以被具象化或者通过隐喻、转喻令读者领略它的美妙之处。例如呈现算法、量子计算是很难的事情，而科学家有时候比写科幻的人更加前沿大胆。

与文学家不同，科学家是非常理性的，他们喜欢用事实、逻辑和数字说话，但当他们对世界的认知到达一定的高度之后，又呈现出高度抽象与直觉的特征。就好像我认识的数学家都会告诉我，某一条公式很美。这并不是文学上的修辞或者类比，而是在他们眼中，公式与达·芬奇的画作或者米开朗基罗的雕像一样，都能够令人在神经层面产生审美的冲动。这是理性吗？这是感性吗？好像都是，但好像都不是。所以从某种意义上，科学家和文学家都在扮演着上帝的角色，只不过一个在客观世界里，一个在文学世界里。

文学创作者尤其是科幻作者需要努力理解，甚至代入科学家感受世界的视角，才能够摆脱以往的寡白。

2. 拥抱媒介变革

从文字时代进入读图时代，从纸媒进入互联网，从聊天 BBS 到即时通信工具，从短视频到更短的视频。动漫、游戏、VR/AR……层出不穷的媒介形态在改变受众吸收、理解信息的习惯，争夺着非常有限的注意力资源。而文学作为这个时代冷之又冷的媒介，需要参与者最大限度地调动感官和想象力，"脑补"其中的美妙之处或者爽感。科幻又是其中门槛尤其高，所需要调动的认知资源尤其丰富的一个门类。这是否会注定近十年或者近二十年来浸明浸昌的科幻文学衰亡，终有一天会变成现实呢？

斯坦福大学有一个著名的符号系统专业，横跨了计算机、哲学、语言学和认知科学，探寻机器和人思考过程中的共同之处，以获取不同视角去解决问题的能力。其目标不仅仅是技术专家，更是了解人性、懂得如何正确应用科技来改善人类处境的人文主义者。而科幻小说正担当着文学中的"符号系统"角色，用文字、情节和人物，去跨越不同的学科领域，探寻用不同视角解决问题的方式，并用故事把它们连接起来。但这对科幻小说作者提出了非常高的要求。

另一方面，科幻也要主动融入媒介，破壁生长。过去几年里，最具有文学性的科幻作品，不是来自小说，而是剧集和游戏。比如《西部世界》《黑镜》《底特律变人》《赛博朋克2077》。它们都延续了科幻小说中最传统的一些议题：我们是谁，我们从哪儿来，到哪儿去。但它们又通过各自不逊于经典文学的复杂结构和精妙叙事，把我们的感知和思考升华到一个觉知的境地。

我们不要去抵抗不同次元的文化或者不同的媒介形态，要拥抱，要破壁生长。但这种拥抱是平等的，没有谁高于谁，谁要吞噬谁，更多的时候需要文学创作者放下自我，真正理解并融入这种不同的媒介形态。

创作者，应该要放下成见，打破标签，附身不同媒介形态，借尸还魂。无论是一分钟微视、90~120分钟的电影，或者几十个小时的剧集，页漫、条漫还是VR交互的深度融合，都在改变讲述一个故事的方式。

3. 建立新美学坐标

科技领域的演变，确实也带动了文化领域审美风潮的转向。比如工业革命对机器美学的崇拜，信息时代极简主义和未来主义的风潮。同样，文学是否也应该有一种新的美学。

随着网络速度的提升，单位时间内人的感官接收到的信息的密度也在提升。例如，以前看视频都是高清，后来发展到全高清1 080 P再到4 K，甚至以后可能会有多感官的整合。这是网络时代对人类审美最直接的冲击。对应到文学的风格上，我们应该如何面对？

在建立美学坐标方面，如朱瑞瑛所说，科幻现实主义是一种高认知密度的现实主义文学，不仅对自信形成一种挑战、满足的代偿机制，更是在情感结构上超越了传统文学的人类中心主义，代入了更多的变量。科幻文学在美学上应该能突破更多传统的现实主义表现形式，通过一种想象力的叙事力量的支撑，可以超越本体和喻体之间的二分法。

比如，科学怪人，它既是本体又是喻体。这是以往可能都没有意识到的现象，显示了现实主义和科幻小说之间的鸿沟并不存在，也揭示了它作为审美和哲学资源的价值。随着日常生活越来越难以被直接表达，科幻小说家变得越来越重要。

不管怎么样去描绘这个时代，是"超真实"（Hyperreality）也好，后人类时代也好，还是科技文艺复兴时代也好，科幻文学都需要新的突破。它是现实也是超越现实，它是技术的也是跨越技术的，它需要把握不同层面的现实，叠加并且互相影响关系，去呈现一个更加完整的全新立体的世界图景。

作者简介

陈楸帆，科幻作家，中国作协科幻文学委员会副主任。

二十一世纪台湾地区
科幻创作的现状与展望

刘 曼

引 言

　　1968年，张晓风短篇小说《潘渡娜》的发表开启了台湾地区科幻的进程。其后，张系国、黄海、吕应钟等大力投入科幻创作、译介出版国外经典科幻作品的行列。张系国1980年出版的短篇小说集《星云组曲》更是成为台湾科幻的扛鼎之作，由此他被李欧梵评价为科幻小说中的"文以载道派"[1]。1980年代，台湾的主流作家纷纷进行科幻创作，如黄凡、平路、张大春、林耀德、陈克华等。此时期，台湾的科幻文学与严肃文学几乎打成一片，大有不分彼此之势，形成了陈思和所谓"科幻的奇观"，他认为"80年代台湾的科幻已经达到很高的水平，完全从通俗文类中把它剥离出来，成为文学当中重要的品种，这个品种是把人类最巅峰、最前缘的思考放到小说里去"。[2] 1990年代，张系国创办《幻象》杂志，举办科幻奖，一度延续着1980年代以来科幻的兴盛。1993年，林耀德在《台湾当代科幻文学》一文中总结说"近十年来，科幻作家

---

[1] 李欧梵：《奇幻之旅——〈星云组曲〉简论》，载张系国：《星云组曲》，台北：洪范书店，1980年，第6页。

[2] 陈思和演讲，冯子纯记录整理：《陈思和：两个新世纪的科幻小说》，《文讯》（台北）2011年第7期，第58-59页。

往往以非常严肃的创作态度和对于纯文学的标准来描绘科幻时空，形成了和美式科幻追求通俗市场完全相反的模式。"[1]但这种反通俗的科幻创作模式却没有一直持续，后来这些作家渐渐都转向了主流文学的创作。据张系国分析，是因为台湾的科幻读者没有形成"金字塔结构"，以至于这些严肃的科幻创作曲高和寡，少有读者。[2]1993 年 8 月，《幻象》杂志难以为继而停刊。1994年的幼狮文学奖·科幻文学奖成为 20 世纪台湾最后的科幻类奖，此后科幻作品的发表园地更少了。20 世纪末的几年，台湾的科幻文学是相对没落的。

以上梳理台湾科幻小说在 20 世纪的发展历程，是为了理解 21 世纪台湾科幻的发展，以及在发展中与曾经的科幻传统之间的关系。以下主要从台湾 21世纪总体的科幻生态，台湾科幻对本土议题的映射与关怀，台湾科幻近年来与类型文学、纯文学的交涉和汇融这三个方面展开论述。最后则是对台湾未来科幻发展的一些展望。

一、21 世纪以来台湾的科幻生态

如果要在台湾科幻文学发展史上划出几个关键时刻，必然有一个是叶李华1997 年自美返台，由此推动台湾科幻新一轮的发展。在 20 世纪末的几年，叶李华便翻译出版了大量科普科幻类书籍，在《科学月刊》策划"科学与科幻专辑"。他成立中文科幻网站"科科网"，录播"谈科论幻话创意"的广播节目，都旨在介绍推广科幻与科学。

2001 年，台湾交通大学成立科幻研究中心，由叶李华主持。2003 年主办科幻研究学术会议，次年出版《科幻研究学术论文集》，成为台湾科幻史上的盛事。此外，台湾各高校争开科幻相关课程。最早在 1997 年，台湾交通大学已有《科幻小说与电影》的通识课程。1999 年叶李华同时在世新大学和台湾艺术学院开《科幻天地》。2000 年以后，高校开设科幻课程更为普遍，如张系国、

---

[1] 林耀德：《台湾当代科幻文学（下）》，《幼狮文艺》（台北）1993 年第8 期，第 46 页。

[2] 傅吉毅：《附录五：张系国访谈记录整理（2001/9/29）》，载《台湾科幻小说的历史考察：1968—2001》，台北：秀威资讯科技股份有限公司，2008 年，第 183 页、第 195 页。

康来新在台湾"中央大学"中文系开《科幻文学》、叶李华在台湾交通大学开《科幻作品选读》、在台湾"清华大学"开《科幻概论》，吕应钟在台湾南华大学开《科幻小说与电影》，张惠娟在台湾大学开《女性科幻小说》等，课程从文本到理论，更为多样且细化。[1]除了以上专门的科幻课程以外，叶李华还开设不少科幻与科学串联交叉的课。[2]这些都意味着科幻在高等教育领域得到重视。

科幻教育之外，掀起大范围科幻创作热潮的力量当属相关奖项的设立。台湾地区与科幻相关的文学奖也此起彼伏，科幻学者杨胜博《世纪末到世纪初的台湾科幻（一）：文学奖与科幻小说的交互作用》[3]一文已有详细的梳理。其中，较为关键的是"倪匡科幻奖"的举办。"倪匡科幻奖"从 2001 年至 2010 年共举办十届，征文除了科幻小说外，每年还有不同主题的论述，如科幻作品评论、科幻电影评论、科学与科幻的论述、科技狂想、科普作品等。"倪匡科幻奖"声势浩大，参赛作品来自全球十数个国家和地区，每届收到几百甚至上千的稿件。几届之后，"倪匡科幻奖已成为全世界最重要、最盛大的中文科幻奖，不但打破过去任何科幻奖的纪录，甚至已经在规模上凌驾正统的文学奖"。[4]可见"倪匡科幻奖"在当时的影响力和号召力。

叶李华在 1998 年曾呼吁：填补倪匡、张系国断层，取两家之长，去两家之短，以求在严肃与通俗之间取得调和。"倪匡科幻奖"也在践行他这一理念。由叶李华、倪匡、张系国组成的第一届决审评委颇有象征意涵。张系国所注重的"文学性"当然代表了此前一贯的严肃文学的价值取向。倪匡则是"我笼统地根据好看不好看来评分"，[5]此后多届的决审会议记录中也都可见倪匡对"好看""情节"的反复强调。倪匡作为每届的决审评委之一，代表了一种面向，就是通俗化倾向。叶李华则强调科幻小说中幻想的科学性，主张"化玄幻为科幻"。他

[1] 参见傅吉毅：《附录七：历年台湾科幻课程一览表》，载傅吉毅：《台湾科幻小说的历史考察：1968—2001》，台北：秀威资讯科技股份有限公司，2008 年，第 211 页。

[2] 参见叶李华的个人网站，访问日期：2022 年 7 月 18 日。

[3] 参见泛科学网，2018 年 7 月 24 日，访问日期：2022 年 7 月 18 日。

[4] 叶李华主编：《上帝竞赛：倪匡科幻奖作品集（一）》，台北：猫头鹰出版社，2005 年，第 4 页。

[5] 叶李华主编：《上帝竞赛：倪匡科幻奖作品集（一）》，台北：猫头鹰出版社，2005 年，第 116 页。

对科幻小说的认知是"科学"加上"幻想"，他先后创作的十卷本《卫斯理回忆录》，为倪匡原小说补以大量的科学设定与科技想象，就是对他这一理念的最佳说明。

"倪匡科幻奖"之外，还有相对小型的"超异时空文学奖"，提供科幻、奇幻类的作品竞赛园地，自2004—2008年共举办了5届。"21世纪以后，台湾的科幻文学随着一般文学没落衰微，'倪匡科幻奖'独撑大局。少数出版业则并同奇幻、魔幻小说，在夹缝中发展。"[1]这是黄海在2005年前后的判断，也基本代表了21世纪前十年台湾科幻的情况。可见"奇幻""魔幻"很大程度上挤占或替代了科幻的市场空间。这与新世纪以来台湾大量引进外国科幻奇幻魔幻作品的出版生态是相关的。

外国科幻奇幻作品的引进引发一波又一波热潮的同时，也刺激了台湾地区的科幻生产。多次获得"倪匡科幻奖"的李伍薰，有感于外国科幻占领读者市场，除了自身积极创作取得成绩外，还力图振兴本土科幻、奇幻创作。他2014年创办的海穹文化出版社致力于出版台湾地区科幻、奇幻创作，还组织科幻创意的集体实践。在他的《3.5：强迫升级》出版之后，又集结不同专业、不同领域的作者进行集体创作，由《3.5：强迫升级》中的"3.5公分传送还"概念发想新篇章，相继推出《3.5：全面升级》《3.5无尽升级》，提供了科幻创意延展的新进路。[2]

2018年"泛科幻奖"的出现无异于"倪匡科幻奖"借尸还魂，是由泛科学网主办，仍邀请叶李华助力，只是在规模和影响力上远不如当年的"倪匡科幻奖"，但其背后的思维和理念是有相一致的地方，就是科幻与更广泛科学思维的联结。除了"泛科幻奖"以外，还举办科幻论坛、讲座，开设科幻课程，同时也进行IP转化，将科幻文学作品改编为动画、漫画与广播剧，因为发现"科幻文学可以提供科学传播一条新的出路"，是"让科学成为文化最好的方式"，所以借着科幻小说的趣味性争取吸引更多读者对科学文化的兴趣。[3]此前

---

[1] 黄海：《科幻文学薪火录(1956—2005)》，台北：五南出版社，2006年，第112页。

[2] Shan：《在强迫升级的时代，做最有趣的事——专访海穹文化创办人李伍薰》，《文讯》（台北）2020年第8期，第80—84页。

[3] 彭心玗：《用科幻让科学成为文化：关于泛科幻奖——郑国威讲座侧记》，《文讯》（台北）2020年第8期，第86页。

"倪匡科幻奖"虽然如火如荼，但令叶李华遗憾的是"没有培养出专职的科幻作家"，他认为一个重要原因是当时的客观环境还不成熟，而这次泛科学网做科幻奖，是在站稳科普脚跟之后，"时机终于成熟了"。[1] 当科学与科幻相辅相成的思维成为更广泛的共识，且有人有机构来助推科学成为文化，这样的社会氛围势将给科幻创意的孕育提供温床。

以上基本上是以时间脉络和几种影响科幻的力量来概述新世纪以来台湾地区的科幻生态。此外，还需简单加以说明的是，21 世纪以来的台湾科幻创作的发展并不平衡，大致上，21 世纪初十年的创作态势和成就总体上不如此后的发展。在杨胜博看来，21 世纪初十年台湾的科幻创作，一些作品在题材、概念上延续了前辈作家的创意，"也产生了不少具有新意的作品"，但第二个十年里，"科幻长篇作品更是不断增生，出版的数量与品质都有显著的进步，也象征着台湾作家驾驭科幻小说的能力，即将进入一个更为成熟、细节设定更为纯熟的年代"。[2] 下此判断是在 2018 年，第二个十年还没有走完，但此后的情况只会使他更加肯定这个说法。2020 年 8 月，《文讯》杂志专门策划台湾科幻文学发展的专题，某种程度上也可以看作前些年科幻作品所积聚力量和热度的结果。基于此，下文论述将更偏重 2010 年之后的作品，这样也更符合题目中的"现状"之义。

二、台湾当下科幻小说中本土议题的映射

科幻小说向来有关注现实、批判现实的价值传统，更何况台湾科幻小说自张系国以来就树立了"文以载道"的严肃面向，加上台湾地区这些年对本土意识的强调，一定程度上也为台湾科幻作者将目光转向自身所处社会提供了更多思维的契机和可能，科幻小说中对本土议题的关怀也更加凸显。

有些是直接鲜明地指向台湾地区现实存在的问题，比如伊格言在《零地点》中写台湾核电厂爆炸的前后因果及带来的后续灾难。伊格言直言其介入现实的

---

[1] 叶李华：《致所有智慧生物：让科幻写作 Live Long and Prosper 吧！——"泛科幻奖"缘起》，泛科学网，2018 年 4 月 25 日，访问日期：2022 年 7 月 18 日。

[2] 参见杨胜博：《世纪末到世纪初的台湾科幻（二）：从外来译本到在地创作过渡转化的新世纪》，泛科学网，2018 年 7 月 24 日，访问日期：2022 年 7 月 18 日。

姿态："某些时刻，我想正面撞击，甚至直接介入当下现实，而《零地点》正是这样的作品"。[1]如科幻学者陈国伟所指出的，"伊格言透过《零地点》回应核四所带来的环境浩劫与生态永续辩证，直指背后的权力支配网络脱离不开国家机器、科技论述与资本主义所形成的新共谋关系。"[2]更且值得一提的是，伊格言把这一小说在社会上的出版视为在小说叙事艺术完成后的一场"行动艺术"，而后续引起的反响也必将是其与现实直接对撞这场行动艺术的一部分。[3]

再如高翊在2019年出版的长篇小说《2069》中，悠托比亚岛的曼迪德区在裂岛事件后被四国共同管理。小说所透显的危机感无疑与台湾地区当前所面临的形势相关。高翊峰表示"在这新的长篇里我以科幻作为类型主题，试着去处理台湾这个岛屿的处境问题。特别是这个岛屿在东亚微妙的边缘政治地带，以及他在广泛的全球体系中的岛屿性格。"[4]在贺景滨长篇小说《我们干过的蠢事》中，主人公身在柏林对台湾不断地介绍。当被问及为什么选择柏林和台湾当作被描写的现实时，作者指出是因为台湾地区与冷战时代的柏林相近似的处境。诚如李奕樵所指认的，《我们干过的蠢事》不只是科幻小说，亦有写实的面向，触及了台湾地区当下的现实。[5]以上几部作品鲜明地显现出科幻小说的政治性，以及对台湾境况高度而强烈的关注，同时不乏对所处境遇的深层思考。

在一些台湾科幻小说中，也可见对台湾岛屿命运的关怀与忧虑。洪兹盈长篇小说《墟行者》中，主人公苏菲亚蜗居的"胶囊空间"是"岛屿计划"下避难舰艇"明日号"中的一个蜂巢格子，因气候变化大，T岛作为海岛大有被洪水淹没的风险，作为末日预备计划，一部分人被安置在这艘救援舰艇中。[6]暂且先不谈小说中更为深远的问题意识，仅仅是大背景的设置就可以见其关切，

[1] 伊格言、骆以军：《我将介入此事——伊格言对谈骆以军》，载伊格言：《零地点 Ground Zero》，台北：麦田出版社，2013年，第313页。

[2] 陈国伟：《台湾科幻文学系谱—类型做为多重政治的展演》，《文讯》（台北）2020年第8期，第33页。

[3] 伊格言、骆以军：《我将介入此事——伊格言对谈骆以军》，载伊格言：《零地点 Ground Zero》，台北：麦田出版社，2013年，第314页。

[4] 高翊峰演讲，邓观杰记录整理：《我的文学梦——从短篇到长篇的单程转身》，《文讯》（台北）2020年第7期，第166页。

[5] 李奕樵：《科幻·后设·写实的三位一体小说——读贺景滨〈我们干过的蠢事〉》，载贺景滨：《我们干过的蠢事》，台北：春山出版社，2020年，第319—321页。

[6] 洪兹盈：《墟行者》，台北：宝瓶文化出版社，2018年，第18—21页。

显然攸关小岛命运，是对于台湾这座海岛在极端气候变化下的生存环境的迫切忧虑。吴明益的《复眼人》是由关注太平洋上的垃圾涡流而起的，小说中一个垃圾聚合的岛屿瓦忧瓦忧岛撞上了台湾岛东海岸，其中亦可见对岛屿生态的关怀。

台湾地区的更多具体议题也潜存在科幻小说的情节中。《复眼人》中的传统捕鲸人阿蒙森不得不面对文明社会保护鲸鱼的价值观念而调整自己的行为。这是岛上先住民生活方式与现代文明的矛盾之处，也是台湾长久固存的社会议题之一。伊格言《零度分离》的第一个短篇《再说一次我爱你》中，主人公动物行为学家兼鲸豚专家 Shepresa 为保护鲸豚而进行的关于动物具有意识和情感的辩论，恐怕也是台湾地区社会动物保护议题各方声论不下的一种反映。贺景滨《我们干过的蠢事》中多次借主人公之口谈及台湾地区的不同面向，比如多神教的信仰导致的价值观混淆和矛盾、作为曾经的殖民地在追求现代化过程与传统的纠缠与挣扎等，都是台湾地区所不得不面对的现实情形。

伊格言的长篇小说《噬梦人》中生化人 K 对自我身份的反复辨认、对记忆与情感的剥离与体认，未尝不是台湾地区因复杂历史而一直存在的国族认同、身份认同问题的折射。在骆以军与伊格言关于《噬梦人》的对谈中，针对身份以及认同的部分，伊格言回应：

> 《噬梦人》中所涉及的未来，并非"孤立的未来"，而是"指向现在与过去的未来"（事实上我认为，所有看来与现实并不直接相关的文类，如科幻、奇幻、武侠等，只要有艺术价值存在于其间，都是直接指涉现实的）。然而无论是过去、现在或未来，我所试图触摸的，无非是那种内在的暴乱。……我想我们无需再次复述我们所在的岛屿殊异的混血性格了。[1]

"指向现在与过去的未来"说明《噬梦人》并非只是对未来社会的想象，也映射当下及历史，而"无需再复述"说明岛上这种复杂情况一直存在且纷争历久，小说中关涉这个议题也就是自然而然的事了。

此外，台湾科幻小说还在性别议题上凝聚思考。20 世纪 90 年代酷儿理论一度风靡台湾，洪凌、纪大伟就曾"透过科幻实践酷儿文学的理念，对既有的

---

[1] 伊格言、骆以军：《梦的奥斯维辛——伊格言对谈骆以军》，载伊格言：《噬梦人》，台北：联合文学出版社，2010 年，第 469 页。

性别本质化倾向与刻板想象进行颠覆与批判，重新组合身体与性别的各种可能"[1]。在性别议题已取得阶段性成果的今日台湾，林新惠的短篇小说集《瑕疵人型》延续了对性别议题的思索。《剥落》一篇中，"她"身体上不断剥落的肉身组织不断凝汇在人体模型"他"的身上，这个跨越的过程如张亦绚所分析：

> 始虽然状似惊悚地"掉了一块肉"——但整篇读毕，就会知道，这种同时兼有"肉身缺损"或未完成的感觉，对应的也是当前我们简称为"逆性别"或"跨性别"，深层意识中的忧伤。[2]

而《Lone Circulates Lone（LCL）》以人类"他"跌入人造人"她"的 LCL 体液中而无法共容的复杂感受成篇，"心灵之壁"的无法消解或许正是跨性别者所面临的深层困境和永恒孤独，正如作者对 LCL 的解读，是"孤寂环生孤寂"。[3]在小说后记中，林新惠写道"人和机器之间，不是非黑即白的二选一，而是光谱。"[4]她以性别光谱的思维来认知人机边界，可以看到，科幻在此间成为了思想的媒材。

以上可略见出台湾近年来的科幻小说在社会议题上所呈现的关怀，一方面反映了创作者熔铸现实境况与科幻设想的能力，另一方面也极大地挖掘了用科幻思考现实、干预未来的潜力。

三、在通俗与严肃之间：科幻与类型文学、纯文学的交织

1. 科幻与不同类型、元素的交融

陈国伟在 2020 年的文章中总结台湾文学的发展：

> 一九八〇、一九九〇年代开始，包括张大春、平路、黄凡、林耀德、

---

[1] 陈国伟：《台湾科幻文学系谱——类型做为多重政治的展演》，《文讯》（台北）2020 年第 8 期，第 32 页。

[2] 张亦绚：《冰冻三尺处的小说家林新惠》，载林新惠：《瑕疵人型》，台北：时报文化出版社，2010 年，第 13 页。

[3] 林新惠：《瑕疵无处回收》，载《瑕疵人型》，台北：时报文化出版社，2010 年，第 48 页。

[4] 林新惠：《瑕疵无处回收》，载《瑕疵人型》，台北：时报文化出版社，2010 年，第 247 页。

杨照等有自觉地运用推理与科幻类型，去演绎解严前后蠢蠢欲动的政治批判与认同辩证；而到了洪凌与纪大伟手上，则更进一步将性别政治与推理、科幻与奇幻混搭，甚至吸血鬼、怪物等次类型也同步登场，进一步解放纯文学的叙事秩序。进入二十一世纪，类型更成为炙手可热的叙事装置，不仅屡屡在吴明益、高翊峰、张耀升、伊格言、朱宥勋、洪兹盈的创作中现踪，甚至五年级的骆以军、陈雪，也加入了将类型文学组装入纯文学的行列。[1]

总体来看，21世纪以来，纯文学作家运用类型文学、通俗元素的行为更加普遍。单从科幻文学的发展角度来看，台湾的科幻文学从此前张系国所建立的严肃文学的价值传统在 20 世纪 80 年代、20 世纪 90 年代即有了新的变异，个别作家已开出了与类型杂糅的路子。以上所列举进入 21 世纪后运用类型装置的作家中，吴明益、高翊峰、伊格言、洪兹盈、骆以军都从事科幻创作，或不同程度地将科幻元素纳入小说创作。科幻作为一种类型元素，在 21 世纪成为更多台湾作家创作的重要手段和方式，更广泛地与侦探推理、奇幻、魔幻等大众文学元素相结合。与此同时，那个"文以载道"的科幻传统仍在发潜德之幽光，在大众类型和通俗元素的背后，往往不失人文关怀。

科幻与更多通俗化元素的结合，其中与推理的嫁接最为明显和普遍。如陈国伟所言，台湾科幻"出现了类型本体性的革命，那便是科幻推理在 2010 年前后的大规模登场"。[2] 2009 年出版的宠物先生《虚拟街头漂流记》就是科幻与推理有机结合的典范。小说借虚拟商圈中一场曝尸案的推理过程，来剖析承载在人工智能上的父爱。虚拟实境的总工程师大山痛失独生女儿 Alice 后设计出人工智能 Alice2，并为她重建了虚拟的西门町作为其生活的世界和乐园。推理故事的套子下是对"科技"与"人性"关系的探问，也是对小说开头所引爱德华·特纳"科技如何改造人性？"的回应。游善钧《神的载体》在推理的架构中即涉及人工智能、虚拟空间等科幻元素，到《完美人类》时则更有理由标榜科幻推理，故事设定在资源短缺的一百年后，每个人都要经过寿命检测，

---

[1]　陈国伟：《发达视觉时代的黑暗之心》，载陈柏青：《尖叫连线》，台北：宝瓶文化出版社，2020 年，第 9 页。

[2]　陈国伟：《台湾科幻文学系谱——类型做为多重政治的展演》，《文讯》（台北）2020 年第 8 期，第 33 页。

生命长的人才有资格诞生，在一个天才少女破解连环杀人案与科生局谜团的推理故事里，谈论人的价值受科技宰制的问题。此外，诸如林斯谚《无名之女》中的换脑设定、薛西斯《H.A.》中的人工智能与线上游戏，都是将科幻元素与推理程序相结合的作品。

科幻与推理的衔接之外，台湾科幻的创作显然有更复杂的面向。叶覆鹿的《小城市》同样包含推理和科幻，但同时以类剧本的形式打造了现代武侠片的氛围，而其核心关怀是记忆、存在与书写。[1]伊格言《噬梦人》中以主角 K 作为人类联邦政府和生化人解放组织的双面间谍展开叙事，也运用大量剧本式的文字营造影视剧般的阅读体验，借由人类与生化人无限难辨的区别离析人之为人的本质，探问记忆、情感之于人的关系。吴明益的《复眼人》更是糅合科幻、奇幻、地志传说与魔幻写实诸种元素，其主题关乎人与环境，更关乎人性。以上作品不仅仅是类型的杂糅，更是多种元素与形式的叠合与实验，它们在兼顾了可读性的同时，往往还能做到不失其人文价值。

2. 科幻文学 / 纯文学：终极求索与神话境界

严肃的人文关怀是一方面，人文哲思的深度与广度则是另一方面。李欧梵曾在为张系国《星云组曲》的序文里论及他认为的最高层次的科幻小说的样子：最高层次的科幻小说，我认为是蕴含着深厚的哲理，而且充满了神话的小说，其所载的"道"，应该是与全人类、整个宇宙息息相关的"道"。[2]所蕴含的深厚哲理不仅仅是一个民族的，更是与全人类、整个宇宙息息相关的道，此外还需要具有神话的意境。在台湾近年的科幻小说中，似乎可以看到这样体现终极至道，有神话意境的作品。

伊格言的《零度分离》不约而同地被指认它所具有的"神话"意味。韩松说"越读它就越来越具有神话般的启示录的意义"[3]，他认为"《零度分离》是在窥探造物者的秘密，然后作者自己试着去做造物主"，尤其是其中谈到意识的来源问题时，使他感到了科学工作者初次发现大自然的终极秘密时的那种敬畏感，那种曾被杨振宁先生极力描述过的"极深的宗教体验"。[4]朱嘉汉

---

[1] 叶覆鹿：《小城市》，台北：九歌出版社，2011年，第4页。

[2] 张系国：《星云组曲》，台北：洪范书店，1980年，第8页。

[3] 伊格言：《零度分离》，台北：麦田出版社，2021年，第347页。

[4] 伊格言：《零度分离》，台北：麦田出版社，2021年，第350–351页。

表示："《零度分离》给我的时间感是神话式的，就好像是那遥远到不可想象的，世界诞生之前、时间诞生之前，甚至也预言了世界的终结。"[1] 伊格言的回应触及了这种神话感的本质：

> 终究，神话是最"大"的事，最"大"的小说。所谓"大"未必涉及篇幅长短，而是"直指众人最隐秘、最核心、最魂牵梦萦而又往往为语言所难以直接触及之事。"[2]

之所以会有神话意境，在于其窥探了关乎人类核心的终极真理。

吴明益的《苦雨之地》与《零度分离》的结构相似，是由"云端裂缝"这一科幻概念联结起几个彼此独立但有相关联的小说，同样具有某种"神话"意境。在第二篇《人如何学会语言》中，自闭的狄子从小对鸟鸣敏感，后来成为鸟类科学家，听力严重受损后，帮助出生就聋的人欣赏鸟鸣，逐渐创造用手语向伙伴形容各种鸟声的表达，以小说的形式思考了语言如何演化出抽象表达的问题。吴明益在《苦雨之地》的后记中引威尔森《人类存在的意义》谈及文化的演进，认为这些"人文学科在做的事"也是小说在做的事，小说要处理的是人抽象的"精神"的演化，他想"借由小说这种形式，去设想人跟环境的异动、人与物种之间的关系，去感受人作为一种生物的精神演化"。[3] 总之，吴明益也是在透过小说的方式来试图探索人类精神演化的奥秘，这种面向生命演化本源的求索自然就更具神话意境。

另一个在科幻小说中体现极致追问的是贺景滨。贺景滨自《速度的故事》就一直在探索小说的可能。他 2005 年出版的《我们去阿鲁巴》质问的是"如果 VR 可以创造同样的世界，那世界到底是什么？"[4] 小说满篇戏谑调笑，又时时夹带妙语断言，被骆以军冠以"超级唬烂王"的同时，认为他又"处决

---

[1] 朱嘉汉：《零度是如何有抒情——伊格言与〈零度分离〉》，《印刻文学生活志》（新北）2021 年第 3 期，第 80 页。

[2] 朱嘉汉：《零度是如何有抒情——伊格言与〈零度分离〉》，《印刻文学生活志》（新北）2021 年第 3 期，第 81 页。

[3] 吴明益：《万物升降于哀戚但并非死灰》，载《苦雨之地》，台北：新经典图文传播有限公司，2019 年，第 247—248 页。

[4] 林新惠：《愚蠢与科技并行的科技废墟——贺景滨》，《联合文学》（台北）2020 年第 12 期，第 85 页。

了一次小说"。[1]《我们干过的蠢事》的主线是"鲁蛇小说家"与"故事大纲演算法"的终极较量,在这个过程中思考数位资讯时代下人是什么,小说还能是什么的问题。这次是直接在小说中思考小说的问题,展现了强烈的思辨性与论述性,颠覆科幻作为类型写作的窠臼,反沉浸式体验可能是最表层的,而到底是"小说家试图欺骗 AI 演算法",还是"小说家自以为是欺骗 AI 演算法的数位语言主体,但 AI 演算法实际上是满足自恋小说家自我欺骗的数位语言主体"?[2] 小说结尾,"我"也许仍落入了演算法的深渊,就像博尔赫斯《环形废墟》中梦的回圈那样。而这或许也构成了一种殊异的神话感。

以上所举的几部台湾科幻小说中,都展现了科幻小说探索终极真理的严肃思考,以及所抵达的疆界。也许可以说,科幻小说到一定的极致,其实就是关于文学的可能,小说的可能。这种可能是如同发现科学真理般接近人类精神世界的真理。也是在这个意义上,科幻文学与纯文学无分轩轾。

四、台湾科幻文学的展望

虽然王德威在为 2021 年出版的《零度分离》的序文中说"台湾的科幻小说一直未能成气候",接着他笔锋一转,"但无碍有心作家实验各种形式,想象另类真实"。[3] 当下台湾种种社会、环境、政治、性别议题,以及后人类理论的流行,都使得科幻文学大有作为的空间。尤其是,伊格言等人纯文学立场的科幻写作也已树立了当代新典范,科幻在台湾与各种类型元素的交叠实验所产生的魔法也有了一定的模式,台湾文坛追求新异的风气或使其激发得更为剧烈。鼓励科学思维的整体社会环境也将"让科学成为文化"逐步实现,或将催生更多的科幻创作者和科幻读者。在台湾浓郁的人文传统的底色下或也将提升科学氛围,不久的将来,或可见多一些硬科幻、巨型科幻生发出来。

目前台湾科幻创作群体跨越老中青三代。"台湾科幻之父"张系国今年 5

---

[1] 贺景滨:《速度的故事》,新北:木马文化出版社,2006 年,第 11–12 页。

[2] 辜炳达:《〈我们干过的蠢事〉,或谁能欺骗 AI 演算法?》,载贺景滨:《我们干过的蠢事》,台北:春山出版社,2020 年,第 327–334 页。

[3] 王德威:《后人类爱情考古学——伊格言〈零度分离〉》,载伊格言:《零度分离》,台北:麦田出版社,2021 年,第 20 页。

月还出新作《蒙罕城传奇》，黄海一直在少儿科幻领域笔耕不辍，长期耕耘科学科普的学者张之杰在 2016、2018 年接连出科幻小说集《凤凰涅槃》《什么也没发生》，骆以军近年的《女儿》《匡超人》《明朝》无一不涉足科幻，伊格言将持续建造"内在精神世界的《三体》"[1]，贺景滨、高翊峰、吴明益近两三年皆有大部科幻新作，李伍薰不断联结并激活科幻奇幻的本土创造力，李奕樵、游善钧、林新惠等年青一代融会科幻元素游刃有余。总体上，面向科幻的创作能量丰沛。

其次是跨文类实践的可能。陈克华 2019 年出版的《失眠者：微型科幻小说诗 + 图》，相比于 1987 年的科幻诗《星球纪事》叙事性更强；黄海的科幻童话《宇宙密码》，其形式也如同分行诗；高翊峰的超现实怪诞科幻长篇《幻舱》中时不时出现近于诗的语言，应该是有意识地与小说幽闭的氛围、沉缓近乎淤滞的节奏相吻合。另外，科幻创作群体中不少多栖写作者，兼善小说、诗歌、散文，如骆以军、伊格言、游善钧等，科幻诗或也有更多抽穗的可能。

再者，不同知识背景的创作者涉入科幻创作，如医学、生物学、历史学、自然生态学等。不少科幻创作者在科幻小说中操练各类学科的知识与理论，显现出跨越人文科学、社会科学、自然科学的知识素养，如贺景滨小说中百科全书式的人文思辨，伊格言小说中逻辑学、哲学、心理学、社会学的论述，吴明益小说中的自然博物学倾向，张之杰的"知识型科幻小说"等。这种跨领域的知识储备作为丰沃的土壤，所转化出来的科幻样貌也许会更加斑斓。

如是经年，台湾是否可以迎来属于科幻文学的文艺复兴，再现科幻奇观？

作者简介

刘曼，台湾政治大学中文系硕士生，研究方向为古代文学。

---

[1] 袁欢、金盈：《伊格言：最好的文学不应该只停留在抒情上》，载中国作家网 2017 年 11 月 3 日，访问日期：2022 年 7 月 18 日。

多元开花的香港科幻，交融绽放的湾区未来

吟 光

一、香港科幻：多面开花的枝桠

半个世纪以来的香港科幻创作，以"纯科幻"为主题的比重不高，但与玄幻、武侠、纯文学的超现实主义以及推理侦探等类型相结合，亦有杂糅生发出多元多样的发展态势。借用评论家三丰的观点，结合笔者自己的理解，香港科幻总共分为以下几类。

1."纯科幻"为主的创作

20世纪五六十年代，香港的科幻小说有赵滋蕃的《飞碟征空》《太空历险记》《月亮上望地球》，杨子江的《天狼 A-001A 号之谜：科学幻想小说》。涌现出较为重要的两位：杜渐，原名李文健，毕业于中山大学中文系，历任香港多家杂志主编及编辑，出版《机器人传奇》等，是重要的科幻推手；李伟才，笔名李逆熵，是香港科普、科幻作家，代表作有《超人的孤寂》、科幻小说集《泰拉文明消失之谜》等，获选 1985 年香港十大杰出青年，亦为"香港科幻会"会长。

这二人主编的《科学与科幻》丛刊以季刊形式，在三联书店（香港）共出版了四辑，除了译介世界科幻名家名作如"阿西莫夫特辑"外，每期亦刊登 4—8 篇香港科幻创作，曾与成都的《科幻世界》和台湾的《幻象》并列"华人三

大科幻杂志"[1]。在丛刊第二辑，采访报道了当年唯一把科幻列为比赛项目、而又定期举办、收录成书的征文活动："新雅少年儿童文学创作奖"；亦提及早在1984年，教育署和香港数理教育学会合办了一次英文科幻小说创作比赛，得奖的八篇作品收录在《啊！月亮先生……》（OH, MISTER MOON）。

到了新世纪，谭剑被港媒称为"倪匡接班人"，他是英国伦敦大学电脑及资讯系统学士，英国布拉德福德大学企管硕士，于1997年出版首部小说《虚拟未来》，2007年以《免费之城焦虑症》获台湾第七届"倪匡科幻奖"佳作，2010年凭长篇作品《人形软件》摘得首届"全球华语科幻星云奖"长篇小说奖金奖，三部曲由天行者文化出版，其中第一二卷有简体版。

2012年，科幻世界的《星云9：港台科幻专辑》收入了香港科幻作者的两篇小说，包括陈立诺的长篇推理科幻《园丁》和夜透紫的短篇《宠儿》。

2. 通俗文学及网络小说中的科幻

说起香港科幻，很多人记忆当中最闪亮的名字，当数倪匡——被喻为"香港四大才子"之一的他，所创造的"卫斯理系列"脍炙人口，前期第1至80部作品由明窗出版社发行，后期第81至131部作品由勤+缘出版社发行。由《钻石花》到《祸根》一直在《明报》连载，从1963年连载至1992年，一度停笔五年，后复出继续连载《头发》，从《阴魂不散》之后只以书籍形式发行，至2005年最后一个故事《只限老友》终结，在港澳台地区风靡多年。

以第一人称叙述、想象外星人境遇的《蓝血人》为"卫斯理系列"代表作，多次翻拍成不同类型的影视作品，入选"二十世纪华文小说一百强"。金庸评价倪匡：无穷的宇宙，无尽的时空，无限的可能，与无常的人生之间的永恒矛盾，从这颗脑袋中编织出来。2013年，第24届香港书展特设"卫斯理五十周年展"并举办"卫斯理五十周年座谈会"，让书迷重温卫斯理的奇幻之旅。

在倪匡之外，不得不提的另一重要作家就是黄易，成就过不少香港人的集体回忆。黄易毕业于香港中文大学艺术系，曾任香港艺术馆助理馆长，据悉早年博益出版社编辑李国威建议他创作科幻小说，在第一部科幻小说《月魔》问世后，陆续出版一系列以"凌渡宇"为主角的科幻小说。虽然其代表作《寻秦记》

---

[1] 吴岩：《香港之旅之二：孤寂的超人》，2010年5月1日，新浪博客，访问日期：2021年12月1日。

多被认为是玄幻武侠小说，但其实探讨到关于时空实验、时空机器等科幻设定，启发了后来网络武侠、玄幻和仙侠小说的惯常套路。他的《星际浪子》描绘了若干万年后的宇宙危机，讲述人类与黑狱星人战斗的故事，亦涉及银河系的不同种族，融合现代物理学理论和武侠元素；此外还有科幻短篇小说系列《超脑》等。

从某种意义上来说，科幻只是黄易创作中的一个符号，用来解释作者对人类的反思和对玄学理论的诠释，所以称之为"玄幻小说"或许更为合适，也体现了其一定程度上融入东方哲学的探索。

"Mr.Pizza"的科幻长篇小说《那夜凌晨，我坐上了旺角开往大埔的红VAN》最先于香港网上讨论区高登连载，追随者众多，后出版实体书，并由香港导演陈果改编成同名电影，于2014年4月10日上映。在郑政恒等评论家看来，此书可视为香港本土科幻小说中结合科幻与悬疑的"sci-fi thriller"。

陈浩基，毕业于香港中文大学计算器科学系，创作以推理为主，亦有科幻元素，曾获"倪匡科幻奖"三等奖等，其推理科幻小说《网内人》曾获"亚洲周刊2017年度十大小说"奖，科幻推理短篇连作《气球人》于2021年由花城出版社推出。

2008年起以狼派武侠《武道狂之诗》大受注目的乔靖夫，也曾创作过本土化末日描写的科幻小说《香港关机》，描绘灾难来临时的社会现象与人心百态，由天行者出版。2013年，网络作者"有心无墨"在高登讨论区连载并出版时间旅行题材悬疑科幻《千万别试图改变过去，不然赔上的可不单是性命》。

3."纯文学"中的科幻

2018年5月，香港科技大学召开"华语科幻"研讨会，探讨科幻小说在当代华语世界中的文化表达，以及科幻在文学写作中开启的新面向。邀请阎连科、董启章、骆以军、陈冠中、韩松、陈楸帆、伊格言七位作家，是文坛跨越三个年龄组别的重量级人物。第二部分科幻研究者的工作坊中，由哈佛大学王德威教授领衔发表主题演讲，其余学者的论题涵盖环境、性别、文化差异、虚拟现实等问题，从多方位来评价科幻及其实验文本在华语世界中的成就。在这次研讨会上，董启章、骆以军等纯文学作家对科幻的观照即可见端倪。

董启章是香港大学比较文学系硕士，早年的《地图集》《V城繁胜录》《天工开物·栩栩如真》《时间繁史·哑瓷之光》等就颇具科幻色彩，2013年以《地图集》英译本获得美国加州大学"科幻 & 奇幻翻译奖"长篇小说奖。2018 年推出的长篇小说《爱妻》，探讨人的意识与人工智能问题，小说向现实生活取材并变形再现，跨越生与死、男与女、人文与科技、精神与肉体的边界[1]，获 2019 年台北国际书展大奖的小说首奖及红楼梦长篇小说奖决审团奖，与近年作品《心》《神》并列为"精神史三部曲"。

而在他 2020 年出版的《后人间喜剧》中，从科幻情节的设定出发，讲述主角作为"模控学"（cybernetics）专家，参与"康德机器"研究计划，目的是为创造出超越现有人类的"后人类"。书中将对算法、人工智能、系统控制论、递归原理、熵等熔为一炉，狂想出了一系列似是而非的科幻元素：魔术子弹、旋转瀑布、符碌理论与仆街理论（声称响应热力学第二定律），甚至发明"甜甜圈立体运算"，核心讨论的问题是：在"后人类世"，自由意志的价值何在？

此外，韩丽珠的《缝身》和《空脸》有奇想的情节设置，《缝身》中的立法机构颁布《缝身法例》，成年者可以进行缝身配对，令人联想到婚姻制度。[2] "80 后"作家曾繁裕的第一次科幻尝试《后人类时代的它们》，以仿生人的情欲世界与孤独星球，回应当代的生存惶惑。香港现代派诗人廖伟棠在2021 年写过《反科幻诗》。另外援引科幻研究家三丰的观点，他认为包括西西的《浮城志异》、邹文律的《笼子里的天鹅》都属于泛科幻作品。

4. 其他形式中的科幻

2015 年，"70 后"艺术家徐世琪发起系列写作计划，联同多位关注不同社会议题的艺术家文化工作者与社会行动者，在两年间共同讨论并想象香港的科幻未来，最终出版《暗流体：徐世琪的科幻创作实验计划》，可称是关于香港未来想象的思考练习，也希望是讨论"港式未来主义"的开始。

2019—2020 年，深圳市政府主办"第八届深港城市\建筑双城双年展"，主板块"城市升维"由孟建民院士及法比奥·卡瓦卢奇团队策展，南方科技大学科学与人类想象力研究中心主任吴岩教授担任联合策展人，其中特别项目"九座城市，万种未来"获得组委会大奖。著名科幻作家刘慈欣、孟建民院士、吴岩教授以及香港青年作家吟光据此共同主编同名科幻合集《九座城市，万种未

---

[1] 郑政恒：《特辑：华文科幻小说史》，《明报月刊》（香港），2019 年 7 月号。

[2] 同上。

来》，收录重要展品，并邀请多位科幻作家、学者聚焦于城市中的人与建筑、城市中的人与空间、城市中的人与人，通过艺术和科技、现代与未来、虚拟与现实、已知和未知等二元要素之间的碰撞和叠加，对未来城市展开多个层面的构思与想象。

二、2019 年至今：转折之后

2015 年，科幻领军人物刘慈欣《三体》获第73届"雨果奖·最佳长篇小说奖"，揭开华语科幻盛世的序幕。2019 年初，刘慈欣小说改编的电影《流浪地球》引发全民狂热，几乎被称为开启中国"科幻电影元年"，这股风潮吹遍全国。

2019 年 3 月中旬，香港浸会大学国际作家工作坊主办文学节，定题为"科幻的多维世界"；3 月底第三届"美伦科幻大会"（Melon-X）在港召开，主题是"银河丝路上的外星人"。

《香港文学》杂志 5 月号推出"华语科幻小说"专辑，收录七篇内地和香港作者的科幻小说，其中中国更新代科幻作家代表陈楸帆的《刻舟记（V2.0）》以神经算法和主体间相关性互动电影作为核心科技构想，细致的科技描述提供了极高可信度和新奇感，浓郁地道的香港味道和氛围也为小说增添了本土特色。此外，"文艺漫谈"栏目刊有卫斯理学院东亚系副教授、科幻研究家宋明炜的专辑小记，以及南方科技大学教授吴岩的访谈实录，"九零后"专栏中也有一篇新人新作，"诗歌"栏目中香港诗人区肇龙贡献了一首科幻诗《星际启示》。[1]

年中盛会，第 30 届香港书展以"科幻及推理文学"为主题，介绍九位香港科幻及推理文学作家，包括杜渐、倪匡、黄易、李伟才、梁科庆、谭剑、徐焯贤、陈浩基及厉河，其中陈浩基于格子盒作室推出新书《第根欧尼变奏曲》，收录第十届"倪匡科幻奖"三奖作品《时间就是金钱》等十七部作品；谭剑在星夜出版推出个人作品《免费之城焦虑症》，特别收录了"一字小说""无字小说"；李伟才则推出《论尽科幻——突破导写与导读的时空奇点》，综合逾半世纪对中外科幻小说之阅历，书写有关科幻小说创作与赏读心得，譬如提出

---

[1] 三丰：《〈香港文学〉2019 年 5 月号"华语科幻小说"专辑评论》，2019
年 11 月，星云科幻评论，访问日期：2021 年 12 月 1 日。

老舍的《猫城记》是中国科幻小说的先驱。

几乎同时，由资深报人、著名小说家查良镛（金庸）创办、海内外历史悠久的文化刊物《明报月刊》在七月号开辟"科幻专题·特辑"，集中采访了倪匡、刘慈欣、韩松三位华语科幻宗师，并由香港著名评论人、岭南大学人文学科研究中心研究助理郑政恒撰写《华文科幻小说史》，本文部分材料亦援引于此。

到了年底，《亚洲周刊》小说类十大好书选出三部科幻作品：董启章的《命子》，以及七月的《群星》和陈楸帆的《人生算法》俨然在列。此外，香港中和出版有限公司陆续出版《流浪地球：刘慈欣中短篇科幻小说选》《乘客与创造者：韩松中短篇科幻小说选》等科幻图书，上文提到的"第八届深港城市\建筑双城双年展"亦发生于 2019 年。也是在此期间或之后，董启章的创作从传统文学转向更多的科幻面向，上文提到的《爱妻》《后人间喜剧》等都是创作于此，并多次斩获文学奖项。

三、前路何方：新移居港籍作者与大湾区

香港，这个爆炸式的大都会，常能激发艺术作品里对赛格朋克的想象，《银翼杀手》《攻壳机动队》等著名科幻电影，皆在此地取景。然而吊诡的是，近些年来，本土"纯科幻"创作氛围却似乎不浓。展望未来，前路何方？我们看到，最常出现的两个关键词是：港漂，大湾区。

1. 港漂 / 新移居港籍作者

上文多次提到的科幻评论家、研究者三丰，本名张峰，是新移居港人的代表，美国马里兰大学城市规划博士，现任南方科技大学科学与人类想象力中心访问学者，全球华语科幻星云奖推选委员会主席，深圳科学与幻想成长基金首席研究员，亦是中国科幻研究中心特聘专家，香港大学名誉助理教授，世界华人科幻协会秘书长，《星云科幻评论》主编、《世界科幻动态》执行主编。主要研究领域包括科幻史、科幻产业、科幻与创新、科幻与城市发展，被认为是 A.I. 级的中国科幻观察者与资料控。

视野到了 20 世纪 90 年代以后出生的作家。硕士毕业于香港科技大学人文社会科学学院的吟光，本名罗旭，现任蓬莱科幻学院院长，香港作家联会推广

主任。其系列小说"港漂记忆拼图"中的《造心记》《挖心术》《时空夹缝》等篇目带有科幻色彩，探讨后现代语境之下的后人类等命题；另有《天海小卷》等幻想作品糅合了奇幻、武侠与科幻风格，戏仿"弦理论"等设定，融合古典神话与科技反思，展现了以"非人类与人类制造亲缘"为主体的想象画卷，关照疫情下的精神空虚与情感缺失等问题。她的创作跨越小说与诗歌、音乐、游戏、新媒体艺术等类型边界，进行多/跨媒介、超/跨文本的创新实验，延伸文学叙事在科技时代的形态，其多元性与香港文化的发展样式一脉相承。

另一位活跃的科幻作者、研究者和译者范轶伦，获香港中文大学文化研究学士和哲学硕士学位，曾供职于科幻文化公司成都八光分文化，现为加州大学河滨分校"推想小说与科学文化"博士生，世界华人科普作家协会副秘书长。她曾获"未来科幻大师奖"，擅长描摹文化与科技之间的张力，以香港为背景的短篇科幻小说《城市之光》翻译成意大利文和英文，收录于中意双语选集《赛博格中国》和《尖端》杂志。

在香港还有一位"90后"作家，与"四大天王"之一的韩松同名，香港科技大学人文社会科学学院硕士，现于康奈尔大学攻读比较文学博士学位，曾获"台积电文学赏正赏"，被称为"小韩松"。他的短篇小说《二十一世纪俱乐部》发表于香港本土文学杂志《字花》，拉长时间距离，设定二十一世纪已成远古黄金年代，未来收藏家在废墟之间寻找往日踪迹。过去的废物成为宝物，纸巾或是艺术，塑料晶莹剔透，他们仔细研究，摸得着，猜不透。小说继承科幻议题，在"拟真"的世界怀念"真"，亦搬演、嘲讽中国文学的怀古母题。

此外，旅居过这座城市的科幻作家也有不少。上文提到的陈楸帆曾于2006至2008年在香港大学/清华大学整合营销传播（IMC）联合项目就读研究生，2010年于杂志《LIME》发表以香港为故事背景的粤语小说《派对之死》；科幻作家海漄现居深圳，曾在香港从事金融工作，擅将科幻和历史传说及民间怪谈相融合，2021年以《走蛟》获第四届"冷湖科幻文学奖"中篇小说二等奖；硕士毕业于香港大学的程皎旸曾获香港青年文学奖季军，2021年在海峡文艺出版社推出短篇集《危险动物》，以更接近超现实或魔幻主义的笔调，浓缩了作者对香港的异乡观察。

有意思的是，2021年已年逾84岁高龄的香港著名跨媒介叙事大师西西出版长篇小说《钦天监》，有评论者也将其算作科幻小说：以明末清初时期主角进入钦天监学习的主线，展示东西思想交锋的大转折时代周易占星术如何应对西方天文学、几何、数学、地理学的问题。[1] 要说起来，西西是 13 岁从上海随父母移居香港，可谓新移居港籍作者的始祖。

从以上种种可以看出，无论过去还是现在，硬核为主体的创作较少成为香港科幻的主流，更多还是要与传统现实文学、奇幻 / 玄幻文学、超现实主义、推理侦探甚至武侠等类型相结合，而且要时常游走在纯文学（如董启章）和网络文学、流行文学（如倪匡、黄易、Mr.Pizza）的边界之间，这或许与香港作为国际大都会、东西方文化杂糅的丰富特质息息相关，也其实代表了香港文学乃至地区文化本身就存在着的多元维度。

2. 粤港澳大湾区

粤港澳大湾区包括香港特别行政区、澳门特别行政区和广东省的珠三角九市，是国家层面发布的发展战略。2017 年，在中国作协和广东省作协的指导下，深圳市作协倡议发起了粤港澳大湾区文学发展峰会，并于 2019 年、2020 年陆续召开第二、第三届，还举办"大湾区杯网络文学大赛"等举措，提出粤港澳三地同宗同源、文脉相亲，力图塑造具有文化认同的湾区人文精神内核。

在第三届发展峰会上，香港作家联会会长潘耀明委托香港作家联会推广主任、世界华人科幻作家协会大湾区联络站秘书长罗旭（吟光）参会发言，提到湾区拥有着全国乃至全球最多顶尖科技公司，可以成为人类文明未来方向的试验田。在 2021 年中国作家协会第十次全国代表大会上，吟光作为香港代表团的成员继续强调，科幻代表一个民族对未来的想象、规划和定义，代表一个国家的世界观和话语权，在科技发达、高度国际化的香港，经营这一题材其实具有优势。

打造大湾区文学，其实背后真正的意味是：香港文学应汇入中国整体发展中来，打造如哈佛大学王德威教授所言的"华语语系（Sinophone）"——无论是网络文学创作与国内的网文大势合流，还是严肃文学也可以进入主流场域之中。在 2019 年后我们可以看到，相关科幻活动越来越多，科幻盛世引发趋势

---

[1]　凌逾：《香港文学五年纵览》，《文艺报》，2021 年 10 月 22 日第四版。

性的关注热度不断，但优质的作品是否跟上？或许是尚待突破的地带。听闻香港作家联会主办的杂志《香港作家》网络版将在 2022 年组织"科幻特辑"，未来可期。

香港故事从过去讲到现在与未来，科幻文学也将从民族走向世界。在粤港澳发展联系紧密的当下，身处东西方文化融汇的关卡之地的香港，需要思考如何凸显自身文化特殊性和风格优势，保持对外"文化港口"的历史地位，这也是打破西方中心主义、建立东方科幻话语的重要探索。

特别鸣谢：

本文部分参考来源于郑政恒《华文科幻小说史》，三丰《〈香港文学〉2019 年 5 月号"华语科幻小说"专辑评论》《香港科幻文学浅谈（PPT）》《近几年香港科幻小说出版简述》，凌逾《香港文学五年纵览》，吴岩《香港之旅》系列，以及感谢刘慈欣、范轶伦、韩松等人的资料提供。

作者简介

吟光，作家，香港作家联会常务理事。

第二章

科幻创作的
世界版图

后新浪潮时代的英国科幻热

吕广钊

　　谈起英国科幻，我们很容易就可以想到一些如雷贯耳的名字，像玛丽·雪莱、赫伯特·乔治·威尔斯、亚瑟·克拉克、J. G. 巴拉德等。这些作家活跃于不同的历史时期，代表了不同的科幻运动，也象征了不同时代的人们对于科幻小说的不同理解。可以说，自科幻诞生以来，英国科幻一直都是这一文学体裁的重要组成部分。不过，在20世纪60到70年代的科幻"新浪潮"（New Wave）之后，以美国作家威廉·吉布森为标杆的"赛博朋克"运动取得日益广泛而深入的社会影响，甚至一定程度上挤占了英国科幻的生存空间。在这一时期，"与英国文化的整体地位相类似的是，英国科幻同样也夹在美国与欧洲之间，地位略显尴尬，勉强维持着本土的文化身份和传统。"[1] 即便如此，英国科幻却并没有失去活力。在英国20世纪80到90年代独特的政治与文化环境中，英国科幻迸发出了一股新的力量，并在世纪之交逐渐达到顶峰，被称为"英国科幻热"（The British SF Boom）。

　　严格来讲，英国科幻热并没有明确的起始时间，也很难对其进行概括性、定义性的描述，甚至许多知名作家在一开始也没有意识到这一次热潮的出现。作为英国科幻热的代表人物，柴纳·米耶维在2002年的某次采访中表示："一

---

[1]　Mark Bould, "What Kind of Monster Are You? Situating the Boom," *Science Fiction Studies* 30, No. 3（2003）: 395.

股新的科幻热潮好像的确已经形成。当然，这些所谓的热潮也都是人为归纳的产物，很多时候我们也没有办法用客观的标准来评判什么能够称为热潮，什么不能。所以在某种程度上，'所有人都在谈论一次热潮的出现'这件事本身，便可以成为这次热潮的定义。"[1]在米耶维看来，虽然他还不能完全理清英国科幻热出现的原因，但他还是提到了几个观察到的现象：这一时期的英国科幻作品水平普遍较高；科幻与奇幻、通俗与主流文学之间不再泾渭分明；年轻的"主流"作者在自己的作品中融入了越来越多的科幻和奇幻元素。英国科幻学者安德鲁·巴特勒在其评论文章中也略显戏谑地写道："我们很多人都信誓旦旦地宣告英国科幻热的到来，包括科幻作者、杂志编辑、学者专家、广大读者……那就让我们大胆地假设，这不是人们的集体错觉，而是真的有一次科幻热潮正在形成。"[2]因此，与标榜主流文学、宣扬实验性和先锋性的科幻新浪潮相比，这一次英国科幻热并没有类似的价值诉求，没有像巴拉德和迈克尔·莫考克这样主动宣扬这些诉求的作者或学者，也没有类似《新世界》的核心杂志。它悄然而来，默默积蓄着力量，当人们意识到其存在的时候，英国科幻热已然发展成为不可忽视的文学和文化现象，成为人们探究 20 世纪最后 20 年中英国政治经济变化的窗口。

所以，英国科幻热究竟可以追溯到哪个时间点，目前尚无定论。有些学者认为是 1982 年，在这一年里，著名英国科幻杂志《区间》创刊，并成为近些年英国科幻小说发表的重要平台。也有学者认为是 1983 年，科林·格林兰德的学术专著《熵的展示：迈克尔·穆考克与英国科幻新浪潮》在这一年出版，标志着风靡一时的"新浪潮"运动悄然落幕，英国科幻也已经进入到一个新的阶段。当然，英国科幻热的起始时间还有许多候选年份。1987 年，伊恩·班克斯出版了其"文明"系列（The Culture Series）的第一部小说《腓尼基启示录》；1990 年，小说《差分机》将"蒸汽朋克"（Steampunk）这一体裁展示给了全球的科幻读者，故事以维多利亚时期的伦敦作为叙事背景，展现了英国元素在科幻作品中蕴含的独特张力；1995 年，第 53 届世界科幻大会在苏格兰格拉斯哥举行，所有这些，都算得上英国科幻热的标志性事件。但不论如何，没有人

---

[1]　Andrew Butler, "Beyond Consolation: An Interview with China Miéville," *Vector*, No. 223（2002）: 7.

[2]　Andrew Butler, "Thirteen Ways of Looking at the British Boom," *Science Fiction Studies* 30, No. 3（2003）: 374.

否认，在 20 世纪最后 20 年中，英国科幻迎来了一个新的创作高峰，并且一直持续到 21 世纪初。

为了研究这一科幻热潮，我们首先必须要充分了解该时期英国的政治与文化背景。自 1979 年撒切尔夫人入主唐宁街十号之后，她领导了一系列新自由主义经济改革，削减政府财政支出，减少对市场的监管力度，加快英国国营企业的私有化进程，并且为私营企业减税，提高社会效率，鼓励民众"自力更生"。撒切尔在位期间，英国从奉行凯恩斯主义的福利国家，逐渐转型成为新自由主义的典型案例，[1]一系列社会保障的成本也从国家和政府层面转移到了公民自身。对此，撒切尔本人强硬地表示：

> 什么是社会？根本没有这个东西，有的只是单个的男女以及他们的家庭。政府的所有行政政策必定要通过个人来完成，而个人首先要照顾他们自己，然后再去照顾关照他们的邻居。生活是一项互利互惠的事业……如果你有能力谋求、经营自己的生活，那你也完全有能力这样去做……我们所有人的生活质量将取决于每个人为自己负责的程度。[2]

不得不说，正是因为撒切尔的铁腕改革，英国才从 20 世纪 70 年代初"石油危机"以来的经济滞胀中逐渐恢复，成为欧洲重要的经济增长点。但同时，这些旨在促进经济的措施却严重侵犯了英国的左翼阵营与无产阶级。在英国新自由主义的进程中，诸多工厂、煤矿、港口被关停，而英国制造业也受到冲击，大批熟练工人下岗失业，这引发了尖锐的社会矛盾。在 1984 年春天，英国"全国矿工工会"（National Union of Mineworkers，NUM）宣布罢工，以此抗议撒切尔对煤炭行业的打击。但是，撒切尔拒绝做出任何让步。当年七月，在"1922委员会"的闭门会议上，[3]她愤怒地将工会领袖称为英国的"内部敌人"（the

---

[1] David Harvey, *A Brief History of Neoliberalism*（Oxford: Oxford University Press, 2005）.

[2] Margret Thatcher, "Interview for Woman's Own（'no such thing as society'），" Interview, No.10 Downing Street, 23rd September 1987, 玛格丽特·撒切尔网站，访问日期：2022 年 7 月 22 日.

[3] "1922 委员会"（1922 Committee），又称"保守党普通国会议员委员会"（Conservative Private Members' Committee），是英国保守党在国会下议院的议会党团，该委员会使保守党普通的"后座议员"有机会表达其关切，从而在有关立法议事日程上进行协调。

enemy within），并将英国政府和罢工工人之间的冲突与英阿马岛战争相提并论。[1] 由于政府的镇压以及工会内部的分裂，英国矿工大罢工在 1985 年宣告失败，这一事件也被视为撒切尔新自由主义政府里程碑式的胜利。自此，英国左翼阵营备受打击，工会的政治权利被永久削弱，新自由主义成为英国政治上的主导意识形态。在撒切尔之后，约翰·梅杰的保守党政府以及托尼·布莱尔的"新工党"政府在很大程度上顺承了以市场与金融为中心的经济制度，其影响一直持续至今（布莱尔甚至修改了工党党章，将第四条有关"生产资料公有制"的相关论述改为"我们在这个社会享受的权利要反映我们对社会的责任"）。

虽然在 20 世纪最后 20 年中英国左翼阵营备受打击，但得益于深厚的社会与群众基础，英国左翼人士还是在很多非政治领域取得了广泛的影响力，并深受斯图亚特·霍尔等文化唯物主义者的影响，而科幻小说所内在的独特叙事潜力则为他们提供了一个很好的平台，成为英国左翼思潮的根据地，这在 1992 年英国"国家遗产部"（Department of National Heritage，DNH）[2] 设立之后显得尤为重要。国家遗产部的设立是约翰·梅杰就任首相后进行的行政改革，该部门能够对英国的文化产业进行集中管理，并且通过调整相关财政拨款的预算，"引领"英国文化产业的走向。于是，在梅杰时期，英国在文学、电影、艺术、音乐等领域都经历了某种"主流化"（mainstreaming）进程，文化产业的从业者倾向于以政府拨款的项目为创作参考，而反对新自由主义政治话语的左翼声音由于得不到财政支持，显得形单影只。

因此，以科幻为代表的通俗文化成为这些左翼人士发声的重要场合。英国科幻热涌现的最重要的作家之一伊恩·班克斯便是一位资深的左翼活动家，因其"新太空歌剧"作品备受瞩目。他曾直言不讳地坦露："我讨厌撒切尔，也厌恶保守党。保守党实际上是鬣狗党。如果你注意过鬣狗的行为的话，就会发现它们倾向于去攻击孩子、弱者、病人和老人，保守党似乎也是如此。"[3]

---

[1] Margret Thatcher, "Speech to 1922 Committee（'the enemy within'），" Speech, House of Commons, London, 14th July 1984, 玛格丽特·撒切尔网站，访问日期：2022 年 7 月 22 日.

[2] 现为"数字化、文化、媒体和体育部"（Department for Digital, Culture, Media and Sport, DCMS）。

[3] Michael Cobley, "Eye to Eye: An Interview with Iain Banks," *Science Fiction Eye* 2, No. 1（1990）: 28.

于是，自从班克斯 1987 年发表《腓尼基启示录》以来，他多次强调："我认为太空歌剧和科幻小说中蕴含着某种道德高地，我想为左派人士夺回这片高地。"[1]由此出发，在其"文明"系列中，班克斯设想了一个名为"文明"（Culture）的后资本主义乌托邦，并通过九部小说以及一本短篇集，将其打造成一个细节丰满、自成体系的无政府社会。"文明"的物质资源极大丰富，技术水平空前发达，被称为"主脑"（Mind）的人工智能高度自治，而在它们的协助下，"文明"的人类居民摆脱了社会或宗教等级制度的限制和规训，实现了真正意义上的人人平等和衣食无忧。"文明"没有贵族，没有教会，没有政府，没有任何形式的剥削和压迫，人们也得以从劳动中解放出来，投身于他们的兴趣和爱好之中。[2]

借此系列，班克斯在新的政治文化场域中，重新发掘了"太空歌剧"这样一种业已步入黄昏的体裁，为其注入了新的生命力。传统的太空歌剧是 20 世纪 30 到 40 年代"黄金时期"（the Golden Age）科幻小说的代表性体裁，但其中人物刻画较为"扁平"，叙事节奏缓慢且冗长，具有较为明显的西方中心主义，因此成为"新浪潮"运动所批判的主要目标。而在新太空歌剧作品中，故事英雄由"纵向"（vertical）变得"水平"（horizontal），[3]英雄与反派不再针锋相对，传统太空歌剧所内在的帝国和殖民主义特征逐渐瓦解。[4]在班克斯的影响下，英国科幻热在新太空歌剧领域还涌现出了许多优秀的作家。班克斯的好友肯·麦克劳德在自己的"堕落革命"四部曲（Fall Revolution Quartet）中描绘了两个诉诸"左翼自由无政府主义"（left-libertarian anarchism）的社会，即"诺伦托"（Norlonto）以及"新火星"（New Mars），以此抨击撒切尔的强势政府以及市场"去监管化"的进程。与之类似的是，史蒂芬·巴克斯特的"泽

---

[1] James Rundle, "Interview: Iain M. Banks," *SciFiNow*, 13th October 2010, 访问日期：2022 年 7 月 22 日.

[2] 笔者在另外一篇文章中详细介绍了伊恩·班克斯及其"文明"系列。参见吕广钊：《苏格兰文艺复兴的政治高地》，《科普创作评论》，2021 年第 4 期，第 60–69 页。

[3] 在马修斯看来，"纵向英雄"（vertical heroes）随着故事情节的推动，会逐渐在善与恶之间选择某个极端，而"水平英雄"（horizontal heroes）则更加注重不同价值属性的共时性与模糊性。Richard Mathews, *Fantasy: The Liberation of Imagination*（London: Routledge, 2002），pp. 90-92.

[4] Sherryl Vint, "From the New Wave into the Twenty-First Century," in Roger Luckhurst ed., *Science Fiction: A Literary History*（London: British Library, 2017），p. 198.

利"系列（the Xeelee sequence）以及格温妮丝·琼斯的"阿留申"三部曲（the Aleutian Trilogy）也都体现了对市场竞争与资本主义的猛烈批判。

同时，英国科幻热的另一个标志性体裁是"新怪谭"小说。一定程度上，新怪谭打破了科幻与奇幻作品间的边界，融合了包括哥特、推理、冒险等在内的多种体裁，营造出一种独特的、充满张力的"杂糅美学"（aesthetics of hybridity）。[1]在著名科幻作家、学者杰夫·范德米尔看来，新怪谭小说"颠覆了传统奇幻作品中关于'地方'或'空间'的浪漫化想象，以现实世界与现实主义作为跳板，构建了超现实的（surreal）、颇具颠覆性力量的（transgressive）叙事特征。"[2]这一题材中最具代表性的作家无疑是柴纳·米耶维，其长篇小说《帕迪多街车站》一经出版便广受赞誉，在 2001 年荣获"亚瑟·克拉克奖"，并在接下来两年中连续提名世界科幻与奇幻最高奖项"雨果奖"与"星云奖"。在随后几年中，米耶维又陆续出版了《地疤》和《钢铁议会》，它们与《帕迪多街车站》一起，共同被称为"巴斯—拉格"三部曲（Bas-Lag Trilogy）或"新克洛布桑"三部曲（New Crobuzon Trilogy）。虽然新怪谈小说与新太空歌剧在世界建构和叙事方式等方面差别很大，但他们都缘起于英国左翼力量对撒切尔新自由主义的反思，其核心诉求仍然是在"历史终结论"的语境下，想象并建构"非资本主义"的或然可能性。

英国科幻热最后的高光应该是 2005 年，世界科幻大会在十年之后再次来到格拉斯哥，而获得雨果奖最佳长篇小说提名的五部作品全部来自英国科幻作者，分别是苏珊娜·克拉克的《英伦魔法师》、伊恩·麦克唐纳的《诸神之河》、查尔斯·斯特罗斯的《钢铁朝阳》、柴那·米耶维的《钢铁议会》以及班克斯的《代数学家》（以上作品均出版于 2004 年）。此后，随着英国文化环境的变化，英国科幻热作品中过于强烈的政治元素也受到了越来越大的争议。在这一时期，英国左翼阵营的政治关切也从阶级和资本主义本身，逐渐转向生态批评与身份政治。性别、种族等议题成为 21 世纪第 2 个 10 年中最为核心的叙事主题。正如它的开始一样，英国科幻热同样也没有公认的终点，其文学影响力持续至今，

---

[1] 吕广钊：《柴那·米耶维〈帕迪多街车站〉中的"新怪谭"叙事》，《外国文学动态研究》2022 年第 1 期，第 39 页。

[2] Jeff Vandermeer, "The New Weird: 'It's Alive?'", in Ann and Jeff Vandermeer ed., *The New Weird* (San Francisco: Tachyon Publications, 2008), p. xvi.

但很多人仍将 2013 年作为一个关键的时间节点。在这一年，英国科幻热的代表人物伊恩·班克斯因胆囊癌不幸去世，而在同年的雨果奖评选中，英国科幻也遭遇历史性滑铁卢，在最佳长篇、最佳中长篇、最佳中篇与最佳短篇共计 18 位终选候选人中，有 17 位来自美国，另有一位来自荷兰。显然，这标志着科幻领域的又一次时代更替。自 20 世纪 80 年代以来，英国科幻再次蛰伏于新的历史转向中，再次踏上寻找新的"英国性"（Britishness）的漫漫旅途。虽然"英国科幻热"已经不再像 20 世纪末那样引人瞩目，但其中蕴含的强烈左翼思潮仍然是我们理解彼时英国政治环境的重要参考。在资本与市场大行其道的今天，我们需要珍视科幻作品中体现出的左翼力量，只有这样，我们才能呼应詹明信提出的"乌托邦欲望"，[1]并在历史终结论的阴影下，探求其他的政治与社会可能性。

在 2014 年 7 月，《奇异视野》杂志推出一组专题研讨文章，聚焦英国科幻与奇幻作品的现状和未来。其中，科幻评论家毛琳·金凯德·斯佩勒提到了兴起于 2010 年左右的"元科幻"（meta-science fiction），这一术语也延伸自"元小说"（meta-fiction）的概念。在她看来，元科幻小说依然采用了比较典型的题材框架，却加以创新，以颠覆科幻传统的方式重新构建层层交错的叙事空间。她写道："我发现元科幻小说很有吸引力，尤其是因为它似乎可以同时趋近'科幻的概念中心'以及'文学性文本'这两个关键词，而二者在通常意义上却似乎相互对立。"[2]由此出发，斯佩勒提到了亚当·罗伯茨的《光之力》、凯特·阿特金森的《生生世世》以及马塞尔·泰鲁的《陌生的身体》，并认为能够很好地把握元科幻的叙事节奏和特点，或许能够引领新的潮流。

同时，英国科幻所追寻的"英国性"在近年来也发生了改变。许多作者不再想象关于"大不列颠"的故事，而是以其"地方感"（sense of place）为基础，[3]

---

[1] Fredric Jameson, *Archaeologies of the Future: The Desire Called Utopia and Other Science Fiction*（London: Verso, 2005）.

[2] Maureen Kincaid Speller, "After the Boom?" *Strange Horizon*, 28th July 2014, 访问日期：2022 年 7 月 22 日.

[3] 有关"地方感"的探讨，请参阅 Yi-fu Tuan, *Space and Place: The Perspective of Experience*（Minneapolis: University of Minnesota Press, 1977）; Anne Buttimer, "Home, Reach, and the Sense of Place", in Anne Buttimer and David Seamon ed., *The Human Experience of Space and Place*（London: Croom Helm, 1980）, pp. 166-187.

书写他们所生活的"土地"以及英格兰之外的本土文化。苏格兰作家蒂姆·阿姆斯特朗在其盖尔语小说《波光粼粼的黑海》中融入了太空歌剧、赛博朋克以及公路冒险等元素，重新审视了苏格兰高地文化与苏格兰盖尔语在英国文化与英国科幻历史中的地位。北爱尔兰作家伊恩·麦克唐纳也可以看作英国科幻热的代表作家之一，其处女作发表于1988年，但他的作品的视角却时常游离于"大不列颠"之外，根植于北爱尔兰的文化和政治立场。[1]因此，他2015—2019年的作品"月球"系列（The Luna series）也展现出与同期知名英格兰作家不同的风格。另外，英国的"脱欧"进程同样也是当代英国社会文化转向的分水岭，走向"独立"的英国在未来将何去何从？[2]英格兰与苏格兰之间的政治分野和利益冲突会带来怎样的社会变革？伊丽莎白女王去世，英国皇室的权力交接会不会进一步改变人们对"英国性"的理解？所有这些问题或许都会影响英国科幻的未来版图，但不变的，是"科幻"这一体裁在探讨社会政治、构建社会话语过程中的重要作用。

说明：

本文部分内容曾发表于《科幻研究通讯》2021年第一期，第33-34页。

作者简介

吕广钊，复旦大学英文系讲师，伦敦大学学院比较文学博士。

---

[1] Jack Fennell., *Irish Science Fiction*（Liverpool: Liverpool University Press, 2014），p. 173.

[2] 英格兰作家戴维·哈钦森在其"分裂的欧洲"系列（*Fractured Europe Sequence*）中颇具前瞻性地描写了"欧洲共同体"的自我消解，该系列的四部作品分别发表于"脱欧"公投的前后，因此不同作品的比较阅读也会体现"脱欧"对作者创作的影响。

今日的英国科幻文学：
从千禧年到后人类时代

丁　婕

　　我们正经历着一场前所未有的超人类革命，伊托邦、赛博格、智能体、元宇宙等概念喷涌而出，这场科技革命从政治、经济、道德、宗教等各方面渗透我们的日常生活，彻底改变人类社会的发展形态。信息科学、生物工程、纳米技术势不可挡，死亡不再是生命的终点，人类有望迎来肉体枯朽，但精神永生的历史新纪元。纵观英国文学史，超越人类生存形态的多种存在，是许多幻想小说的重要主题之一。无论是玛丽·雪莱《弗兰克斯坦》中充满矛盾和悲剧色彩的科学怪物，还是布拉姆·斯托克《德古拉》中的哥特式吸血鬼；无论是J.R.R.托尔金《指环王》中出现的精灵王族，抑或是J.K.罗琳《哈利波特》系列中的魔法师，这种有别于人类现实生存世界时空的想象总是让人着迷。在英国科幻文学中，许多作品试图探讨后人类的未来生存境况。其中，最经典的例子之一，当属英国作家杰夫·诺恩于1996年出版的科幻小说《自动爱丽丝》。此作品可看作刘易斯·卡罗尔《爱丽丝梦游仙境》和《爱丽丝镜中奇遇记》的"未来续集"。在《爱丽丝梦游仙境》中，卡罗尔笔下的爱丽丝，在梦中因为追逐一只会说话的兔子而进入了一个奇妙的幻想世界。而在诺恩"未来童话"版本的《自动爱丽丝》中，爱丽丝与她早期的角色相比有了很大改变。她穿越时钟，进入曼彻斯特的平行宇宙，拟人化的动物身体经历蜕变后化身为赛博格。我们能看到，诺恩笔下的赛博格形象呈现出从幻想世界到技术世界，从自然到人工智能，从人类主义到后人类主义的转变。

在今天，科幻文学对后人类时代的剧变做出了最敏锐的回应，成为激发个人与社会想象力和创造力的重要媒介。英国作为科幻文学的发源地，无疑是世界科幻文学的一块重要版图。正如威尔斯在《未来世界：终结革命》中写道："在19世纪和20世纪，人类在这个星球上的故事经历了一个阶段性的变化。它扩大了范围，连接在一起。它不再是历史的关联，而是明确地、有意识地成为一部历史。种族、社会和政治命运紧紧融合在一起。"[1]英国科幻文学发展经历跌宕起伏，在千禧之年重新崛起。在后人类时代下，它以何种姿态出现？未来又具有哪些可能性？本文以千禧年为背景出发，勘察英国科幻文学如何积极参与后人类时代的技术剧变，并对人类未来生存境况提出思考。

一、千禧宣言下的崛起

在1997年2月22日，英国爱丁堡罗斯林研究所正式宣布克隆羊多莉的诞生。消息的公开立即引起全世界的轰动讨论，人们甚至觉得，克隆人已不再是科幻小说里的梦想。[2]英国科学家艾伦·科尔曼认为，多莉引起社会巨大反响的其中一个可能性原因是过去科幻小说和低俗小说[3]对克隆故事的想象和创作。[4]科尔曼进一步探讨小说和科学之间的密切关系，以及两者如何共同塑造人类未来世界发展的图景。同年，英国大选，工党取得压倒性胜利成为执政党，布莱尔成为英国185年来最年轻的首相。在1999年12月31日，英国女王伊丽莎白二世和布莱尔首相在千年穹顶里热烈庆祝千禧年到来。正如布莱尔在1999年工党大会上所言："我将为你们展示英国如何在21世纪重振旗鼓，

[1] H. G. Wells, *The Shape of Things to Come* (London: Gollancz Press, 2017), p.19.

[2] Richard Sherlock and John Morrey (eds.), *Ethical Issues in Biotechnology* (Oxford: Rowman & Littlefield, 2002), p.1.

[3] 艾伦·科尔曼所说的低俗小说具体指的是《神奇故事》(Amazing Stories, 1926年创刊)、《科学奇迹》(Science Wonder, 1929年创刊)和《惊奇故事》(Astounding Stories, 1930年创刊)等杂志，这些杂志中都有出现很多克隆故事，大多数都是反乌托邦叙事。

[4] Justine Burley, *The Genetic Revolution and Human Rights: The Oxford Amnesty Lectures 1998* (Oxford University Press, 1999), p.14.

坚定力量与信心"[1]，这一番有力宣言为的是回应那些"认为英国是落后的"的言论[2]，是为了证明英国并非一个只会"向后看"的国家。英国学者罗杰·卢克赫斯特认为，当时英国的政治文化氛围推动了 1990 年代英国科幻文学的发展。[3] 在 20 世纪 80 年代末和 90 年代初，英国科幻作品如费·韦尔登的《乔安娜·梅的克隆》、安娜·威尔逊的《孵化的石头》和迈克尔·菲利普·马歇尔的《备份》都涉及对克隆主题的关注。当英国计算机科学家蒂姆·伯纳斯·李成功发明万维网（World Wide Web），人们彻底意识到技术创新对社会未来的无限可能。

有趣的是，许多英国科幻文学作品似乎试图运用科幻文学的"预见性"来"抢占"科学的进步和发展。例如，阿瑟·克拉克的作品《童年的终结》和《2001 年：太空漫游》将故事背景放置于千禧年期间和之后。史蒂芬·巴克斯特的《泰坦》和西蒙·皮尔逊的《全面战争：2006》故事背景同样发生在 21 世纪初。奥拉夫·斯塔普雷顿的《最后与最初的人》和 H.G. 威尔斯的《未来世界：终结革命》从 1930 年代开始探测人类未来。约翰·布鲁纳的《站在桑给巴尔》则将故事时间线设置在 2010 年。在 1963 年，英国 BBC 出品的科幻电视剧《神秘博士》首播。故事背景发生在 21 世纪初，讲述了一位自称为"博士"（The Doctor）的"时间领主"利用他伪装成 20 世纪 50 年代英国警亭的时间机器塔迪斯［TARDIS，即"Time And Relative Dimension（s）In Space"的缩写］与其搭档在时空探游、惩恶扬善、拯救文明、帮助弱小的故事。虽然该剧在 1989 年结束，但在 2005 年再出续集，由克里斯托弗·埃克莱斯顿饰演第九任博士。这部电视剧被吉尼斯世界纪录大全列为"世界上最长的科幻电视系列剧"，也被列入有史以来"最成功"的科幻电视系列剧。这部电视剧的续拍，或许再次表明了 21 世纪英国科幻文学崛起的决心。

英国科幻作家亚当·罗伯茨曾将科幻文学定义为"关于技术的小说"

---

［1］ BBC News, "UK Politics: Tony Blair's Speech in Full," 28 September 1999, Assessed 21 July 2022.

［2］ The Economist, "Cool Britannia: Nothing is Sadder than Trying too Hard to be Cool," 12 March 1998, Assessed 21 July 2022.

［3］ Roger Luckhurst, "British Science Fiction in the 1990s: Politics and Genre," In Nick Bentley, *British Fiction of the 1990s*（London: Routledge, 2005）, p.78.

（technology fiction）。当罗伯茨谈到"技术小说"时，并非只是简单提及出现在小说中的宇宙飞船、生化武器和高级计算机等技术，而是一种"在海德格尔意义上框定世界的模式，是一种根本性的哲学观表现。"[1]在海德格尔看来，现代社会日益增长的技术正在影响世界和主体的真实性。在他看来，技术本身并不是一种威胁，问题在于我们如何审视和运用它。约翰·库克和彼得·赖特认为，科幻作品能够在一定程度上帮助大众提前了解、消化某些社会文化问题，"对过去作品出现的'未来愿景'的分析可以在很大程度上帮助我们理解特定时间点下社会文化关注点，以及这些愿景背后包含的希望和恐惧。"[2]虽然他们谈论的是电视科幻作品，但这句话适用于所有形式的科幻文学，我们甚至可以在儿童和青少年科幻读物中发现这种倾向。例如英国儿童作家阿里·斯帕克斯的作品《冷冻时光》讲述了1950年代的家庭在冷冻后沉睡并在新千年苏醒的故事。海伦·福克斯的作品《伊格》以具有自我意识、可以独立思考的机器人"EGR3"为主角，探索生命和技术的意义。菲利普·里夫的未来派《致命引擎》小说系列则描绘了在未来世界人们依靠移动城市来争夺资源的故事。还有杰玛·马利的《宣言》、朱莉·贝尔塔格纳的《出埃及记》和阿德里安·柴可夫斯基的《时间之子》对"永生"、全球变暖、行星流亡等诸多议题的关注。

二、"技术奇点"下的后人类想象

20世纪末，其中的一个讨论热点就是技术奇点（Technological Singularity）观点。此概念可以追溯至美国数学家约翰·冯·诺伊曼和波兰数学家斯塔尼斯拉夫·乌拉姆的观点，认为在技术不断加速发展改变人类生活模式的情况下，人类正在接近某个人类文明被彻底颠覆的临界点。在1965年，英裔数学家、密码学家I.J.古德对这个现象提出了更具体的预测，他用"智能爆炸"（Intelligence Explosion）取代"奇点"概念，认为超智能机器将会远超任何人

---

[1] Adam Roberts, *The History of Science Fiction*（London: Palgrave Macmillan, 2016）, p.18.

[2] John Cook and Peter Wright, *British Science Fiction Television: A Hitchhiker's Guide*（London: I.B. Tauris, 2005）, p.3.

类智力活动。1993 年，数学家、科幻小说家弗诺·文奇更是预言在三十年内，我们将创造出实现超人类智能（superhuman intelligence）。不久后，人类的时代将结束。"奇点"将通过人工智能、智能网络、人机交互融合或人类生物工程技术实现突破。[1] 我们能在很多英国科幻文学作品中发现对"技术奇点"议题的探索，例如沃里克·柯林斯的《计算机一号》、肯·麦克劳德的《秋天的革命》系列和《牛顿的觉醒：太空歌剧》、查尔斯·斯特罗斯的《奇点天空》和《加速器》等。

后人类叙事总是涉及对人类与机器关系的思考，特别是体现在人机智能交互或是在仿生身体或机器中载入或迁移人类意识。在 20 世纪 90 年代，未来学家雷·库兹韦尔出版了论著《智能机器的时代》。作者在书中提出假设，如果在人工智能发展的情况下，同时加强人脑认知功能，人脑和人造计算机作为未来机器智能是否具有可比性。虽然机器人经常被预测为人类身体劳动的替代物，但是，人工智能经常被设想为可能替代人类的智能生物。人工智能与计算机不同，它们不仅具备计算和执行功能，而且经常被设想为有知觉、有自我意识的智能机器。对于拉塞尔和诺维格而言，人工智能"不仅试图理解，而且还尝试构建智能实体。"[2] 库兹韦尔指出，人工智能不断鼓励人类思考以下问题，例如：机器可以有情感吗？机器能有自我意识吗？机器能有灵魂吗？如果机器真的能思考会怎么样？这种进化对人类的影响是什么？[3] 关于这些问题，我们或许同样可以在阅读科幻文学中引发思考的共情和共鸣。在《自动爱丽丝》中，爱丽丝住在她曼彻斯特迪兹伯里的姑姑家，日子每天都很无聊。直到有一天，她跟随会说谜语的夜鹰进入祖父的时钟，发现自己从 1860 年穿梭到了 1998 年的平行宇宙。在那里，她陷入一场"拼图谋杀案"的调查，每个受害者的身体都被标记成用拼图的形状。爱丽丝需要重新排列这些拼图才能找到回家的路。在故事中，爱丽丝的玩偶西莉亚获得知觉，使爱丽丝的身份意识在自动爱丽丝（由

［1］ Vernor Vinge, "The Coming Technological Singularity: How to Survive in the Post-human Era," The VISION-21 Symposium, 1 December 1993, Accessed 22 July 2022.

［2］ Stuart J. Russel and Peter Norvig, *Artificial Intelligence: A Modern Approach* （London: Penguin, 2010）, p.1.

［3］ Ray Kurzweil, "How My Predictions Are Faring," Kurzweil Accelerating Technology, 1 October 2022, Assessed 22 July 2022.

玩偶西莉亚为代表）与真实爱丽丝之间摇摆不定。人工智能爱丽丝逐渐进化到爱丽丝无法控制的程度，自动爱丽丝开始对自我追问。如果人工智能真的拥有自我意识，能在每个方面都超越甚至全面替代人类吗？人工智能会生成自我意识、反抗甚至统治、毁灭人类吗？

在亚瑟·克拉克的作品《2001：太空漫游》中，弗兰克·普尔被发疯的超级电脑"哈尔"（HAL）陷害杀死，但在《3001：太空漫游》中，普尔得到复活，他的角色是后人类身份的典型想象。普尔昔日的伙伴戴维·鲍曼已经和超级电脑合为一体，实现了人类/机器智能转换的超人类愿望。虽然普尔在《3001：太空漫游》中的生命得到技术延续，但这种延续是有代价的，戴夫最终彻底变成了"机械的且非人的"物种[1]，他的命运依然如同哈曼般走向机械化。在《3001：太空漫游》中，普尔对"脑帽"（Braincap）的激活使他能够将自己的大脑与技术连接并下载无穷尽的知识。普尔不仅发现他的感官得到增强，而且整个身体通过纳米组装得以恢复——在未来 1 000 年内保持不朽。但是，普尔认为，虽然"脑帽"的出现能帮助淘汰很多不合格的人类，极大地提高了教育效率，但是，社会变得很少有令人印象深刻的人物出现，人类特征走向趋同化。在小说中，普尔带领读者们一起探索这个新世界和新生命形式，试图向读者们传达他对人工智能未来发展的焦虑和不安。同样地，贾斯蒂娜·罗布森的科幻作品《自然史》也试图探索人与机器、甚至动物与人与机器融合的生存形态。虽然"人类"这个词语被保留使用，但其内涵已被消解。在小说中，像图帕克这样的人物通常被视为二元对立的象征，但是现在，"图帕克的身份已变成一个谜——是机器、是动物、是植物、是人。"[2]在《自然史》中，锻造者（the Forged）比未进化的人类更完善。锻造者的身体并非天生的，而是制造的，看起来像其他生物、机器或怪物，呈现出一种杂糅的畸形感。虽然他们能够生活在任何环境里，但是许多未进化的人类依然无法将他们当作同类来看待。

在伊恩·麦克唐纳的作品《苦行憎之屋》中，纳米技术实现了机器与有机体的结合。所谓纳米科学，指对 100 纳米以下的物质进行探索和控制的技术。这一尺度下，物质会呈现出与宏观物体和微观粒子截然不同的特性。虽然，纳

［1］　Arthur C. Clarke, *3001: The Final Odyssey*（London: Voyager, 1997）, p.189.

［2］　Justina Robson, *Natural History*（London: Pan Macmillan, 2003）, p.112.

米技术目前已经在医学、能源、环境及信息，甚至军事等领域得到了广泛的应用，但与人工智能一样，科幻叙事表现出对纳米技术的质疑，认为这种技术可能会攻击、支配，甚至消灭人类。在科幻叙事中，纳米技术通过被不断想象为改变存在的参数，彻底打破人类被定义的方式。纳米技术如"微型计算机"般可注入人类体内治疗、修复或恢复身体机能。事实上，早在麦克唐纳于 1994 年创作的《死灵之城》中就设想过纳米技术如何能够让人类死而复生。然而，《死灵之城》不是一个关于纳米技术拯救人类生命的乌托邦故事，当死去的人类经过纳米技术复活后拥有了一个类似人类但本质上是"非人"的身体，世界形成了一个分层系统。在这个系统中，死人成为二等公民，天黑后被限制在自己的区域内，他们需要通过劳动来支付复活的费用，不禁让人联想到僵尸世界。小说悲观地写道："死人可以在活人——肉灵周围活动，但两者永远不会平等。生命就是生命，死亡就是死亡，尽管有纳米技术的复活。"[1] 在死灵之城的世界中，人类所理解的存在经验已经扭曲和颠倒，小说不断在审视身体对人类的意义何在。而《苦行憎之屋》的故事背景发生在 2020 年的伊斯坦布尔，故事围绕着电车爆炸案后的几个人物展开。炸弹袭击者试图向释放纳米药剂实施控制人口的阴谋计划。"年轻的哈斯古勒先生和那辆电车上的其他人都被故意感染了药剂，集团用机器人监视他们，观察他们的实验是否成功。"[2] 在小说中，纳米技术是病毒，是邪恶的实验计划的一部分，成为一种无形阴险的、渗透性强的威胁武器。对麦克唐纳笔下的人物而言，"纳米技术的真正结局不是世界的转变，而是人类的转变。"[3]

还有部分英国科幻作品着重关注灾难后人类生存将何去何从。全球灾难加速了人类文明的衰落和退化，导致了人类被迫离开地球去寻找其他栖息地。例如，在史蒂芬·巴克斯特的作品《洪水》中，世界末日来临，陆地被大海吞噬，人类剩下的少数成员在方舟中生存。而在《洪水》的续集《方舟》中，殖民者抛弃了这个衰败的星球到另一个星球上寻求庇护。在亚瑟·克拉克和弗雷德里克·波尔共同撰写的科幻小说《最后定理》中，迈拉·苏布拉马尼亚的意识被

［1］　Ian McDonald, *Necroville*（London: Gollancz, 1994）, p.2.

［2］　Ian McDonald, *The Dervish House*（London: Gollancz, 2010）, p.310.

［3］　Ian McDonald, *The Dervish House*（London: Gollancz, 2010）, p.362.

上传到一台机器，生命在另一个世界中得到延续。尼尔·阿瑟尔的《黑暗情报局》呈现了人类死亡后的多种生存选择：一些人选择在虚拟世界中得到永生，一些人选择在人工智能晶体中复活，还有一些人希望居住在无人机、飞船或者行星AI中，但大多数人希望自己在DNA克隆的身体中复活。[1]除此之外，伊恩·M·班克的作品《费尔萨姆·恩德基恩》也涉及人类通过技术转世的生存方式。

结语：英国科幻文学的未来

正如在《自动爱丽丝》中，穿越时空后的爱丽丝对着镜子哭着说道："我永远不会在这里找到真正的自我。"[2]爱丽丝代表着读者，带领着我们在这场技术革命中思考自我，思考人类与机器的关系。在《3001：太空漫游》《方舟》《黑暗情报》《自然史》《死灵之城》等科幻作品中，人与非人的杂糅生物体想象不断试探后人类主义和超人类主义的各种可能性和后果。在未来，社会和科幻写作之间可能出现更大的重叠，政治、性别角色、种族、宗教、自我或新技术等问题仍然会继续出现在英国科幻文学创作的版图中。

2020年，新冠肺炎疫情的来袭彻底打乱了我们的生活和生存方式。当各国处于不同的疫情状态，科学家们纠结于不同的学说和假设、出台着不同的治理方案与措施，这种看似"不团结"的气氛似乎强化了现代社会人类生存的精神危机，使我们不可避免地陷入某种迷失感、困惑感和虚无感。在此背景下，《英国最佳科幻小说（2019）》年度刊物主编唐娜·斯科特或许有意挑选了两部分别关于焦虑与瘟疫的科幻小说，包括：苏珊·鲍尔敦的作品《从头开始》和瑞安农·格里斯特的作品《焦虑基因》。《从头开始》讲述了人类生活在膨胀病的世界，由于膨胀病不断攻击人类身体的淋巴系统，夺去了大部分人类生命，除了少数拥有正确基因的人才得以生存。而在《焦虑基因》中，人类拥有了"焦虑基因"后可以感知多元宇宙中的其他自我。当主角发现自己拥有这种交替现实经验后，她逐渐学会与焦虑共存，慢慢接受了其他自我的死亡。

当美国科幻乐此不疲地制造视觉奇观和感官特效，英国科幻创作更加注

---

［1］ Neal Asher, *Dark Intelligence*（London: Pan MacMillan, 2015）, p.47.

［2］ Jeff Noon, *Automated Alice*（London: Transworld Publishers, 1997）, p.130.

重对氛围、情绪和概念的表达。西方世界面临的许多关于政治、文化、技术冲突所引起的社会焦虑都可以在作品中得到回应。或许某些小说的结局被认为太过极端，但是，读者依然可以通过科幻文学所产生的"疏离感"审视自我与科学、自我与技术、自我与社会的关系。正如麦克唐纳所言："科幻小说并不是预言未来会发生什么，它更像一个地图，告诉我们可以去到的地方是哪里，不会告诉你目的地在哪里。它只会告诉你有哪些路，当中会碰到什么样的障碍。科幻小说的精神就是没有一个固定的未来。"[1]但有一点我们可以肯定的是，英国科幻作家们会一如既往地用他们犀利的视角和冷静的笔调观察着我们的世界。

作者简介

丁婕，深圳大学人文学院博士研究生，主要从事比较文学与文化理论研究。

---

[1] 徐明徽：《科幻小说并不是预言未来，它的精神是没有一个固定的未来》，澎湃新闻，2016 年 8 月 20 日，访问日期：2022 年 7 月 22 日。

当代美国科幻
创作动向

赵如汉

美国科幻迄今已经有超过一百年的历史。经过这么多年的发展，美国科幻的现状是怎么样的呢？最近这些年有不少中国的科幻作家、编辑以及科幻迷参加了一些在美国举办的世界科幻大会，发现参会的人大多年龄偏大，这跟在中国参加科幻大会的观感相反。在中国，参加各类科幻大会的以年轻人，尤其是以大中学生占绝大多数。由此有些人认为美国科幻已经垂垂老矣，接近风烛残年了。笔者不这么认为。据网络推理小说数据库（Internet Speculative Fiction Database）统计，在 2020 年，英语出版的科幻中短篇小说达 5594 篇[1]。美国科幻奇幻作家协会承认 42 份科幻杂志为专业性出版科幻奇幻小说的杂志，权威科幻评论杂志《轨迹》确认了 70 份杂志。网络推理小说数据库列出 2021 年出版的 741 期各类中短篇科幻奇幻小说杂志，其中绝大多数是在美国出版的。另外，据美国著名科幻编辑加德纳·多佐伊斯在其主编最后的一部《年度最佳科幻小说：第三十一年选集》的引言中的数据，仅在 2017 年，就出版了 2694 部英文"科幻领域相关的书籍"，其中新的科幻长篇就有 396 部[2]，这些书籍

---

［1］　Jonathan Strahan, "Year in Review: 2020", *The Year's Best Science Fiction*, Vol. 2（Saga Press, 2021）, pp. XIII-XXXVI.

［2］　Gardner Dozois, "Summation: 2017", *The Yearr's Best Science Fiction: Thirty-Fifth Annual Collection*（St. Martin's Press, 2018）, pp. 10-36。

大多是在北美出版的。这些数据表明科幻在美国不仅没有衰落，反而非常繁荣。

不过，如此庞大的数据，没有人能够通读一年出版的各种科幻作品，要想全面地概括美国科幻创作的近况和趋势也几乎是不可能完成的任务。本文仅归纳一下近年来笔者观察到的美国科幻创作的几个比较明显的趋势。

一、多元化倾向

首先，如果要用一个词来反映美国科幻创作的主要趋势的话，应该是"多元化"这个词。随着美国社会越来越倾向于对多元化的包容，美国的文学创作也越来越多元化。而科幻作家应该可以说是作家中最具前瞻性的一类人，所以美国社会的多元化在科幻界的反映也许是最为明显和超前的。

美国科幻创作多元化主要反映在两个方面：一是科幻作者人群本身的多元化，各类族裔的优秀科幻作家越来越多。仅以中国读者比较熟悉和关心的华裔科幻作家为例。二十年前，优秀的华裔科幻作家屈指可数，叫得上名的大概只有伍家球和姜峯楠。现在优秀的华裔科幻作家已经不可胜数，比如刘宇昆、游朝凯、余丽莉、朱恒昱、朱中宜、李园、黄士芬、匡灵秀、李芳达等。其次，女性和非二元性别的科幻作家得到越来越多的认可。比如在 2020 年的雨果奖小说项目中，长篇的六位提名作者以及短中篇的六位提名作者全部是女作家，关于雨果奖自创建以来小说类提名作者的性别，在这个网页有详细的统计[1]，从中可以很清晰地看到近年来登上科幻大奖奖台的女性作者的增长。

近年来还有一个值得注意的倾向是美国越来越多地出版来自外国作家的作品，包括翻译作品。其中一个重要原因是现在网络科幻杂志越来越多，这些杂志基本上只接受网上投稿。而传统的纸质科幻杂志，包括《阿西莫夫科幻杂志》《类似》和《奇幻与科幻》这三大传统科幻杂志也基本上都转为网上投稿。这使得国外的科幻作家比较容易投稿美国科幻杂志，跟美国的科幻作家一同竞争。关于翻译作品，这也许得益于某些译者和科幻杂志的共同努力。比如著名华裔作家刘宇昆近些年翻译了大量中国科幻作品，包括著名的《三体》，使得中国

---

[1] 雨果奖网站，访问日期：2021 年 11 月 28 日。

科幻作品能华丽地走向美国科幻舞台。美国著名科幻作家大卫·布林因此曾说过刘宇昆应该被作为美国科幻之宝。刘宇昆的努力也带动了不少年轻译者加入翻译中国科幻小说的行列，也间接地促使美国获奖网络科幻杂志《克拉克的世界》和中国的微像公司的合作，开始系统地翻译出版中国科幻作品。

美国科幻创作多元化的第二个方面是美国科幻作品的多元化倾向。各类族裔的作家、女性作家以及在美国发表作品的外国作家的增多都造成科幻作品越来越趋向多元化。各个族裔以及外国作家会自然地在科幻作品中带来不同的文化色彩。比如法国越裔科幻作家艾利亚特·德·波达获 2019 年雨果奖最佳系列提名的盱涯宇宙系列（Xuya Universe）就是设定在亚洲成为主导力量的时间线。在这个时间线的太空时代有来源于越南和中国的儒家星系帝国。再如印度作家因德拉普拉米特·达斯获得 2019 年雪莉·杰克逊最佳短篇小说奖的科幻小说《卡利玛》将科幻与印度神话结合起来。小说中的一家商业巨头在虚拟现实中创造了一个以印度教女神形式出现的 AI，然而这 AI 女神却很快遭到互联网恶棍们的攻击。

多元化倾向也使得当代美国科幻更加关注当前美国社会的各种问题，尤其是种族问题。2021 年的雨果奖提名长篇作品中美国黑人女作家 N.K. 杰米辛的《我们成为的城市》中让整个纽约市意识觉醒，化身为一个无家可归的年轻黑人。当这个化身陷入超自然的昏睡状态并消失的时候，来自纽约州五个大区的五位不同种族的纽约市新的化身必须联合起来，找到主要化身，跟企图杀死纽约的，来自异世界且具有传染性的敌人（化身为白人女性和蜘蛛形状的生物等）战斗。小说以夸张的手法影射了美国当今越来越趋于严重的种族问题。

在 2021 年雨果奖的长中篇提名作品里，还有两篇类似反映种族问题的。一篇是美国黑人作家 P. 贾里·克拉克的奇幻小说《绕圈呼喊》。这篇小说已经获得了本年度的星云奖，小说的设定是在 20 世纪 20 年代，臭名昭著的三 K 党实际上是由恶魔般的怪兽操纵的。小说讲述的是具有超能力的三位黑人女性和她们的同伴猎杀操纵三 K 党的怪兽故事；另外一篇是美国黑人作家托奇·奥尼布奇的科幻小说《暴乱宝贝》，讲述一对具有超能力的黑人姐弟在美国的过去、现在和近未来在种族和司法不公的背景下的经历。

美国科幻创作的多元化倾向的爆发不过十来年，虽然争议不断，但是也扩展了美国科幻的题材和表现手法，使得当代美国科幻创作更加关注当前的各种社会问题，也使得美国科幻呈现出一幅色彩斑斓、争奇斗艳的图景，对美国当代科幻的繁荣起到了不小的促进作用。相信未来美国科幻的创作会继续沿着多元化的方向向前发展。

二、科幻与奇幻的融合

美国不少科幻作家都是横跨科幻与奇幻创作两个领域的，两大科幻大奖雨果奖和星云奖都涵盖了奇幻作品，所以科幻与奇幻的融合也不是最新的现象。20世纪50年代左右，人们还提出了科学奇幻（Science Fantasy）这个词来归类当时的一些作品。近些年来，科幻与奇幻融合的作品似乎具有增多的趋势，并频频出现在科幻大奖的奖台上。我认为这主要有两个原因：一是科幻多元化倾向的影响，另一个因素是奇幻的影响力越来越超过科幻。

在美国，奇幻作品的市场一直（至少是近几十年）都比科幻作品的市场要大。美国的书店里奇幻作品的书架数量一般都是科幻作品的两倍左右。据统计，2017年出版的新的奇幻小说有694部，比当年出版的新的科幻小说（378部）要多得多[1]。不过，在2000年前，世界科幻大奖雨果奖获奖长篇全都是科幻小说。2001年《哈利·波特与火焰杯》获得雨果奖最佳长篇小说奖，开创了奇幻小说获得雨果奖长篇小说奖的先例，之后陆续有其他的奇幻长篇获得雨果奖。2021年获雨果奖长篇小说提名的六部作品中，三部是奇幻小说，一部可以算是科学奇幻，只有两部是科幻小说。可以说，相比科幻作品，奇幻作品现在在市场和大奖的争夺上都占了上风。

在这种形势下，越来越多的科幻作家转而主攻奇幻。比如美国著名作家乔治·R.R.马丁最初以写科幻小说成名，曾经以其科幻小说三获雨果奖。20世纪90年代后期，开始主攻奇幻小说，创作史诗奇幻小说系列《冰与火之歌》，结果名声大振，远超他写科幻小说的声誉。随着根据这个奇幻系列改编的电视系列剧《权力的游戏》的上映，马丁已经成为奇幻界的翘楚，以致不少人都不知道马丁

---

[1] Gardner Dozois, "Summation: 2017", *The Year's Best Science Fiction: Thirty-Fifth Annual Collection* （St. Martin's Press, 2018）, pp. 10-36.

是从写科幻小说出身的。另一个例子是华裔作家刘宇昆。刘宇昆也是主要写中短篇科幻而成名的，不过刘宇昆的长篇处女作却是奇幻系列《蒲公英王国》。

近年来，科学奇幻作品中一部比较有代表性的作品是美国作家查莉·简·安德斯的 2017 年星云奖获奖长篇小说《群鸟飞舞的世界末日》。这部书有机地结合了科幻和奇幻元素，讲的是世界末日背景下的一位女法师和一位男科学家的成长和爱情故事。另一部比较有代表性的作品是 N.K.杰米辛的"破碎的星球"三部曲。这三部曲包括《第五季》《方尖碑之门》和《巨石苍穹》三部作品。该系列故事发生在一个地震频发的未来地球和一个被称为安宁州的大陆，讲述受到残酷待遇但能从地球水库中汲取难以置信的魔力的"原基人"克服重重困难，最后终结灾季的故事。《破碎的星球》三部曲在美国科幻界影响巨大，三部长篇空前地连续三年获得雨果奖最佳长篇小说奖，这也标志着雨果奖对科学奇幻类的认可。

在 2021 年的雨果奖长篇小说的提名中，新西兰女作家塔姆森·缪尔的小说《第九宫的哈罗》（也是一部科学奇幻作品，是作者"闭锁之墓"（Locked Tomb）科学奇幻长篇系列四部曲中的第二部。该系列的第一部《第九宫的吉迪恩》2019 年在美国出版后获得了极高的评价，许多杂志、媒体将其评为 2019 年最佳书籍之一，亚马逊网站将其评为 2019 年年度最佳科幻 / 奇幻书籍。该书获得了 2020 年《轨迹》杂志最佳长篇处女作奖，还获得了星云奖、雨果奖和世界奇幻奖的提名。这个系列的设定是在一个由九个星球组成的帝国，每个星球都有一个修炼特定类型死灵法术的家族（House）。虽然存在先进的技术，但九大家族主要依靠死灵法术，战斗时使用近身战斗武器，以补充死灵法师的能力。皇帝是不死之身，被当作神来崇拜。他带领强大的不朽死灵法师（被称为"Lyctors"）和他的军队（被称为"Cohort"）与他的敌人作战。除了科幻和奇幻，这个系列还杂糅了哥特、浪漫，悬疑、推理等元素。杰森·希恩在其为美国国家公共广播电台（NPR）写的《第九宫的吉迪恩》的评论中如此评价这部小说的类型："《第九宫的吉迪恩》太搞笑以致不像是恐怖小说；太伤感以致不像是科幻小说；有太多的飞船和自动开关门以致不像是奇幻小说；而血腥肢解又比一般的爱情小说要多得多[1]。"

---

[1]　npr 网站，访问日期：2021 年 11 月 28 日。

2021 年雨果奖短篇小说提名作品中的《美人鱼宇航员》也是一篇科学奇幻作品。这篇作品我将在下一节详细介绍。相对于纯科幻和纯奇幻作品，科学奇幻小说受限制比较少，从而给作家提供了更为广阔的想象空间。科学奇幻作品频频出现在雨果奖和星云奖等大奖中也说明这类小说越来越受到认可。

三、科幻与童话和民间传说

科幻作品取材于童话和民间传说不算是新鲜事物，因为都具有幻想的成分，童话和民间传说比较容易改造成为科幻作品。虽然不算新鲜事物，但这并没有阻止美国当代科幻作家们将众所周知的童话故事和民间传说改编成科幻，乃至搬上太空，并写出新意。在流行的美国科幻短剧系列《爱、死亡和机器人》里面，有一集叫作《狩猎愉快》，是根据华裔作家刘宇昆的同名小说改编的。故事说的是一位狐狸精猎人的儿子梁跟父亲杀死的狐狸精的女儿燕成了好友。多年后两人在香港相聚，梁为太平山的列车工作，而燕则因铁路和喷出烟雾的机器失去了魔法，困成人身无法变形，直至沦为妓女，最后被大英帝国来的总督将其身体换成机械。梁用自己多年来钻研的对机械的了解和精湛技术帮助燕换回了机械的狐狸身体。重新化狐的燕飞向层层叠叠的楼宇开始猎杀那些随意侵犯女性的殖民者。《狩猎愉快》这篇小说显然是取材于中国民间传说的狐狸精的故事，不过并不是改编自某个确定的民间文学作品，而且小说的主旨也在民间传说的基础上有所升华，反映被殖民者对殖民者的反抗。

2021 年的雨果奖短篇小说奖的提名作品里至少有两篇取材于童话作品。一篇是韩裔作家李尹河的小说《美人鱼宇航员》。小说写的是一个水世界的星球上生活的一位美人鱼跟随外星来的飞船飞向宇宙，成为宇航员去外星世界探险的故事。这篇小说很明显取材于安徒生的著名童话作品《美人鱼》，连故事的脉络都与安徒生的童话有所相似。作者甚至将小说的开头写得如同一个安徒生童话的开头："在一个宽广而奇妙的星系中的一个宽广而奇妙的世界，住着一条美人鱼。"这篇小说也是结合了科幻和奇幻。小美人鱼为了做宇航员，跟水下的一位女巫作了一笔交易，让自己获得一双能在陆地和飞船甲板上走路的腿。

另外一篇是 T. 金费雪的小说《金属在黑暗中犹如血液》。T. 金费雪是曾多次获星云奖和雨果奖的美国女作家厄休拉·弗农的笔名。在这篇小说里，作者将格林童话中的《糖果屋》搬上太空。故事的结构很像《糖果屋》，《糖果屋》里的兄妹在这里成了两个能够通过体内的纳米结构和吃进的金属进行形变的巨型机器人兄妹。创造他们的父亲去世前为了避免让两个天真的机器人被政府和公司抓到将他们发射到太空，在小行星带流浪。他们偶尔发现一艘飞船，饥饿的机器人兄妹开始吃飞船，不料飞船上一个邪恶的机器人将他们抓了起来。邪恶机器人将哥哥关了起来，令妹妹去采矿制造两只翅膀来弥补飞船被吃带来的损失。小说的开头也很带童话色彩："很久以前，有一个人制造了两台巨大的机器。他非常爱他们，称他们为哥哥和妹妹，并为它们编排了智能程序，唤醒和拉伸他们，并测试他们金属身体的极限。"

童话故事和民间传说提供了数之不尽的素材，可以算是创作科幻小说的一条捷径。相信未来还有更多取材于童话和民间传说的科幻小说问世并出现在各项科幻大奖的名单中。

四、科幻的一些子类型

下面我们分别讨论一下近些年比较活跃的一些科幻的子类型（subgenres）。

1. 气候变迁小说（cli-fi）

2013 年 4 月 20 日，"cli-fi"一词出现在主流媒体上，当时美国国家公共广播电台在《周末版星期六》上做了一个五分钟的广播节目，描述处理人类引起的气候变化的小说和电影，这些作品不一定是科幻，但是有不少科幻作品。描述气候变化的科幻小说在"cli-fi"这个词出现之前就有不少，比较有影响的有英国作家 J.G. 巴拉德描写文明因持续的飓风而衰落的《无处不在的风》，描述太阳辐射造成的冰盖融化和海平面上升的未来的《淹没的世界》，描述因工业污染破坏降水循环而导致干旱的《燃烧的世界》；奥克塔维娅·E. 巴特勒描写气候变化、财富不平等和企业的贪婪造成了美国近未来世界末日般的混乱的《播种者寓言》等。近年来比较有影响的气候变化科幻小说有玛格丽特·阿特伍德的反乌托邦三部曲《羚羊和秧鸡》《洪水之年》和《疯癫亚当》等；美国作家保罗·巴奇加卢比的《发条女孩》《拆船工》《淹没的城市》《水刀子》；美国作家金·斯坦利·罗宾森的《2312》《纽约 2140 年》《未来事务部》等。值得一提的还有美国作家，《侏罗纪公园》作者迈克尔·克莱顿的惊险科幻长篇《恐惧状态》。这部小说主要写的是环保恐怖分子试图制造"自然"灾难来说服公众相信全球变暖的危险。克莱顿在这部小说中对气候变化的科学共识持批评态度，以至于被科学家批评为否认气候变化。

2. 太阳朋克（Solarpunk）

相对于科幻的其他子类型，太阳朋克是非常新的一个子类型。"Solarpunk"这个词最早于 2008 年在博客网站"蜜蜂共和国"（Republic of the Bees）中提出[1]，2019 年出版的《太阳朋克宣言》将太阳朋克描述为"幻想小说、艺术、时尚和行动主义的运动，旨在回答和体现这个问题：'可持续发展的文明是什么样子的，我们如何才能到达那里？'[2]"意大利科幻作家和编辑弗朗西斯科·沃尔索认为太阳朋克具有四大元素：第一，亲近自然，推广"仿生学"；第二，可持续性；第三，循环经济；第四，推动绿色社区的建设[3]。太阳朋克可以看作赛博朋克的衍生物。不过与赛博朋克使用黑暗美学，人物被技术边缘化形成鲜明对比的是，太阳朋克使用的设定中，技术使人类能够与环境可持续地共存。据弗朗西斯科·沃尔索认为："赛博朋克小说主要关注的是社会底层的高科技生活。小说的主人公多是一些反社会分子、怪咖或书呆子，他们以卵击石、反抗权威；小说的冲突多聚焦于市场、力量、男性争斗、商业规则等；涉及的技术有网络空间、神经移植、虚拟现实、生物芯片等。而太阳朋克强调高效能源的可持续性和技术的低负面作用。小说的主人公常常是某个阶层团体，他们为了某种理念与敌人抗争；小说的冲突集中在合作、自然力、女性抗逆力、道德价值观等方面；涉及的技术有云计算、增强现实、仿生学、人工光合成、3D 打印、纳米技术、物联网、大数据等。"太阳朋克提出之前有一些经典科幻作品可以归到这一类，包括科幻美国作家厄休拉·勒古恩的《一无所有》，

---

[1] republicofthebees 网站，访问日期：2021 年 11 月 28 日。

[2] re-des 网站，访问日期：2021 年 11 月 28 日。

[3] ［意］弗朗西斯科·沃尔索，陈越整理：《一种新的科幻潮流：太阳朋克》，《科普创作》，2020 年第 1 期，第 8–10 页。

美国作家欧内斯特·卡伦巴赫的《生态乌托邦》，美国作家金·斯坦利·罗宾森的《太平洋边缘》等。当代的太阳朋克作品还不是太多，主要是几部中短篇小说集，包括《太阳朋克：可持续世界中的生态和奇幻故事》《复兴之翼，太阳朋克龙选集》《太阳宫：太阳朋克和生态预测的故事》和《玻璃与花园》。2021年7月，美国出版公司Tor.com出版了2019年雨果奖系列小说奖获奖美国作家贝基·钱伯斯的太阳朋克长中篇小说《野性的赞歌》。这是钱伯斯的太阳朋克两部曲《和尚与机器人》的第一部，该系列的第二部也将出版。

3. 新怪谭（New Weird）

新怪谭（New Weird）小说出现于20世纪90年代，是一种具有怪异小说和其他幻想文学子类型，包括科幻、奇幻和超自然恐怖小说特征的文学类型。新怪谭并没有一个大家一致认可的定义。根据美国作家和杰夫·范德米尔在安·范德米尔和他主编的《新怪谭》小说集的导言中所说，这一类型是"一种关于城市的、第二世界的小说，它颠覆了传统幻想中关于地方的浪漫化观念，主要是通过选择现实的、复杂的现实世界模型，可能结合科幻和奇幻的元素来作为创作设定的跳板[1]。"

新怪谭的一部标志性的书是英国作家柴纳·米耶维在2000年出版的长篇《帕迪多街车站》。这部小说里的城市新克洛布桑市是一个混杂科技与魔法的蒸汽朋克世界，诸多种族共同生活其中。被族人判处有罪而被夺去翅膀的鸟人雅格哈瑞克来到城市，请被大学驱逐的科学家艾萨克帮助找回重新飞翔的能力，从而引发一场大危机。《帕迪多街车站》融合了科幻、奇幻、蒸汽朋克等类型，天马行空，脑洞奇大，出版后取得了巨大的成功，赢得了当年的阿瑟·克拉克奖，并获得星云奖和雨果奖的提名。也许是受到这部小说成功的鼓励，在本世纪前10年，新怪谈风行一时，其代表性作家包括K.J.毕晓普，保罗·迪·菲利波，约翰·哈里森，杰弗里·福特，斯托姆·康斯坦丁，柴纳·米耶维，阿拉斯泰尔·雷诺兹，贾斯蒂娜·罗布森，斯蒂芬·斯温斯顿，玛丽·杰托，迈克尔·思科和杰夫·范德米尔等人。2008年安·范德米尔和杰夫·范德米尔主编的《新怪谭》小说集可以说是新怪谭流派的集大成者。2014年，杰夫·范德米尔的新

---

[1] Jeff VanderMeer, "The New Weird: 'It's Alive?'", *The New Weird* (Tachyon Publication, 2008), pp. xvi.

怪谈科幻小说《遗落的南境》（Southern Reach）三部曲《湮灭》《当权者》和《接纳》出版，标志着新怪谭的又一次辉煌。其中，《湮灭》在当年的星云奖角逐中战胜了中国科幻作家刘慈欣的《三体》获得星云奖最佳长篇小说奖。2018年，根据《淹灭》改编，由亚力克斯·加兰执导和撰写剧本，娜塔莉·波特曼主演的同名科幻电影上映。虽然电影《湮灭》上映期间因为发行问题票房表现不佳，但是却受到了普遍好评。

4. 太空歌剧（Space Opera）

太空歌剧（Space Opera）这一科幻子类型具有悠久的历史，当然不能算新的子类型，但是一直长盛不衰。根据维基百科，太空歌剧这个词是由科幻作家威尔森·塔克于1941年提出来的，当时是作为一个贬义词，指的是将那些粗制滥造的西部片情节直接搬到太空的那些冒险故事。20世纪60年代后太空歌剧由英国科幻作家布莱恩·奥尔迪斯等人重新定义，赋予了正面的意义。2006年，科幻编辑大卫·G.哈特韦尔和凯瑟琳·克雷默在他们主编的科幻小说集《太空歌剧文艺复兴》里将太空歌剧定义为"色彩丰富的，戏剧性的，大规模的科幻冒险，文笔流畅，经常还很优美，通常着眼于富有同情心的，英勇的中心人物和情节动作，一般设定在相对遥远的未来，太空或其他世界中，以乐观的基调为特征。它通常涉及战争，海盗，军事道德以及非常大规模的行动和巨大的风险[1]。"

太空歌剧在现代西方科幻里占据着举足轻重的地位，从1982年到1995年，14部雨果奖获奖长篇里有12部都属于太空歌剧。近些年来，随着西方科幻的多元化，雨果奖包括了更多其他类型的科幻/奇幻作品，但是太空歌剧类的优秀科幻仍然不断涌现，并不时出现在雨果奖的名单。比如2020年的雨果奖长篇，美国作家阿卡迪·马丁的《名为帝国的记忆》就是一部太空歌剧作品。这部小说讲述来自勒塞耳空间站的女主人公玛希特被派往泰克斯迦兰帝国就任空间站大使，而她作为大使最重要的任务就是避免空间站被帝国的扩张吞并，但是刚踏足帝国首都的玛希特立刻就深陷政治权谋的旋涡。小说不同于传统的太空歌

---

[1] David G. Hartwell & Kathryn Cramer, "Introduction-How Shit Became Shinola: Definition and Redefinition of Space Opera", *The Space Opera Renaissance* (1st ed.)（Tor Books, 2006）.

剧的地方，是其探讨了殖民化、帝国、文化、社会、身份、人格、经济和政治等复杂而棘手的问题。

现在比较火爆的詹姆斯·S.A.科里（美国作家丹尼尔·亚伯拉罕和泰·弗兰克的共用笔名）所著的《苍穹浩瀚》系列属于比较传统的太空歌剧，小说背景是处于地球联合国政府和火星共和国统治的夹缝中生存的小行星带殖民地。这个系列迄今已经出版了八部长篇和八篇中短篇。该系列获得了 2020 年雨果奖最佳系列小说奖，并且已经由 Syfy 频道和亚马逊工作室改编为电视连续剧，已经播出了五季。

说起太空歌剧，不能不提到美国女作家安·莱基的《雷切帝国》三部曲。这个三部曲的设定是在数千年后的未来，人类在太空的主要力量是扩张主义的雷切帝国。该帝国使用由人工智能控制的太空船，控制人类的身体（"辅助者"）作为士兵使用。比较特别的设定是：雷切人不以性别区分人，每个人都使用女性人称代名词，所以小说中的所有人的第三人称都是"她"。另一个特别之处是，三部曲的主角布瑞克是一艘被摧毁的帝国战舰智能中枢的一个碎片。三部曲的第一部《正义号的觉醒》是关于布瑞克复仇的故事，于 2013 年出版后大获成功，囊括当年所有英文科幻大奖奖项，包括雨果奖、星云奖、阿瑟·克拉克奖，英国科幻协会奖、轨迹奖等等，是第一部同时获得雨果奖、星云奖和阿瑟·克拉克奖三项大奖的长篇小说。值得注意的是，小说中的一个主要创意，即每个人都使用女性人称代名词，显然是得益于近年来美国科幻的多元化倾向。

当代的太空歌剧与经典的太空歌剧显著不同的一个特点是当代太空歌剧不仅仅是关于大规模的太空冒险和太空战争，还更关注政治、经济、社会、文化等方面的问题，常常隐射了现实世界的种种矛盾，也更注重个人的内心和成长。另外，当代太空歌剧也受到美国多元化倾向的影响，呈现出多元化的趋势。

结语

因为篇幅及笔者阅读所限，本文仅仅涉及当代美国科幻创作的某些方面，难免以偏概全。比如当代科幻的子类型，除了上述讨论的几类，还有诸如蒸汽朋克、生物朋克、非洲未来主义、滑流小说（slipstream）、或然历史、军事科幻、言情科幻等。可以说当今的美国科幻种类繁多，各种思想流派交织融合，使得美国的科幻创作呈现出百花齐放、百家争鸣的迹象。另外，美国科幻经过一百多年的发展，加上科幻电影的普及和火爆，科幻的理念在美国早已深入人心，科幻已经渗透到其他文学领域。不少主流文学家的小说作品都经常包括科幻的元素。而现在很流行的技术惊悚小说，比如迈克尔·克莱顿、丹·布朗的小说大多都可以算作科幻小说。相信未来相当长的一段时间内美国的科幻创作仍然会继续繁荣。关于未来美国科幻的发展趋势，有一点可以确定：随着美国社会的多元化倾向以及社会矛盾和种族问题的加剧，美国的科幻创作肯定会越来越趋向多元化，也会更多地反映当前社会的各种问题。

作者简介

赵如汉（北星），科幻作家，数学博士，美国纽约州立大学布鲁克波特分校数学系教授。

美国科幻最新潮流
——谢里尔·文特首次中国行演讲

谢里尔·文特（译者/何锐　编校/张凡）

【编按】谢里尔·文特教授是加拿大籍美国著名科幻学者，在国际科幻界享有卓著声望。2018 年年底，应南方科技大学吴岩教授、清华大学贾立元副教授邀请，文特教授从韩国转飞中国，行经北京和深圳两地，进行了首次中国访问和学术交流。曾在清华大学与南方科技大学就"英美科幻最新潮流"同一主题进行过两次内容和细节稍有不同的长篇演讲，本篇文稿脱胎于她为中国之行特意撰写的演讲稿，比实际演讲内容细节更为丰富。

　　今天要做的演讲中，我想综述一下我认为对近来英语区科幻，以及对北美和欧洲的语境中的科幻研究，最为重要的几个趋势。首先我想指出，这些趋势与我观察到的，在中国围绕科幻所出现的发展有所不同；但当然，我必须承认，我对中国科幻的了解有些片面。我的所知限于那些被翻译成了英文的作品，对更广阔的背景（以及中国文学的历史）的认识也建立在以英文出版发行的学术著作之上。因此，我提出这些框架性的评论，仅仅是作为一种途径，以便由此和你们展开对话，通过对话确认，或者，更可能是纠正我对中英两种语境中的科幻研究间的差异的判断。所以，我期待在提问环节能从你们那里学到东西，同样也期望你们会在这次演讲期间有所收获。

　　那么，首先，在当代英语区语境中的科幻研究和实践，与我所见的中国科幻的发展趋势之间，我认为有四个重要的差异：

第一，对于所谓"硬科幻"，或者说，从科学，特别是物理学和工程学外推而来的科幻，双方的偏好度不同。这类科幻小说的核心是以技术来解决问题，或者是依赖于某种新发明、对物质的新的操作方法，在文中的世界和我们的世界之间创造出差别。

第二，受历史影响的方式不同，尤其是殖民主义对两种科幻图景的影响大相径庭。殖民主义在当今的英语区科幻中是一个非常重要的母题，而且最受欢迎的作品，其视角常常来自之前被殖民或是被边缘化的人群，要求我们接受对于技术化和现代性的另一种更富批评色彩的观点。西方科幻过去往往是属于殖民者和征服者的文学，而最近的一些评论作品（譬如约翰·里德尔的《殖民主义和科幻小说的诞生》），让我们注意到这个事实：科幻小说这一类型文学曾是助长帝国主义者野心的同谋。我有个印象（主要源自对刘慈欣作品的阅读），中国科幻从一开始就站在对帝国主义更富于批判性的立场上，而科学和技术则被视为将人类团结为一的重要工具。

第三，科幻小说和其他类型文学的分离历程也不同。我的认知里，科幻在中国文学中是个比较晚近的发展，但现在，对这种故事人们格外地感兴趣，它们声名鹊起，被视为一种重要的文学创作。而英语区科幻的历史则要复杂许多，有些人声称它的历史要追溯到 19 世纪（《弗兰肯斯坦》常被视为第一部科幻作品），而另一些人则声称这一类型要到 20 世纪初才随着纸浆杂志（pulp magazines）出世——"科幻小说"这一术语也是来自这些杂志。整个 20 世纪，这些杂志和其他诸如电影电视之类的大众媒介，让整个科幻类型带上了几分不太光彩的名声。科幻并没有被视为能传达重要理念的文体，常常被批评行文低劣。直到近年，才有若干受人敬重的作家——玛格丽特·阿特伍德，科马克·麦卡锡，等等——把科幻的技巧引入到他们的作品当中。

第四，乌托邦的可能性常常和科幻小说关联，对待它的方式，两边也有所不同。这最后一点，主要与在北美和英国的学院中作为科幻研究基础的文学评论传统有关；在欧洲国家这种研究较少，但状况正在改变。不过，重要的区别在于马克思和马克思主义在这两套语境中的位置。在英语区传统中，马克思主义的理念仍然停留在对一个更美好世界的梦想的层面上，被许多文化批评家所接受。这方面首先要提一下恩斯特·布洛赫[1]，他在《希望的原理》中赞扬了那些提供了一个更美好、更少异化的世界的作品。达科·苏恩文在 1977 年出版了《科幻小说变形记》，它成为英语区科幻的一个基础性文本。在书中，他认为科幻小说是"在现实基础上"（on reality）的反思，而不是"对于现实的"（of reality）反思，它提供了一种让我们疏离于既定的物质世界，从而预见到社会变革可能发生之所的途径。因此，科幻研究经常与乌托邦主义联系在一起，但是世界上不同地区的文化不尽相同，这使得人们阅读科幻小说和对小说作出反应的基础也有所不同。

接下来，我将继续讨论这些不同，我希望在讨论期间，我们都可以思考一下英语和中文科幻的相似和不同之处。我不会继续详述英语区科幻小说的历史——在提问环节我会乐于介绍更多关于它是如何、为什么以及何时诞生的话题——但接下来，我想向你们就我所认为的当代科幻小说中的最新发展做一简要介绍。这一介绍基于我认为是当代英语区科幻小说最佳范例的四部作品，各自都有自己的独特之处。我将按照出版年份的顺序进行介绍。

一、科尔森·怀特黑德：《第一区》（2011）

《第一区》采用丧尸灾难叙事，但讲的不是世界末日或其随后的影响，而是直接跳到了重建期。小说的设定是一个周末，地点为曼哈顿——书名"第一区"，指不久前隆重成立的美国凤凰城政府的重建项目——小说聚焦于雅克·施皮茨的经历，他曾是一名 IT 社会营销员，而现在是扫除队的一员，他们要扫除最后一批残存的丧尸——那些没有被早先的一次大规模军事打击杀死的丧尸，以便开始重建。通过倒叙的片段，我们瞥见了雅克·施皮茨那个在瘟疫导致人类丧尸化之前的世界，以及危机过后更危险的求生时期。怀特黑德的丧尸有两种类型：我们熟悉的那种"骷髅族"[2]，它们在街头游荡，攫人而食，似乎成群结队地行动；另一种则是神秘的"彷徨者"，一些独行丧尸，它们被

---

[1]　恩斯特·布洛赫 1895—1977，德国马克思主义哲学家。

[2]　原文为纽约俚语，实指街头流浪汉和犯罪嫌疑人。也是《星球大战》中一种凶残野蛮外星种族的名称。

困在某个地方或者重复着某个行动，这些地方或者某个行动在理论上对它们的前身很重要。彷徨者会没完没了地站在复印机前，在生前最喜欢的商店里围绕残留的商品转圈，又或是在以前办公室的小隔间里呆坐。随着小说的展开，人类幸存者与非人类的"骷髅族"和"彷徨者"之间的区别变得越来越模糊。标题"第一区"指的是曼哈顿的一部分，在一堵高墙的屏障之后，那里应该已清理干净了所有的丧尸，即将做好准备，再次迎来"旧世界"的消费主义社会。

《第一区》将我们对人类过往的眷恋，诊断为妨碍我们想象超越资本主义社会秩序和主体性的未来病因。它还使用了丧尸世界末日后"扫除"的景象——以及美国霸权以凤凰为象征的重生，其令人触目惊心的失败——来暗示美利坚帝国已如行尸走肉，一个还没有意识到自己的生命已经逝去、仍然以其熟悉的模式移动的丧尸。书中对商品资本主义的批判强烈暗示，贫富差距是美国难以为继的主要原因之一；该书还涉及了美国系统性种族歧视的话题，因为书的结尾揭示出主人公——我们称之为雅克·施皮茨——是个黑人。这个绰号是个笑话：雅克·施皮茨是一位著名的德国游泳运动员，奥运会冠军，主角则不会游泳，这导致他做出一个疯狂的选择，从一群丧尸中杀出一条路，而不是找个地方跳进河里逃生。我认为，这部小说是美国科幻小说里，有色人种作家中，一个日益增长的趋势的一部分，那就是提供"疏离"于这个白人霸权的世界的视野，当前这领域最重要的实践之一。

小说中频繁出现的消费文化图景，表达了丧尸叙事和新自由主义排斥[1]之间的联系。例如，反丧尸民兵的抢劫受到严格监管。这场战争有赞助者，他们捐出自己的一些产品——通常是那些很快就会变质的，要不也并非重要的利润来源——以从凤凰城政府那边换取税收优惠和重建合同。清除剩余的丧尸和经济中产阶级化[2]相似，雅克·施皮茨以挖苦的口吻点明了这点：

> 未来需要很多东西，但雅克·施皮茨没有想到会需要室内装饰。……未来是从前所谓的过渡社区。基本服务供不应求，贵宾狗美容院和猫咖啡都是，

---

[1]　指新自由主义体制下，贫困者和其他社会边缘群体会被社会体系"排斥"而出、不予考量的现象。

[2]　指城市中心由于地租高昂，低收入居民和租户被逐渐排挤，导致小区居民多为中产阶级的过程。

但如果你到访的时间正确，哪怕隔壁的大楼满是骷髅族也没关系。最终它们会因为租金上涨而被赶到地铁三站路之外，你就再也见不到了。（167）[1]

雅克·施皮茨既没有野心也缺乏灵感，是个被中产阶级化经济抛下的人。他换了一份又一份工作，最后一份是为一家咖啡公司工作，他"监控网络，寻找机会散播对产品的了解，培植品牌亲密感"（149）。软件机器人还不够聪明，不足以在这种交流中采用正确的语气，但是雅克·施皮茨"轻松掌握了一种技巧，之后发现，这是一种模仿人类的联系，做出虚假移情姿态的天分"（150）。通过社交媒体，人类与商品的关系很容易取代真实的社会性关联。

能够装出但并不能真正感觉到同理心，这样的"伪人类"特征让雅克·施皮茨在丧尸世界中成为幸存者，但也点出了小说对一种虽生犹死的文化的批判。通过讲述雅克·施皮茨在旅途中的日子，《第一区》呈现了后世界末日叙事中一个熟悉的主题：人类互相捕食之际，不确定的人际关系很容易遭遇背叛。在凤凰城政府成立之前，"当他意识到自己首先要做的就是算计是否能摆脱他人时，他就停止了和别人的交往"（115），他的许多记忆也讲到了当屏障被打破时，短暂的友谊不可避免地被背叛。他为这些行为辩护，他相信："他救不了那些陌生人，就像他们救不了他一样。他的东道主们对他来说跟外面群聚而来的那些肮脏的乌合之众一样陌生，那些家伙正在门窗上扒拉着，饥肠辘辘地想要进来"（183）。这个比喻中，美国的经济分化及其文化根源——缺乏集体主义精神——都清晰可见。

雅克·施皮茨总结道，"街垒是这场混乱留下的唯一隐喻"（97），透过他的回忆，我们发现这个隐喻无论在过去和现在都位于社会关系的核心。这标志着中产阶级无法接受自己不能免于危机，无法动摇那种感觉："一道无形的屏障包围着他所在的邮区，每一次逃跑的机会都被他自己破坏于无形之中，因为他坚信一切都将恢复正常，这野蛮的新现实不会长久"（18）。他认识到，这种屏障是"我们一贯的做法。这是这个国家的立国之基。灾难只是让它变得更加形诸于外了，就像是为防万一你以前没能领会，于是把它径直写了出来"（102），这个陈述也可以看作小说的主题。他还指出，早在大感染之前，纽

---

[1]　原书英文版页码。下同。

约有一个阶层已然遭灾，那就是"过去的失败者队伍"[1]，他们"从单间居室中步履蹒跚地走出来，又或者从他们已寥寥无几的亲友中某位的破旧沙发里把自己拔拉起来"（121）。他想象着自由女神像上的铭文变成了"流脓的大众"[2]，并提醒自己，"这座城市并不在乎你的故事，你重塑自身的个别叙述；它接纳所有的人，每个移民都在竭力竞争，不论他们的血统，在祖国的身份，以及口袋里的硬币数量"。（243）

《第一区》代表了英语区科幻小说当前的一个趋势：在写作中把科幻的概念或者设定作为隐喻来使用，但并不努力构造能让人全然信服的另一个世界。《第一区》的要点不是让我们想象它所创造的那遭受了丧尸之灾的世界，而是让我们看到，丧尸之灾的隐喻如何让我们将这个世界的贫富差距和种族主义问题看得更为清晰。

二、李昌瑞：《在这满潮的海上》（2014）

李昌瑞和怀特黑德类似，也是一位以写主流文学小说闻名的小说家。他在这部小说中转而描写科幻场景，因为科幻为他提供了表现他所选择的主题的最好的途径。因此，他是科幻文学和"主流"文学日益靠拢的趋势的一部分。李还代表了一种比早先的英语科幻更具全球视野的科幻。众所周知，像《世界大战》或《地球停转之日》（1951年，罗伯特·怀斯）这样的作品会径自假设伦敦或华盛顿将是统治世界的中心，外星人理所当然会首先前往这些地方。《在这满潮的海上》则不然，它虽然把舞台设定在美国（主要是巴尔的摩），但却设想了一个美国霸权已成往事的未来。它讲述的故事发生在一个被来自中国的移民者们殖民的未来美国，这故事是个复合体，从这些移民的角度打量美国帝国崩溃的废墟，同时也通过讲述这个三种未来文明在同一空间中纠缠的故事，对一个计划过于严密的集体社会秩序提出了批评。

作为一部反乌托邦小说，《在这满潮的海上》的标题取自莎士比亚的《裘

---

[1] 原文这里再度双关，"队伍"的原词另一个意思是"骨骼，骷髅"。

[2] 对应的铭文原文为"（因饥寒而）蜷缩的大众"，常见的中文译本这里省略掉了。

力斯·恺撒》，那几行台词讲的是"人类事务中的潮流"[1]，这种潮流要么让我们的船航向成功，要么把我们导向浅滩和苦难。这一引语提示我们会出现突然的逆转，并和一种在东西方有着共同文本的新的全球文化展开对话。小说讲述了一位姓范的年轻女孩，她离开自己的中层阶级渔场，冒险前往缺乏治安秩序的乡村去寻找她失踪的男朋友；它实则是描绘了未来美国的一幅令人不安的图景，这种图景由全球化的力量塑造而成，有个突出的特点：其中的阶级分化和经济不稳定比我们现在所体会到的要更为深重。

范来自一个"新中华"的殖民点——巴摩，我们很快就知道那就是巴尔的摩，那里已经没有了如今还留在那里的非洲裔美国人[2]，取而代之的是亚洲移民，他们希望在一个不那么拥挤、机会更多的世界里找到自己的路——就像他们19世纪的先辈，后来成为美国人的那些欧洲殖民者一样。在解释这座城市的前居民的离开时，叙述者告诉我们，"每个人都离开了，尽管和我们的祖辈离开他们在新中华的河边小镇的原因不同。当他们离开的时候，西徐市已由于周围的农场、工厂、发电厂和采矿作业变得不适人居，水污染业已超出了所有已知处理方法的能力"。讲述故事的这个声音从来不会直接地或公开地传达19世纪殖民主义者那套理论，比如说白人的天命，或者是剥夺土著人民未被"有效地"或"充分地"使用的土地有多么合理，但尽管如此，我们还是会被上面这样微妙的暗示所提醒，察觉到"潮流"是多么容易逆转，同样的论调也会被用来反对美国人。这个故事也追述了全球化的人员和资源流动，这种流动塑造出我们的现在，引领着我们的未来。

小说的大部分内容都着眼于巴摩的社会，故事本身的形式是传奇式，或者说叙述体的，在巴摩人们口口相传着范的故事，讲述着她是如何以及为什么离开这个社会的。因此，尽管小说的大部分内容是关于范离开巴摩安全区的旅程中，她在美国经济崩溃后的残迹中所见的种种不幸，但更尖锐的批评来自叙事者那些经过小心组织的批评语句，他们批评巴摩的条条框框，还有经济层级制，正是这种制度制造出了巴摩，精英协会的专属领地，和危险的乡村之间的（对

---

[1]　第四幕第三场。

[2]　巴尔的摩当地人口当中，白人比例近些年一直在下降，目前黑人已经占人
　　　口多数。

立）关系。巴摩的一切都围绕着时间表、生产力和为整体的服务；尽管人们一再被告知这里的社会是和谐和高效的，但每天的生活中都有诡异的暴力突发，只是会被迅速遏制。因此，尽管范在城市之外的旅程中经历了种种艰难，她的故事仍然是个关于选择的梦想，她选择动态而非静态的经济结构，后者要确保有一些人总是将自己的生命附属于向他人提供服务：

> 从我们的先辈最初抵达此地，已经有将近一百年了；距今天的巴摩最后一次重建和整顿，也已经有五十多年。长久以来，我们一直维持着社区的秩序，一砖一瓦，一草一木。我们从没有让我们的窗玻璃灰暗蒙尘，也没有让我们的黄铜把手污渍斑驳。我们总是让我们的孩子在运动之后自己收拾好操场，我们从不允许任何人逃避他或她的责任，或者变得懒惰、依靠他人养活。巴摩运行良好，是因为我们在好好工作；我们的使命感驱使我们采取额外的措施，付出额外的时间，还有，当然了，每当我们疲惫颓丧之际，想起外面的乡野中的状况，还有这里在最初的先辈们登陆之前是个什么样子，我们就再度充满了干劲。

在讲述范的故事时，叙述者也告诉了我们，北美是怎样被划分给了三个截然不同的阶级：被剥夺公民权的人被贬谪到农村，在一片几乎不可能耕作的土地上艰难求生；中间阶级，范这样的工人，在像巴摩这样的城市里工作，这些从前的工业城市而今转而从事更生态平衡的食品生产；以及外人禁入的协会领地，那些领地拥有诸多特权，人满为患，只有最具科学素养的精英才能居住其中。尽管将这部小说与科幻小说联系在一起的最明显的特征是它的敌托邦基调，但科学和科技创新在协会属地中的中心地位也足以让它被归入科幻类型：只有能创造利润的科技创新才是进入专属禁地的唯一保证。而且科学在没有特权的地区所遭遇的部分苦难中也处于中心位置：书中暗示一场疾病消灭了所有的本地动物和大部分人口；从书中还隐隐可知，那些有所需的生物化学或者基因特性的人正被生物科技公司"收割"。

这部小说在某些方面让人想起麦卡锡的《长路》，但与《长路》不同，《在这满潮的海上》不仅仅是从那些重新体会到生命可贵的人的角度发出的对更温柔的时代的怀旧挽歌。它乃是将经济不稳定性，作为一种人人都可能轻易陷入的普遍状况而进行的审慎反思。也是在坚持主张，事关绝望和道德妥协的选择，不仅仅是经济领域的事务。《在这满潮的海上》不仅仅是美国被殖民的反转式殖民故事，它还是一部体大思深之作，思考的对象是，在凝视全球化资本所创造的严酷世界时，来自众多种族和出身的移民们交织在一起的梦想和希望。

故事的高潮，范得以短暂地和她的哥哥李威重聚。李威在她很小的时候就被带走了，去上协会附属学校。被协会接纳为会员是一个极大的荣誉，是非凡智力成就的标志，也是通往财富和安全的门径。李威是一名生物技术专家，他自己的公司一旦售出就可以获得巨大的知识产权收益，但前提是他必须能够对自己的产品做出最后一步改善。小说告诉我们，范的血液（以及早先失踪的她前男友的血液）是这一生物技术创新的关键，而在小说的结尾，范侥幸逃脱，没为了让她的哥哥可能发财而变成实验室中的一份实验材料。"我们"，讲述故事的社会集体的话语观察到了这一事实，同时也提到，协会们前不久出台的针对巴摩人的经济紧缩政策有所放松。

现在还有什么好担心的？局势相对平稳之下，管理局，或者是我们不清楚的其他机构，已经撤回了前些时的部分令人沮丧的举措，其中最重要的是对于去健康门诊就诊的限制：限制仍然有效（基于当前的现状，理应如此），但频率更合理了。还有进入协会的资格限定（退回到了2%），以及其他一些确实让日常生活有所不同的小事，比如我们自产的那些优质产品和鱼类忽然间拿到了更好的出价。甚至有传闻说，学校在准备孩子们的午餐便当时会更多地使用我们的产品，而不用那些长期以来一直来自匿名的不明供应商的可疑的西兰花和土豆，不过这事还得等等看。最后，还出现了新一轮前所未有的公共工程建设，虽然规模不大；它们以"坚持不懈"为口号，以相当不错的薪资水平雇了一小队人马，刚退休的人，或是失业的年轻人，他们正在打扫街道和人行道，修剪公园里的灌木，对掉了色或者遭人涂鸦的建筑和墙壁进行强力冲洗然后重新粉刷……还有上百个各种各样的其他项目，旨在为我们这个好地方增光添彩。

李和怀特黑德一样，用科幻小说的语言来讨论一个全球化资本的敌托邦世界，讨论它分化人类和获取资源的方式。

三、N.K. 杰米辛：《第五季》（2015）

《第五季》是《破碎的地球》三部曲中的第一部，另外两部是《方尖碑之门》和《巨石苍穹》。这本书更接近于奇幻而不是科幻，因此我对它的讨论会更简短些，但我想引起大家对它的注意，个中原因有二——不过，如果算上我认为它在近年来出版的幻想文学中是顶尖之作的话那就有三。第一，这是一部重要的作品，标志着英语区科幻小说的另一个趋势，那就是科幻小说和幻想小说之间的区隔正在瓦解。第二，杰米辛发现自己——由于她的作品遭受的攻击——处于一场争论的中心。一场关于种族的争论。在过去几年当中，这一争论在英语区科幻的中心深深地打上了自己的烙印。

我不想在这件事上纠结太久，因为我不想过多地关注这场辩论的某一方的观点，但我觉得我也不能不提到它，因为它在科幻研究中是一大事件。我认为它正在迅速走向结束——朝着高扬多样性的方向。不过，正如各位可能知道的，一个人数不多但声音响亮的白人作家团体最近指控科幻奖被自由主义观点"劫持"，这些人（你可能知道他们，在互联网上号称"悲伤的小狗"的群体）认为科幻奖颁奖的标准无疑是变成了政治忠诚而不是作品质量。也就是说，这些"小狗"们认为科幻奖，主要是雨果奖，之所以颁给某些作家，仅仅是因为人们想褒扬有色人种作家，或是关于社会正义主题的写作，而不是因为那些书实际上是最好的出版读物。他们还争辩说，"真正的科幻小说"更倾向于我在讲座开始时谈到的硬科幻传统（也就是说，以工程问题为纲，对社会问题不予置评），并希望让科幻重新回到只有那一种写法的年代。这些人的观点大错特错：不仅因为像杰米辛这样的作者的作品获奖是实至名归的，也因为英语区科幻小说作为一个整体，从来都包含着一些不仅对新技术进行推想有兴趣，而且对推测新的社会形态和更公正的社会秩序更有兴趣的作家。因此，我认为这件事很快就会整个翻篇了，它主要是美国目前两极化的政治争议引起的共振，而不是来自科幻小说本身，但尽管如此，无论对此多么痛心，我也不能否认，这件事的确正在一定程度上改变科幻小说的面貌。

不过我们还是把话题回到《第五季》上。它描绘了一个靠魔法运转的世界，但这种魔法是依据能量循环原理起作用，需要特殊的知识和技巧才可以施展。

那些有这种能力的被称为"造山者"[1]，他们从大地中获取能量，尤其是与行星的地壳构造相关的重力能量。他们也能操纵活体中的电能，输送或抽取能量，或操控器官的功能。我要提请注意的是，杰米辛在这里设想魔法在以类似于科学的方式发挥作用：它是一种技术或者工具，它的力量必须经过学习，它依据与物质世界相关的物理规律发挥作用。我在这里的观点并不是说这是一本更像科幻小说的奇幻——尽管我认为"破碎星球"三部曲都确实如此——而是说杰米辛的作品很能说明为什么我认为，在英语区的科幻小说和奇幻小说之间的界限正在消失。作者的着眼点（通常读者也一样），是这些类型小说中的哪些喻体适合他们用来象征或批判，这种使某些隐喻文学化的思辨工具，如何帮助作家把现实社会这个世界的某些方面更清晰地呈现出来，从而进行批判——比如怀特黑德把美国视为一个虽生犹死的帝国，或者李将个体存在必须被转化为集体生产力的社会视为一个反乌托邦的未来。

杰米辛用这套魔法作为喻体，同时还把大地本身比喻成了一个有生命的，在跟那些生活在她表面上的人类对抗的活体。由此她做出了两个方向的隐喻。首先，她让故事复杂的背景历史中包含多个不同种族，以及他们之间的殖民、奴役和其他剥削关系，以此置喙美国的种族主义历史。主要人物伊松是一个造山者，她经历了极端的歧视：我们在小说结尾会了解到，之前表面上的三个人物，实际上都是伊松在她生命的不同阶段曾用过的不同名字。当她的父母发现她有造山力时，她就被送走了，之后一度被支柱学院奴役，那里控制着所有拥有这种能力的人们，并把他们视为劣等人，她在那里因根植于种族偏见的暴力而失去了两个孩子。

这部小说探讨的第二个主题是环境。"第五季"是一段地质构造的剧烈活动期，将导致地球表面暂时无法居住。我们得知，这种不稳定性来自更早的几个世代，那时的人们将世界上的自然资源开发得太彻底了，以至于大地开始反抗住在它上面的生民。系列的后两本书更完整地探讨了这段历史的故事，也提及了如何以另一种方式生活——与大地之力和谐相处，但《第五季》为理解这部作品搭建好了平台，让我们能够将三部曲不是当作一个让我们逃避到其他世

---

[1]　目前的中文版译为"原基人"。

界的幻想作品，而是当作我们因人类活动而被改变的现实世界的一个隐喻来理解。环保主义长期以来一直是英语区科幻的一个重要部分，在 20 世纪 70 年代环保主义运动开始之后这点尤为突出。杰米辛的作品为这一传统又添新花，但它还进一步充分考虑了殖民历史对环境破坏的影响。由此，她所描绘的途径呼应了后殖民主义学者对术语"人类世"的一些批评，他们坚持认为，地球所受的损害当中，各个人类文化所造成的分量并非等同。杰米辛还表明，环境伦理必须与其他伦理革命协同一致，如果不考虑另外的等级制度以及其他形式的歧视，就不可能有环境正义。

四、金·斯坦利·罗宾逊：《纽约 2140》（2017）

我认为金·斯坦利·罗宾逊是当代最重要的科幻作家之一，而且我觉得在我讨论过的所有作品中，他的作品在中国最出名，所以我会把对这部小说的概况评述做得更简短一些，并简单提一下他身为作家如此之重要的几个原因。自从他的职业生涯开始以来，他的创作始终围绕着两个主题，一是对环保主义和未来地球的生命力的关注，二是对贫富差距和资本主义对人类和环境的摧残的关注。这让罗宾逊成为践行我在演讲开始时提到过的"马克思主义科幻小说"的一个榜样。他在最著名的作品"火星三部曲"中讲述了未来文明在被地球化改造过的火星上发展的故事；近来又写了许多关于太空探索和人类在其他星球上的流散存在的作品：《伽利略之梦》《2312》《奥罗拉》，还有最新一本《红月亮》，这本书里面中国占据了显要位置。我认为罗宾逊是一位特别重要的作家的关键原因是，他将对"硬"科学推断的兴趣与关于社会公正和变革的主题结合到了一起。因此，他完美地同时体现了当代科幻小说领域的两派意见：一派对创新、科学和工程可能会怎样解决各种全球性问题更感兴趣；另一派则认识到，技术变革总是与社会变革联系在一起，因此更好的科技未来也要有人类生活各个方面都更好的未来为伴。

罗宾逊近期作品中，我选出了《纽约 2140》来着重介绍，因为之前的一系列小说更多关注的是太阳系内的扩张，而这本回到了地球，回到了近未来。在我看来，这代表着罗宾逊对正日益加深的环境危机的紧迫感。小说通过对一个海平面上升后的世界的想象，将这一主题迅速而清晰地显现出来，它更多的是在表述我们必须如何做出创新和改变，而不是尝试警告我们这一危险正在临近，试图让我们改变我们的行为方式，避免这种未来的到来。《纽约2140》提出，要制止气候变化和海平面上升，如今为时已晚，故而我们必须要把自己的注意力转向要如何利用科技让我们从危机中生存下来，甚或在那个不一样的未来中繁荣发展。

我选择这本书还有一个比较个人化一点的原因，这与我最近的研究转向有关。除了气候变化的主题，这部小说还深入探讨了市场经济，尤其是金融投机，为了追求眼前的利益，如何制造出不平等并激励劣化的资源管理决策。尽管罗宾逊在他的职业生涯中一直关注经济不平等和资本主义的危险，但只有到了这本书，他才非常直接地谈到了与当代经济状况相关的金融问题，还特别提到了2008年金融危机。未来社会被一分为二：一部分人生活在公社当中，他们的表现就像是预期中的社会组织新模式，我们必须做出那样的革新；另一部分人继续生活在特权的高楼大厦之中——就像是自占领运动[1]以来，我们已经认识到的1%和99%之间被剥削关系区分开来。除了对导致气候变化的行为进行批判，这部小说还深切关注债务问题的后果：一些人因偿债结构而身陷贫困，机会受限，与之相反，另一些人则靠着手握资本而获得了自由。在这里我们发现，罗宾逊的本作和李的《在这满潮的海上》之间有相通之处。因此，尽管这部小说认为，我们要避免气候变化可能为时已晚，应该改而做好准备迎接变化，但它同时也暗示，我们仍有可能改变债务－信贷经济结构所造成的损害。它提出，债务清偿运动[2]是改变现有金融秩序的一种方式。

涉及经济和债务问题的科幻小说是否会在未来的英语区科幻小说中占据更重要的地位？我认为现在要对此作出判断还为时过早，但我个人对这个话题兴趣日增，一直在寻找答案。一场关于经济学和科幻的对话已经开始，并且也许将是下一个十年的潮流之一。

---

[1]　指"占领华尔街"运动。

[2]　近年来欧美部分社会人士组织的运动，试图通过联合谈判等方式减免个人
　　　贷款的偿还数额，降低债务人的负担。

结语

总的来说，重要的是科幻小说能改变我们的文化，我们的思维方式；它能帮助我们预测新的生活和生存方式，并最终付诸行动。在我看来，比起仅仅是为最新的技术或装置提供灵感，像这样培育新的思维方式要更为重要。科幻小说的力量一直在于激发我们对于社会的想象。

在结束之前，我应该指出，对当下的英语区科幻来说，重要的不仅仅是我在上面重点介绍的这些书籍、作者、主题和轨迹。我相信这些代表了在未来将会持续下去的最重要的趋势，也反映出了对科幻研究者来说什么是最令人兴奋的，为什么现在越来越多的人写科幻题材。我认为这里的观众们可能会对另一个最近的创新项目感兴趣，那就是几年前亚利桑那州立大学推出的"象形文字"项目：该项目基于尼尔·斯蒂芬森的一篇文章，他呼吁科幻小说要在科学上"激发出伟大的壮举"，编辑选集时有个特殊的导向，入选的故事必须对技术和未来是乐观的，而不是悲观的。我们看到，制造业和广告业正越来越多地利用科幻图像，其原因是类似的。还有的项目，比如太空探索技术公司（SpaceX）在洛杉矶建造超环高铁（hyper loop）隧道的计划、资助载人火星任务等，进一步证明，许多技术精英已经把这种科幻式的想象当作了启动研究的指南。

不过，现在的科幻小说与过去的也有相似之处——太空歌剧军事冒险小说、与外星生物的星际战争故事、和下一次技术飞跃有关的伟大发明的故事……这些在英语区科幻小说中仍然持续存在。与纸质科幻相比，它们在媒体科幻——电影、电视，尤其是电子游戏——中更为常见，这或许表明人们越来越意识到，科幻并不是单一的类型，而是多种多样的，科幻有用来逃避现实的，也同样有作为社会评论的。当然，我并不是说只有印刷本的科幻小说才至关重要——像《黑镜》这样的作品强有力地表明了今天这么多作家转向科幻小说，以及科幻小说的读者比过去大大增加的原因所在。《黑镜》很好地让人看到，技术塑造我们日常生活的经验现在已经变得广泛且普遍，不再局限于精英们的"极客"文化。

科幻小说，以印刷品的形式和更多其他的形式，正越来越多地被主流读者所接受，其主题恰在当前人文学科的核心：环保主义、后人类主义、后石油峰期[1]文化、机器人学等等。正值学术上对科幻的兴趣转向全球科幻想象问题之际，我们非常高兴地看到，许多来自中国的科幻作品正参与其中。我期待着进一步跟大家讨论在我们科幻领域这些激动人心的发展。

作者简介

谢里尔·文特，加州大学河滨分校英语系资深教授，国际奇幻艺术协会主席。

---

[1]　指未来石油产量和消费量出现明显下跌之后的时代。

新世纪德国科幻文学的发展与未来展望

秦思斐

一、德国科幻小说史略述

20 世纪 60 年代，"科幻"一词正式进入德国。德语作家全面接受了英美科幻小说的创作理念及创作范式，其作品从"技术未来小说"[1] 逐渐过渡到普遍真正意义上的"科幻小说"。后现代主义、朋克文学与流行文学的现代叙事等在叙事方式与叙事语言方面给科幻文本留下了众多可识别的痕迹。

时至今日，德国科幻小说按照作者、类型以及娱乐性或科学性的文学表达大致可以分为三个阶段：1. 20 世纪 80 年代之前，德国科幻小说更像是德语文学原生的"技术未来小说"，它们往往尝试在更为理性的科学或技术阐述下，创作一种政治乌托邦或政治反乌托邦式的未来寓言；2. 20 世纪 80 年代到千禧年之间，德国科幻小说的幻想内容变得更为丰富，各种文本充斥着神秘事件与

---

[1] "技术未来小说"（technischer Zukunftsroman）是德国的一种类型文学，是德语科幻小说的前身，其概念首次出现在 Leo Berg 的 1899 年发表的文章《未来小说》中。在英国文学中，有一个几乎等价的概念——Science Romance，由 Brian M. Stableford 创造。技术未来小说具有后来科幻小说的典型主题，如月球旅行、宇宙飞船等，但该文类流行时期，科学技术及其发展尚未对社会各方面产生显著影响，文本的想象性大于科学性。参见 John Clute, etc.（ed.），*The Encyclopedia of Science Fiction*（New York: St. Martin's Press, 1993），p. 85-90.

难以解释的超自然生物。有些批评家抱怨，人们已经很难区分科幻小说与幻想小说或者奇幻小说（Fantasy）了，而出版社的系列图书也经常把这两种文体混为一谈，合集出版；3. 进入 21 世纪，德国的科幻文学创作尝试往主流文学靠拢，情节则更为接近现实，而写作风格有回归德国科幻小说发展初期的趋势，作家乐于在小说中对新技术与科学发现进行科普向的解释，从而达成透明、一致的情节与理性、可描述的文风。最近的几年，随着全球环境的恶化以及"人类世"提法被主流接受，德国科幻小说越来越多聚焦包括了气候灾难、物种灭绝等的生态危机，并逐渐形成富有德语世界特色的生态惊悚小说。

二、部分 21 世纪以来具有代表性的德国科幻小说作家与作品

以德国的科幻文学标杆奖项——库尔德·拉斯维茨奖[1]为风向标可见，进入新世纪的德国也出现了一大批优秀的科幻文学作品。以下介绍一些具有代表性的、影响力颇大的作家作品。

1. 安德烈亚斯·艾施巴赫《奎斯特》（2001）

安德烈亚斯·艾施巴赫一般被认为是如上所提的第二阶段德国科幻作家，自 1995 年开始写作科幻小说并多次获得库尔德·拉斯维茨奖，其作品十分畅销。艾施巴赫擅长奇幻写作，创作出的文本同时兼具惊悚小说与太空歌剧的特点，是冒险向科幻小说的代表。德语科幻文学研究专家埃塞尔伯恩总结了艾施巴赫科幻创作的四个特点[2]：第一，以惊悚风格进行紧张叙述，使读者在主角面临死亡威胁与困于狭小生存空间时保持紧张状态；第二，紧跟时下热点，如太阳能利用、新媒体技术、中东的政治纠葛等；第三，通过设置谜样情节引发宗教与哲学思考，如上帝的存在与人类的死亡；第四，一些后现代特征，即对于

---

[1] 库尔德·拉斯维茨奖（Kurd-Laßweitz-Preis）是最著名的德语科幻文学奖项，每年由科幻文学相关的作者、翻译、编辑、出版商、艺术家、专业记者等联合评议颁发，始于 1980 年。现设最佳长篇、最佳短篇、最佳外语、最佳翻译等科幻文学奖项及最佳科幻广播剧、最佳科幻电影等。总结自：Kurd Laßwitz Preis 官方网站，访问日期：2022 年 7 月 23 日。

[2] 参见 Hans Esselborn, *Die Erfindung der Zukunft in der Literatur. Vom technisch–utopischen Zukunftsroman zur deutschen Science Fiction*（Würzburg: Königshausen & Neumann, 2019），p. 345–346.

传统文学模式的呼应和对于经典文本的引用式使用。

艾施巴赫 2001 年发表的科幻小说《奎斯特》是他创作特点的集中体现。这部作品结合了太空歌剧与中世纪寻找圣杯的神秘小说的创作形式，同时凸显了太空旅行与太空探索的现代技术，呈现出一种经典的科幻小说的样式。但不同于英美科幻小说的是，小说中缺少常见的诸如太空歌剧之父 E.E. 史密斯那样的直接军事冲突描写，亦不似阿西莫夫科幻小说中直面银河系层面上的权力斗争和阴谋，仅在背景中提及了格拉王国（Reich von Gheerah）处在军事主义星球皇帝的威胁阴影下，以及发生了整个星球毁灭的大灾难，而星球指挥官奎斯特是唯一逃脱的人。整部小说的名字已经凸显了主题——探索[1]。与中世纪寻找圣杯作为救赎手段的暗示相对应，奎斯特，据说应王子的命令，带着巨型战舰寻找生命起源星球以求对抗皇帝。事实上，极度缺乏安全感且身患绝症的奎斯特希望在那里见到上帝，使之正视数十亿人的无谓死亡。这赋予小说一种形而上学的维度，让人联想到莱布尼茨的《神义论》，即在普遍存在的邪恶与苦难面前为全知全能的上帝辩护。小说最后，奎斯特在历经漫长的旅行后、在临死前，终于找到一颗空荡荡的星球并视之为生命起源星球，他在那里得到了他的宁静。《奎斯特》因涉及宇宙航行等主题而被归类为科幻小说，但它的重点不在于对技术革新的幻想，而是带有一种陌生感，最终把作品更大程度上推向了形而上学。

2. 沃尔夫冈·耶施克《库萨努斯游戏》（2008）

沃尔夫冈·耶施克在德国 2015 年科幻年刊中被誉为 1990 年之前德国 – 奥地利科幻图书市场上最重要的科幻作家之一，他的首部长篇科幻小说《创世的最后一日》一经发表即获得了库尔德·拉斯维茨奖，其时唯有卡尔·艾默里和赫尔伯特·W. 弗兰克与之齐名。三位作者不仅结下深厚友情，也拥有相似的理性、科学性的科幻写作风格。耶施克喜爱和擅长写作的类型科幻是时间旅行（Zeitreise），主人公常在一次次的时空穿梭中更正历史。值得特别指出的是耶施克在推动德语科幻产业发展方面所做的贡献。1973 至 2002 年在德国权威的海涅出版社（Heyne Verlag）担任编辑期间，耶施克不仅发掘与帮助了大量

---

[1] "Quest"既是小说名称，也是小说主人公的名字，亦含有"求索"之意。

德国的科幻人才，而且也在德国推广了众多国际科幻作家。可以说，耶施克的作品、批评文章，以及出版发行工作，共同影响了德国科幻文学的发展。迪特玛·达特评价他作为科幻作家和海涅出版社的相关系列管理者，清理了"德国科幻的矿渣"[1]。

《库萨努斯游戏》是一次反乌托邦视角下的时间旅行。双重生态灾难（加特侬发电站爆炸导致中欧荒漠化、气候巨变导致意大利干旱及造就众多非洲与亚洲难民）背景下，故事主人公与叙述者"我"一起穿越到"库萨的尼古拉斯"（Nikolaus von Kues，即标题所示库萨努斯）[2]所在的中世纪晚期，寻求拯救世界的方法。整部小说发展出一套关于平行宇宙的理论，各个时空互相叠加，现实与虚拟的边界即是不同时空的边界，越过边界，则产生多个"我"出现在同一时空的悖论。小说在现实与虚拟交织之的叙事中展现后现代的特征，而这种特征在其文本对 18 世纪德国浪漫派作家 E.T.A. 霍夫曼[3]的《布拉姆比拉公主》与库萨努斯的思辨哲学，尤其是他的"对立统一理论"（coincidentia oppositorum）的呼应中得到了加强。

《库萨努斯游戏》是耶施克最为重要的科幻创作。在这部作品中，作家通过严谨的物理假设，对在其以往创作中近乎天真的时间旅行概念进行了科学性的阐释，使故事中的平行世界更令人信服。与此同时，小说批判性地展现了环境污染、环境破坏等问题，新世纪初的幻想在现今成为现实。

3. 安德烈亚斯·布兰德霍斯特

出生于 1956 年的安德烈亚斯·布兰德霍斯特可以说是当前时代仍然活跃着的最成功的德国科幻作家之一，近十年——截至 2021 年，仍保持每年至少

---

[1] 来自当代德国著名科幻小说家迪特玛·达特（Dietmar Dath）在 2015 年的评论，原文为："Er hat die SF in Deutschland von ihren provinziellen Schlacken gesäubert-als Schriftsteller wie als Kustos der einschlägigen Reihe beim Münchener Heyne-Verlag seit 1973. " 作为重要作家和中介人，耶施克在 2015 年去世后得到德国整个科幻界的认可。内容摘自：Hans Esselborn, *Die Erfindung der Zukunft in der Literatur. Vom technisch-utopischen Zukunftsroman zur deutschen Science Fiction*（Würzburg: Königshausen & Neumann, 2019），p.34.

[2] 库萨的尼古拉斯（Nikolaus von Kues, 1401—1464），或称尼古拉斯·冯·库萨，是 15 世纪德国最重要的思想家与神学家。

[3] E.T.A. 霍夫曼（E.T.A. Hoffmann, 1776—1822）是德国浪漫派重要作家，其作品多神秘怪诞，以夸张的手法对现实进行讽刺和揭露。

两部的长篇科幻小说出版，可谓极度高产。布兰德霍斯特的创作生涯清晰地划分为两个阶段：从 1975 年第一部长篇科幻小说《地下人》发表到 1988 年的"火焰之路三部曲"（Im-Zeichen-der-Feuerstraße-Trilogie）[1]为第一阶段。之后，其创作进入了长达十五年的沉寂，在此期间他主要进行翻译工作。布兰德霍斯特的写作爆发期在 2003 年之后，他接连创作了"钻石三部曲"（Diamant-Trilogie）[2]、"格拉肯三部曲"（Graken-Trilogie）[3]、"机器智能三部曲"（Maschinenintelligenz-Trilogie）等，获得包括库尔德·拉斯维茨奖、德语科幻小说奖在内的无数大小文学奖项。

可以看出作家在第二阶段的科幻小说创作中有明显的科技与人工智能主题的转向，特别是"机器智能三部曲"，即《觉醒》《升级》和《火星发现》都围绕着大数据或人工智能的主题，结合惊悚情节，展现对未来宏大世界的幻想与对于科技失控的隐约的担忧。此外，布兰德霍斯特的科幻小说常以宇宙中寻宝探险的形式来隐喻人们对至高权力的追求，如在他的获奖小说《遗物》《欧姆尼》以及《阿科纳蒂亚之谜》中，都提到了在银河系背景下，寻找与争夺某件可以决定人类命运的"遗物"（Artefakt），并由此引发了（比较浅显直白的）"善"与"恶"的斗争。因此，作为高产畅销科幻小说家，布兰德霍斯特、也包括一些其他同类型作家，作品都有一定的同质化的问题。

4. 迪特玛·达特

迪特玛·达特是德国科幻小说第三阶段最负盛名的年轻作家。作为新生代力量的代表，他的作品具有明显的后现代性，多采用不可靠叙事方式，主题多样，个人风格强烈。达特在德语科幻界不可忽视的小说《脉冲星之夜》中构建出复杂而难以理解的遥远的未来世界——一个时间与空间不断被修改的世界，一个物理、生物、占星、地理和历史被拉伸、融合、重新诠释和变形的世界。人类的"躯体"超越了其物理性，在小说设定的"联合线"VL（die Vereinigten

---

[1] "火焰之路三部曲"分别为：《干旱》（*Dürre*, 1988）、《洪水》（*Flut*, 1988）、《冰》（*Eis*, 1988）。

[2] "钻石三部曲"分别为：《钻石》（*Diamant*, 2004）、《变形》（*Der Metamorph*, 2004）、《时间之战》（*Der Zeitkrieg*, 2005）。

[3] "格拉肯三部曲"分别为《火焰鸟》（*Feuervögel*, 2006）、《火焰风暴》（*Feuerstürme*, 2007）、《火焰梦》（*Feuerträume*, 2008）。

Linien）中获得原则上的不朽与永生。而传说中的"脉冲星之夜"即将到来，整个宇宙中的脉冲星将会停止发射电磁波。宇宙静默将对人类（如果还能算是人类）产生怎样的影响，无人知晓，然而血统与权力却依然是永恒的主题。《脉冲星之夜》更像是一个试验性的作品，它放弃了较为科普向的阐释，甚至在小说末尾附上了专业词汇表以供查询。读者需要做的则是理解、感知，直至自省。

三、德国女性科幻作家与作品

1. 20 世纪德国女性科幻作家与作品

尽管科幻写作长期被男性作家占据主流地位，但女性作家实际上从未缺席，甚至西方世界公认的第一部科幻小说《弗兰肯斯坦》（或称《科学怪人》）即为英国女性作家玛丽·雪莱年仅 19 岁时的作品产出。当人们提起科幻电影类型的鼻祖，亦为科幻电影史上不朽的名作——德国电影《大都会》时，总称之为导演弗里茨·朗的作品，而往往忽略了其编剧及小说原著作者西娅·冯·哈布。这位德国女性作家和戏剧演员通过《大都会》创造了一个既是社会乌托邦，又是社会反乌托邦的未来大都市的永恒愿景。在很长一段时间内，女性参与塑造了科幻这一文学流派，也一直在此领域为她们的地位与知名度奋斗，德国女性科幻作家更是如此。

在乌托邦和太空歌剧广受欢迎、英语作品以平装甚至精装的形式出版时，德国（主要为西德）的科幻小说仍在杂志小说领域发展。20 世纪 70 年代中期，德国科幻小说杂志向首批女性德语科幻作者开放。玛丽安娜·西多夫首先为科幻杂志小说系列《泰拉阿斯特拉》与《阿特兰》撰写短篇，随后于 1976 年成为第一位在德国科幻周刊《佩里·罗丹》发表小说的女性。她在《佩里·罗丹》第 795 期发表的《死亡之网》中塑造的珍妮弗·蒂伦成为太空冒险小说中最重要的女性角色之一。与太空冒险周刊《佩里·罗丹》相比，科幻周刊《地球人》更注重社会批判，并将反对破坏地球家园的斗争主题推向高潮。伊娃·克里斯多夫作为团队中的唯一女作家，为《地球人》写过六部科幻小说。同时期的苏珊娜·乌苏拉·维默则写了与《地球人》背景完全不同，但同样多展现逃亡与解放场景的系列小说——《地球之子》。来自东德的女作家安吉拉·施泰因穆勒同样值得铭记。她同丈夫卡尔海因茨·施泰因穆勒共同撰写科幻长短篇小说，并多次获得库尔德·拉斯维茨奖。

80年代的德国女性科幻小说作家古德温·宝森万在冷战背景下写出《舍温博恩最后的孩子们：或者……我们的未来是如此吗？》，设想了西德发生核战争的情景；她的青少年小说《云》则生动描述了反应堆事故的后果及辐射受害者的痛苦。该作品自1987年问世以来多次重印，至今畅销。宝森万也是迄今为止唯一一位在"最佳德语科幻小说长篇"类别中获得库尔德·拉斯维茨奖的德国女性。

1990年代，基因工程成为媒体关注的焦点。女作家比尔吉特·拉比施与众多同时代男性作家类似，探讨基因工程技术带来的风险和伦理问题，如《杜布里克·约纳斯7号》。另一个开始成为热门的话题则是赛博朋克，迈拉·恰坎于1999年发表的科幻小说《当音乐结束时》被认为是该类型的经典之作。小说构建了一个末日赛博朋克的场景，包含了社会批评、环境灾难、贩卖毒品的外星人等奇特元素。

2. 新世纪德国女性科幻作家作品主题——反乌托邦

进入新世纪后，奇幻小说与奇幻电影等大行其道，科幻小说却徘徊于小出版社，在德国亦是如此——大型出版社更愿意将版面贡献给精灵、兽人、吸血鬼等奇幻元素。《饥饿游戏》三部曲的出现打破了这种状况，民众与出版界对女性作家的科幻作品，以及科幻作品中的女性角色表现出了极大热情，在青少年反乌托邦小说领域更盛。随热度而来的负面影响却也显而易见：人们认为女性作家在奇幻文学领域主要写青少年小说与爱情小说的刻板印象，现在在科幻领域又被固化了一遍。当时的德国女性科幻作家创作出一系列青少年反乌托邦小说，极大地丰富了德国科幻文学：詹妮弗·本考的《黑暗天篷》架构第三次世界大战前夕的残酷场景，乌尔苏拉·波茨南斯基的《艾莱利亚》[1]三部曲则成功结合了未来的压抑与惊悚设想，成为畅销作品。

在青少年反乌托邦小说浪潮逐渐消退后，舞台留给了成人反乌托邦小说。

---

[1] 乌尔苏拉·波茨南斯基出生于奥地利维也纳，因其获得过"德国青年文学奖"（Deutscher Jugendliteraturpreis）而选入本文。"艾莱利亚三部曲"分别为《背叛者》（*Die Verratenen*, 2012）、《阴谋者》（*Die Verschworenen*, 2013）、《歼灭者》（*Die Vernichteten*, 2014）。

这里尤其值得一提的是，德国女作家尤里·泽 2009 年发表的反乌托邦小说《犯罪事实：审判》虚构了在 21 世纪中期的德国追求"健康至上"的场景：最高权力机构"方法"强迫民众保持健康、优生优育、佩戴口罩等。小说与十多年后的新冠疫情产生了一定程度上的奇特的共振，在德国重新引起广泛讨论，畅销四十余万册，在女性作家中实属罕见。2020 年 5 月，尤里·泽出版关于《关于〈犯罪事实〉的问题》。虽然作品上市时间正值德国新冠疫情爆发之际，但作家撰写该书时，尚未受到疫情影响，故而其如今对待德国抗疫措施的态度、心态变化等值得探究。此外，特蕾莎·汉尼格的首部小说《程序优化员》一经发表即获得了德语奇幻文学奖"赛拉弗"（Seraph）[1]，不久之后被翻译为捷克语并改编为戏剧上演。与尤里·泽类似，以特蕾莎·汉尼格为代表的年轻一代（80 后）女性科幻作家，除了写作之外，更致力于参与社会政治问题的讨论，也为女性作家发声。她们在前文所提到的玛丽安娜·西多夫——首位在德国科幻杂志发表小说的女性作家，五十多年之后，越来越多地带领着女性创作的科幻作品走向世界。

四、新世纪具有德国特色的类型科幻：生态惊悚小说

弗兰克·施茨廷的长篇科幻巨著《群》2004 年横空出世，在德语世界引起轰动，成为新世纪德国科幻小说里程碑式的作品。《群》的空前成功带动了同类型德国科幻作品的发展，即"生态惊悚小说"（Ökothriller）。进入新世纪的德国科幻小说的发展，也可以说是德国生态惊悚小说的发展，它保有传统科幻小说的各种元素，同时兼具惊悚小说的特点，逐渐发展成为德国科幻文学区别于英美科幻文学而特有的一种类型科幻。

生态惊悚小说源于全球愈演愈烈的环境危机。针对环境问题的跨学科讨论越来越多地采用"人类世"（Anthropozän）这一说法来定义地球的新纪元，认为人类行为引起了全球性的生物物理变化。在 2013 年政府间气候变化专门委

---

[1]　　"赛拉弗"（Seraph）在犹太教和基督教神话中，指拥有三对翅膀的天使。
　　　　对德语奇幻文学奖来说，赛拉弗的三对翅膀象征了奇幻文学的三大子流派：
　　　　科幻、奇幻和恐怖文学。

员会（IPCC）第五次评估报告宣布，"人类对气候的影响是明确的"[1]之后，对未来的道德责任和全球可持续发展目标在广大公众的政治议程和媒体议程上显得更加紧迫。在这种背景下，生态惊悚小说孕育而生，以虚构的形式帮助公众更好地理解环境和气候危机：它为当前现实世界的紧迫的问题提供了一种可能的阐释，想要激发读者对环境问题和气候科学之间复杂的相互关系的洞察力，并试图寻求在未来愈发不确定的情况下的人类可能与可得的合理应对行动。为了达到这些目的，生态惊悚小说往往采用兼具科普性与批判性的描述策略，并将它们嵌入到令人兴奋的故事之中，故而其文体也常在启蒙教化与娱乐之间的张力领域中徘徊。

作为一种仍相当年轻的类型科幻，生态惊悚小说的特点是融合了不同文体的典型元素，即科幻小说、惊悚小说与纪实小说。其所蕴含的科幻小说元素如未来幻想、技术爆炸、末世启示录场景等这里不再赘述；而"惊悚"元素则在其文体名字中可见一斑：为了同时达到戏剧性与娱乐性，生态惊悚小说的开端多为一桩或多桩命案，主角或被动牵扯其中，或主动投身其中，抽丝剥茧寻求迷雾背后的阴谋与真相。在此过程中，总伴随着看似毫不相干却隐约可察觉的生态危机，如悬在头顶的达摩克利斯之剑，蓄势待发。小说的悬念弧通常拉得很长，通过"事件发生"——"产生悬念"——"生态灾难爆发趋势上升却悬而未落"层层推进，合力完成惊悚效果。小说中的生态灾难几乎必定是由资本的傲慢、技术的傲慢或干脆是人类渎神式的傲慢所引发的后果，如理查德·克里奇所说，生态惊悚小说将读者变为"不幸故事的好奇观众"[2]。他们旁观了故事中的首位牺牲者与其后大部分人类的死亡而置身事外，既有感同身受的恐惧和进而的反思，又因阅后保持了距离，没有受到实际生命威胁而使娱乐机制、兴奋机制起作用。这种因阅读生态惊悚小说所产生的混合而割裂的情绪，即愉快体验来自恐惧本身的压抑阶段（Angstlust），也使人不禁产生疑问——

---

[1] 原文："Human influence on the climate system is clear". 出处为：Lisa V. Alexander etc., *Summary for Policymakers*. In: Thomas F. Stocker, etc.（ed），*Climate Change 2013: The Physical Science Basis. Contribution of Working Group I to the Fifth Assessment Report of the Intergovernmental Panel on Climate Change*（Cambridge etc.: Cambridge University Press, 2013），p. 15.

[2] Gabriele Dürbeck, *Ökothriller*. In: Gabriele Dürbeck（ed.），*Ecocriticism-Eine Einführung*（Köln: Böhlau Verlag, 2015），p. 245-257. Here: p. 248.

环境主题是否因此被消解，小说的警示作用是否因此被削弱？

生态惊悚小说的纪实小说特点使其在真实与虚构之间找到立足点，并平衡了它作为惊悚小说所带来的缺乏严肃性的问题。为了体现真实性，生态惊悚小说首先情节设定有别于较传统的科幻小说，通常十分接近"在此时"与"在此地"，即"最小程度地进入未来"并在"地球上令人熟悉的环境中发生"[1]。如前文所提德国女性作家尤里·泽的《犯罪事实》就把故事背景放在 21 世纪中叶的德国，读者在阅读过程中仿佛置身其中；其次，在生态惊悚小说中可以找到许多现实元素，如真实存在的人物、真实发生过的时间、情节涉及的网站、文章、书籍等现实可查，可说是满足了人们对获取知识的需求；最后，生态惊悚小说常把自己打扮成"小说形式的专业书籍"[2]，如弗兰克·施茨廷将在创作《群》时收集且未用上的科学资料汇编出版为《来自未知宇宙的消息：一场穿越海洋的时间旅行》并被德国电视二台制作为三集纪录片《Terra-X：大洋的宇宙》。该书受到追捧的同时，反过来也促进了《群》的销量。总之，生态惊悚小说的纪实特性可理解为其为了在"只是传递功能"与"娱乐功能"之间找到平衡。然而，根据安迪·哈尼曼观察，迄今为止生态惊悚小说的"后续沟通"[3]往往转向自然科学家、科学记者、政治家和媒体代表等，文学家在这其中起到的作用非常有限，也就是说，生态惊悚小说在科普功能与娱乐功能上并未做到很好的结合，而在受众中形成了一定程度上的割裂。

生态惊悚小说按涉及的主题分，目前主要有以下三种类型：气候灾难 / 环境灾难、物种灭绝、科技与生态。当然，三者之间并不能做到明显的区分，在同一部科幻作品中，往往存在此间两种以上的主题。其中，气候灾难主题在生态惊悚小说中最为常见，如沃尔夫·哈兰德 2020 年发表的《42 度》，从标题

---

[1] Udo Klotz, *Plausibel, exotisch oder obskur: Deutschsprachige SF-Romane 2020*. In: Melanie Wylutzki, etc.（ed.），*Das Science Fiction Jahr 2021*（Berlin: Hirnkost Verlag, 2021），p. 406-442. Here: p. 407.

[2] Gabriele Dürbeck, *Ökothriller*. In: Gabriele Dürbeck（ed.），*Ecocriticism-Eine Einführung*（Köln: Böhlau Verlag, 2015），p. 245-257. Here: p. 248.

[3] "后续沟通"德语为 Anschlusskommunikation, 社会学术语，主要与德国社会学家尼克拉斯·卢曼（Niklas Luhmann）的系统理论相关，指接收者或不同接收者之间就所得信息的文本进行交流处理。它同时是文学能力的重要组成部分。

到小说开场都非常直观地表现出了全球不同寻常的升温以及可预见人类灾难；同年迪特·里肯的《大陆下》描绘 2055 年海平面上升导致的沿海城市的危机；乌韦·劳布在他的 2020 年出版的惊悚小说《生命》中以伪纪实的手法记载第六次全球物种大规模灭绝，在煞有其事的叙述中呈现了大量专业知识；而青年女性德语科幻作家佐伊·贝克出版的畅销生态惊悚小说《天堂之城》则结合了气候异常、人类灭绝威胁、打着保护名义的生态机构的阴谋论等展现未来德国的生态乌托邦，更确切来说是生态反乌托邦社会。如此等等，不再列举。

五、观察与展望

纵观近三四年的德国科幻市场，在作品质量上参差不齐。随着诸如塔利亚[1]、亚马逊德国等电子书商城或电子书供货商的飞速发展，个人出版的可能性与便利性极大增加，随之也出现了大量看似主题紧跟热点，价格低廉（0~3 欧元之间）、篇幅较短、低龄化、快餐式的所谓"科幻小说"。在小出版社或出版商无意精心挑选与审阅的情况下，它们与同体量的优秀作品出现在同样的榜单或科幻合集里，使读者不得不在一堆相当平庸的作品中自行挖掘好的故事[2]；但与此同时也能看到，质量上乘的长篇科幻作品在海涅、戈德曼、克璐尔、乌尔斯坦等知名出版社的支持下，同样出现一定程度的井喷现象，且作品长度日渐增加：如前文提到的安德烈亚斯·布兰德霍斯特 2018 年出版的两部科幻小说中较短的太空歌剧《时代的深度》"仅有"532 页，安德烈亚斯·艾施巴赫 2018 年的新作《国家安全局》（长达 801 页，超过千页的大部头作品亦不罕见。大体量的文字并未影响读者的阅读热情，德国科幻小说爱好者也非常乐于阅读大热英语科幻作品以外的本土作品。可以说，德国科幻文学仍旧总体呈现上升的趋势。

---

[1] 总部位于德国哈根的塔利亚（Thalia）图书公司所开实体连锁书店占据了德国和奥地利几乎 50% 的份额，而后进军网上书店与电子书产业，售卖电子书与电子书阅读器，与亚马逊的电子阅读器 kindle 类似。

[2] 参见 Udo Klotz, *Von knackig kurz bis episch lang: deutschsprachige Science-Fiction-Romane 2018.* In:Melanie Wylutzki, etc.（ed.）, *Das Science Fiction Jahr 2019*（Berlin: Hirnkost, 2019）, p. 272-301.

在类型上，德国科幻作品近些年可谓百花齐放，从经典的太空歌剧（人类"走出去"）、入侵小说（外星人"走进来"）、冒险小说、反乌托邦小说、末日小说到时下流行的历史重构、人工智能、数字化世界等。这些主题之间界限模糊，无法明确割裂，常出现在同一部科幻作品中，因而诸如此类的讨论在整个科幻界长久不衰：科幻可否看作真正的文学流派，是否拥有真正的"子类型"（Subgenre）。此外，从2019年起，在德国科幻文学中可以非常明显地看到生态主题，特别是气候主题的崛起，这一趋势与时代背景紧密相关。气候危机与气候保护近年成为全球热门与重点话题，除生态与环境科学外，更涉及社会、政治、经济、文化等方方面面，在文学上自然也得到了相当程度的回应。2020年12月4日至6日，在德国柏林的文学之家（Literaturhaus）举办了为期三天"气候小说节"[1]（Climate Fiction Festival），邀请主要来自德国、奥地利、瑞士等德语区的作家与学者，以及非德语区的专家参会，共同探讨气候小说是否逐渐占据德语科幻小说主流、与德语生态惊悚小说是否几乎等价等形式上的问题，以及气候小说所处理的幻想与现实互相转换、生态诗学、新时期的自然写作、政治冰川、生态乌托邦、文学中的"未来星期五"（Fridays for Future）等主题。最新的2021年德语科幻年刊中几乎所有文论都与生态相关：生态乌托邦、气候小说、生态惊悚小说、大洪水想象、科幻中的气候文化、科幻作为气候危机"拯救者"等，刊物中梳理的2020年重要科幻作品也大多归于这一主题，与此前2018、2019、2020年的多主题德语科幻年刊形成鲜明对比。随着2021年联合国气候变化大会（COP26）的召开，以及德国国内绿党[2]（Bündnis 90/Die Grünen）的支持率逐年上升，可以想见生态主题的德国科幻文学在未来几年仍将继续占据一席之地。

另一个可预见的重新焕发活力的德国科幻文学主题是"大流行病"（Pandemie）。2020年初起新冠疫情大规模爆发对全球各国的社会、经济、政治、文化等方面都产生了较大的影响，对世界格局造成迄今为止几乎不可逆

---

[1]　"气候小说节"官方网站，访问日期：2022年7月23日。

[2]　联盟90/绿党，简称绿党，是德国中间偏左的环境环保主义政党。基于2021年的德国联邦选举，绿党与德国社民党（SPD）、德国自民党（FDP）共同组阁，于2021年12月7日正式公布新一届政府。

的改变，对个体的生活方式、世界认知、道德观念等给予极大冲击。因疫情在各领域引发的争论与辩论生而不息。如在德国，由于 2021 年第四波疫情的到来，几乎所有公共场所抛弃了更为宽松的"3G"政策，而改为实行"2G"甚至"2G-Plus"[1]，与此同时新冠疫苗接种义务也在慎重讨论中。几乎可以确定，新冠疫情将促成大量相关德国文学创作问世，其中自然会包括科幻类作品。

最后需要关注的是中国或中国人在德国科幻文学中的形象。必须承认，由于意识形态的不同、西方世界的双重标准与媒体宣传等问题，在近年的德国科幻小说中，中国或中国人形象无法称为正面，如施茨廷在其生态惊悚小说《群》中，将最主要的反面角色"黎"设定为女性、美国人、华裔，可谓精准综合反映出了作者对这三类人群的态度；迪亚克·罗斯曼的《章鱼的第九只手》中描写 G3 国家——美国、中国、俄罗斯为应对气候灾难建立政治联合乌托邦，而小说中的中国与俄罗斯则秘密地向巴西军队提供新技术，来对抗明面上的政治联盟针对巴西砍伐雨林的军事打击威胁。可见，中国与中国人在未来德国科幻小说中的地位、作用与形象，也将是值得我国科幻界关注的内容。

参考文献

［1］Gabriele Dürbeck, *Ökothriller*. In: Gabriele Dürbeck（ed.），*Ecocriticism—Eine Einführung*（Köln: Böhlau Verlag, 2015），p. 245-257. Here: p. 248.

［2］Hans Esselborn, *Die Erfindung der Zukunft in der Literatur. Vom technisch-utopischen Zukunftsroman zur deutschen Science Fiction*（Würzburg: Königshausen & Neumann, 2019），p. 34, p. 345-346.

［3］John Clute, etc.（ed.），*The Encyclopedia of Science Fiction*（New York: St. Martin's Press, 1993），p. 485-490.

---

［1］ 德国 2021 年下半年的公共场所防疫措施有相对较为宽松的 3G（genesen oder geimpft. oder getestet），即新冠痊愈或已接种疫苗或核酸检测阴性人士允许在公共场所如商店、健身房、电影院、餐厅等活动；更为严格的防疫措施为 2G（genesen oder geimpft），即新冠痊愈或已接种疫苗人士可到公共场所活动；最为严格的是 2G-Plus（genesen und geimpft），指公共场所对新冠痊愈且已接种疫苗人士开放。

［4］Lisa V. Alexander etc., *Summary for Policymakers*. In: Thomas F. Stocker, etc. （ed）, *The Physical Science Basis. Contribution of Working Group I to the Fifth Assessment Report of the Intergovernmental Panel on Climate Change*（Cambridge etc.: Cambridge University Press, 2013）, p. 15.

［5］Udo Klotz, *Plausibel, exotisch oder obskur: Deutschsprachige SF-Romane 2020*. In: Melanie Wylutzki, etc.（ed.）, *Das Science Fiction Jahr 2021*（Berlin: Hirnkost Verlag, 2021）, p. 406-442. Here: p. 407.

［6］Udo Klotz, *Von knackig kurz bis episch lang: deutschsprachige Science-Fiction-Romane 2018*. In:Melanie Wylutzki, etc.（ed.）, *Das Science Fiction Jahr 2019*（Berlin: Hirnkost, 2019）, p. 272-301.

［7］Climate Fiction Festival 官方网站，访问日期：2022 年 7 月 23 日。

［8］Kurd Laßwitz Preis 官方网站，访问日期：2022 年 7 月 23 日。

作者简介

秦思斐，哲学博士，从事德国科幻文学研究，上海外国语大学德语系教师。

当代意大利科幻小说

弗朗西斯科·沃尔索（李雅婷　译）

一、从 2000 年到 2010 年

　　了解过去 20 年的意大利科幻小说，首先我们要看一看 20 世纪末期的情况，特别关注 1989 年设立的乌拉尼亚奖（Urania Award）［创始人是蒙达多利（Mondadori）出版社《乌拉尼亚》（Urania）系列的编辑——英年早逝的朱塞佩·里皮］和同期万维网的发展。20 世纪 90 年代，意大利科幻被宣布幻灭后，出版业推出新举措重振科幻文学的传播，让小说投稿更加容易，努力复苏意大利科幻小说。

　　乌拉尼亚奖功不可没，帮助了许多新人获得一定知名度成为作家，纵然是在科幻小说这个小众领域。多年来，瓦莱里奥·伊万格里斯蒂和尼科莱塔·瓦洛拉尼等新兴作家也得到了文学界的认可，甚至出版了科幻小说以外的文学作品。

　　另一驱动力则以网络为代表，在信息渠道、图书和"科幻文化"方面缩小了意大利科幻小说与英美科幻小说之间的差距。新千年的第一个十年，如果说传统的《乌拉尼亚》系列中，许多小说都在玩乌托时（Uchronia）、赛博朋克（Cyberpunk）和太空歌剧（Space Opera）等流行套路，那么中型和独立出版社的大多数小说则热衷于现象级爆火的赛博朋克及其子类型蒸汽朋克（Steampunk）。

事实上，回顾 2000 年至 2009 年的乌拉尼亚奖，除了保罗·阿雷西的《无限阶梯》是一部太空歌剧之外，几乎所有获奖作品都可以看作是赛博朋克或乌托邦。这时期的作品一部分主要以"或然历史"为主，故事背景包括中世纪、文艺复兴、意大利统一运动、跨越时空的罗马帝国，甚至是法西斯的再次出现；另一部分则围绕腐朽堕落、过度污染的大都市，黑手党犯罪和新毒品。整体来看，这时的意大利科幻小说充其量可以归为侦查和动作惊悚小说，主要讲述抓捕技术犯罪分子和恢复受威胁的历史进程的故事。

不过，其中一些小说也成了经典科幻著作，譬如兰费朗科·法布里安尼的《沿时间线》，小说中意大利版的政府时间局 UCCI 负责监测历史的正确流动，保护国家历史不受境外敌对势力的攻击。固然这样的设计在波尔·安德森和罗伯特·海因莱因的作品中已经司空见惯，但这里我们切换到了意大利的文化背景之下。

另一个很好的例子是《π^2 的分区》，乔瓦尼·德·马特奥（出现在《乌拉尼亚》上的第一位千禧年作家）的科技惊悚小说。小说背景设定在未来的那不勒斯，主角是一些特殊警官，又名"死灵漫游者"（necromancer），他们身上装备了电子植入物，能够提取受害者的记忆来查案。未来，维苏威火山喷发，第三次世界大战爆发，灾难接踵而至。那不勒斯被难民淹没，当地人口达到 600 万。那不勒斯为来源不明的生态威胁所困扰，大量人口靠吸收垃圾和入侵荒废的人类活动区进行自我再生。

第三个例子是弗朗西斯科·沃尔索的《电子玩偶》。这是一部后赛博朋克小说，背景设定在未来的莫斯科。电子玩偶更像是人工智能的性爱机器人，被当作生物政治工具，以解决遇害女性人数急剧上升的问题。《电子玩偶》曾因性主题被视作有争议的作品，因为性主题并不属于《乌拉尼亚》读者（主要由中老年男性构成）的舒适区。因此，网络上的科幻社区讨论热烈，战火纷飞。但实际上，小说讲的是一个十几岁的女孩和一个电子玩偶之间的关系。女孩生活在问题家庭，她想要变成性爱机器人，获得家人更多的关注，而电子玩偶希望变成人，避免日复一日经历死亡。

为替代乌拉尼亚奖，2003 年德洛斯图书（Delos Books）宣布为未出版的小说设立"Fantascienza.com"奖（Fantascienza.com 是整合意大利科幻的主要网站），几年后该奖改名为奥德赛奖（Odissea Award）。第一届获奖者有马西莫·皮特罗塞利，获奖作品《第十一朵分形云》，还有意大利最受欢迎的科幻作家之一克莱利亚·法利丝，其获奖作品《直壁》讲述了人类对月球殖民地的调查，调查过程中理性让位于迷信，同时获奖的作品《没有人是我的兄弟》则是一部反＋乌托邦软科幻，小说几乎没有涉及任何科技，但预见了诸多我们现在面临的问题，例如身体控制和性别暴力。此外，弗朗西斯科·沃尔索以《继人类》荣获 2013 年的奥德赛奖。成长小说《继人类》以废土世界为背景，讲述了一个超人类主义爱情故事，探讨了人类增强、过度消费、污染和身份等问题。

另一位有意思的作家是弗朗西斯科·格拉索，他的小说《2038 年：起义》（2038: la rivolta；英文 2038: A Revolt）以社会的衰落、信息的操纵和银行的权势为核心。这本书的有趣之处在于其中对新闻界的剖析。由于政权干预和虚假新闻，新闻界陷入危机。捏造虚假新闻造成新闻质量大幅滑坡，官方报纸失去权威。

2003 年，意大利科幻的重要杂志《机器人》（Robot）在距离首次出版约 20 年后再次在维托里奥·库托尼的领导下重新印刷，填补了 20 世纪 80 年代以来的空白。新《机器人》杂志不仅为小说创造了空间，也为最适合科幻题材的类型之一短篇小说提供了空间。设立机器人奖（Robot Award）更是为了推广短篇小说。达里奥·托纳尼就是在《机器人》上发表了自己的处女作，自此在意大利科幻界站稳脚跟。

电子书问世之后，科幻小说进入了数字革命阶段，再加上数字出版和独立出版的兴起，2000 年初期，科幻小说焕发全新活力。作家不再被迫向传统的出版商供稿，而是可以更自由地创作，不再紧随市场趋势（尽管爆炸性增长的商业科幻还是希望获得更多的"数字可见度"）。

事实上，2003 年至 2004 年左右，网络上涌现了一批年轻作家，他们集结创立了科幻文学先锋团体关联主义（Connettivismo；英文 Nexialism），其中包括乔瓦尼·德·马泰奥、卢卡·克雷莫、马可·米拉尼、桑德罗·巴蒂斯蒂。关联主义的主要思想是，多学科手段是理解后现代复杂性的关键。因此，这些作家试图连接不同的学科，通过某种"整体"发展派生科幻。不仅物理、天文、化学和数学能带来惊奇感（Sense of Wonder），新浪潮、赛博朋克、新媒体、信息技术、大数据、科学哲学、新经济、建筑学，还有语言同样能激发创意。关联主义最具影响力的作家是乔瓦尼·德·马泰奥，《关联主义宣言》（*Manifesto del Connettivismo*；英文 *The Nexialist Manifesto*）由他执笔，节选如下：

> 我们的目标是陷入虚空，疯狂变形，乱拉小提琴，搞乱同步计时器。我们沿着古老而神秘的路径，追寻灵魂、空间、时间的共通。关联就是现实解码后对应的超文本网络。我们处于关联，奔向未来。这就是为什么：我们即一切！

《关联主义者》由卢卡·B.克雷莫于1990年代末创立的小型出版社基普尔（Kipple）出版。多年来，基普尔接收了所有关联主义代表作家的投稿，并通过出版小说、诗歌、非虚构、漫画和音乐的方式完美诠释了跨文本和超文本的理想。纵然关联主义者的"标准"（canon）有时难以界定，但关联主义运动是一个真正的故事实验室：混合多元灵感（如工业音乐、哥特美学、朋克态度、赛博文化、后现代视觉、黑客语言），所以关联主义首先是一个意向声明，间断性地由不同作家坚持下去，例如艾伦·D.阿尔蒂里和弗朗西斯科·沃尔索。然而，一个科幻文学先锋团体可以在意大利存在，这本身已经具有革命意义，因此关联主义是意大利科幻小说历史上的一个重要标识。

关联主义的代表作品集取名 Frammenti di una rosa olografica，是向威廉·吉布森的赛博朋克选集《全息玫瑰碎片》致敬。选集覆盖了关联主义的所有主要作家，收录了14篇佳作。作品灵感来自物理和天体物理领域（量子力学、弦理论）的极端理论，涉及未来的技术创新（从全球网络到虚拟现实和量子计算机）；作品主题围绕着超人类主义，结合了后现代主义的诗意、未来主义和一些整体愿景，呈现了赛博文化各方面的"隐性联系"（hidden connection）。关联主义至今仍然存在，最新选集《新异托邦》于2017年出版，但一路走来关联主义已经失去了许多独创性和发展动力。

除了蒙达多利的《乌拉尼亚》曾以非常成功的典型分销方式出月刊杂志，每月销售七八千册，意大利科幻没有任何热门出版物或畅销书，但这反倒成就了意大利科幻小说此后的发展。2000年到2010年这十年见证了线上社区的蓬勃发展。线上社区背后或多或少都有组织，以门户网站、作家个人博客、科幻博客、科幻论坛的方式运营。此外，由于各种科幻粉丝俱乐部的诞生和联合，科幻迷与科幻作家之间的交流也会上传到网上，这也得益于网络带来的传播效应和线上社区兴起带来的范式转换。

二、从 2010 年到 2015 年

如果说 2000 年初期是新出版方式（如按需印刷、线上同好杂志、社区论坛和自出版）的试验场，那么从 2010 年开始，出版界的初步探索逐渐走向成熟，成型的项目出现。亚马逊、Simplicissimus 书场和 Kobo 这样的新媒体平台推动了"出版民主化"，也为意大利科幻小说开辟了可以说是唯一可行的出路。

这一阶段，一些小型出版社与业余出版社和大型商业出版社截然不同，决心大胆探索。第 42 区（Zona 42）和未来小说（Future Fiction）这两家微型出版社就因特色鲜明的编辑策划而脱颖而出。

第 42 区由意大利科幻网络讨论组的长期访客乔治·拉斐尔和马可·斯卡拉贝利创立，致力于将新近的科幻小说带入市场，并灵活地界定科幻。第 42 区专注于英语国家和意大利市场的当代优秀科幻作品，发掘了安德里亚·维斯库西这样有才华的年轻作家，同时也出版知名作家亚历山德罗·维蒂和尼可涅塔·瓦洛拉尼等的科幻小说。

安德里亚·维斯库西的小说《忘记我，找到我，梦见我》（*Dimenticami, Trovami, Sognami*；英文 *Forget me, Find me, Dream of me*）类似于《美丽心灵的永恒阳光》，是一个多层次叙事的爱情故事，其中三位主人公必须直面一个可能击溃自身存在的谜团。多里安必须面对比自己强大的力量，诺夫布雷博士被难以捉摸的幻象所折磨，等待了多里安 12 年的西蒙娜不得不把故事碎片拼凑起来，但这个故事也许从未在当下的宇宙中发生过。

亚历山德罗·维蒂的《真实的火星》是一个具有讽刺意味的故事，小说通过巧妙的元叙事游戏，将一个太空真人秀从科学幻想变成了针砭时弊之作，使读者成为真正的主角：四名宇航员正在太空旅行，几十亿观众同步观看并发表评论，时而惊叹，时而蔑视，不少观众甚至为收看节目而调整作息。《真实的

火星》是一面赤裸裸的镜子，我们在其中看到了大众与媒体的关系，感知到现实变成虚构，失去了人与人之间的接触交往。

尼可涅塔·瓦洛拉尼的《你将拥有我的眼睛》写的是针对女性的施暴，无论人类、小白鼠、克隆人、复制人还是赛博格，女性经受同样的虐待，同样的痛苦。1992 年，尼可涅塔·瓦洛拉尼以《博士的假心》（*Il cuore finto di DR*；英文 *DR's Fake Heart*）荣获乌拉尼亚奖，并成为第一位获得该奖的女性作家。此后，瓦洛拉尼继续创作科幻小说和黑色小说，始终为女权主义强烈发声。她笔下的小说往往描写妇女的痛苦经历，书写被迫接受社会角色受到压迫的女性。

未来小说由多次获奖的科幻作家和编辑弗朗西斯科·沃尔索创立。未来小说以丰富当代科幻叙事的"生物多样性"为使命，提出了"漫游感"（Sense of Wander，意思是在各种新兴文化和本土创新中挖掘"惊奇感"，让"惊奇感"漫游到在世界各地）。未来小说将亚洲、非洲、南美洲、欧洲的科幻小说译介到意大利，也用意大利语出版了克莱利亚·法利丝和弗朗西斯科·沃尔索的小说，并成功销往国外。

克莱利亚·法利丝长期从事科幻创作，写作风格成熟尖锐，一针见血。法利丝的小说与英文科幻小说毫无相似之处。小说主题往往讨论未来科技开发人类环境或人类反被科技利用，以及随之招致的不幸和罪恶感。她的小说《灵魂之重》（*La pesatura dell'anima*；英文 *The Weight of Soul*）设定在架空历史下的埃及，那里禁止使用金属，房屋和家具产自经生物技术改良的树木，改良的动物作为交通和通信工具。在这奇妙之地，没有一个角色真正向读者解释什么，读者必须自行破译新奇的短语和词汇来梳理小说情节。

法利丝的小说大多是离奇古怪的故事，塑造的角色个性迷人，难以捉摸，譬如盼望通过可怕的程序改造自己的基瑟，没有审美情趣的尤利亚诺，终生反对征用小图瓦山的加博拉。

法利丝的散文含而不露，文笔优雅，感觉就像法利丝家乡意大利撒丁岛的石头。她的文集《思想的一致性》之英文版《创造性手术》由雷切尔·科达斯科和詹妮弗·德莱尔翻译，由美国玫瑰园出版公司（Rosarium Publishing）出版。

弗朗西斯科·沃尔索的《继人类》是一部后赛博朋克成长小说，故事设定在废土城市：少年彼得·潘斯爱上了一位比他年长的女人，但她体内隐藏着一个危险秘密。小说围绕彼得这20年来的成长与冒险展开，探索了控制论、心灵上传和超人类等当今时代的主题，并在经典科幻的基础上创造了一个同小说主人公一样值得深刻探究的世界。

尽管规模不大，但第42区和未来小说因出版质量高，几年内就获得了认可，成为小型出版社的参照模范，助力世界科幻的开拓。一方面，当代世界科幻小说家如范达娜·辛格、陈楸帆、伊恩·麦克唐纳终于在意大利收获了稳定的读者群体；另一方面，第42区和未来小说也在发掘意大利的新兴作家，如斯特凡诺·帕帕罗兹和罗米娜·布拉吉翁，并重新挖掘其他著名科幻作家（如尼科莱塔·瓦洛拉尼、克莱利亚·法利丝和亚历山德罗·维蒂）的优秀作品。

值得注意的是，小型出版社稳固后，与大型出版社之间形成了协同作用。例如，未来小说通过出版中国科幻选集《星云》《汉字文化圈》《赛博格中国》率先将中国当代科幻推介到意大利，随后蒙达多利才出版了刘慈欣《三体》三部曲的意大利文版，而后未来小说又继续引介新书，出版了夏笳、韩松、陈楸帆和慕明的作品集。再比如妮狄·欧柯拉福的作品，先是由第42区翻译，再由蒙达多利出版。

这一时期的另一重要作品是保罗·阿雷西的《科罗廖夫案》，最初于2011年收录在意大利《乌拉尼亚》系列，作为纪念尤里·加加林完成首次人类太空飞行50周年的特刊。小说描写了探索宇宙奥秘的星际旅行，具有特殊性质的矿物，与外星文明的际遇，但最重要的是向俄罗斯航天之父谢尔盖·帕夫洛维奇·科罗廖夫致敬。《科罗廖夫案》的第二部分实际上是一部历史小说，情节以科罗廖夫为主。科罗廖夫设计了联盟号和沃肖德发射装置，是沃斯托克计划的缔造者，也是苏联登月N1运载火箭的设计师。小说作者保罗·阿雷西可以视为新技术和冒险科幻的代表，直接对标罗伯特·A.海因莱因和阿瑟·C.克拉克等经典作家。

这个阶段出现了一个新趋势：随着现实世界越来越科幻，严肃文学作家在作品中也开始运用科幻主题。

重量级文学作家图利奥·阿沃莱多曾与主流的埃诺迪出版商合作，创作了几部平行宇宙的小说。其中，《十二冷冬之年》（*L'anno dei dodici inverni*；英文 *The Twelve Winter Year*）讲述了时间旅行、爱情与救赎，有机融合了科幻叙事与真实叙事。2011 年，阿沃莱多又出版了另一部科幻小说《去死的好地方》（*Un buon posto per morire*；英文 *A good place to die*），并获得了 2012 年的埃米利奥·萨尔加里奖。

此外，维托里奥·卡塔尼的《第五定律》（*Il quinto principio*；英文 *The Fifth Principle*）也进入了主流文学的范畴。小说描写 2043 年地球遭到违反物理定律的所谓异常事件（Exceptional Events）的破坏，但异常事件似乎又符合热力学第五定律。大片土地下沉，部分地区重力突然减少或消失，能创建绝对真空的物体出现等。许多大事件相继发生：为应对全球水危机，南极被秘密拍卖；基于债务经济的超级资本主义濒临崩溃；贫富差距扩大；民主消失；奴隶制合法化；通信系统类似于灵媒手机等。

因此，了解主流文学为什么重新对科幻感兴趣很有意思。也许是因为《饥饿游戏》等反乌托邦故事的成功，并且常常引起青少年读者的兴趣，但非科幻类型的出版商甚至也抓住了这一趋势。现在许多中大型出版商，如蒙达多利的斯佩林和克里萨利德系列都会出科幻小说，往往连载出版，作品包括被译为多种语言的莱昂纳多·帕特里尼亚尼的《多维空间》。

似乎科幻小说真的无法再被忽视。作家们乐意借助塑造时代文化和社会的技术来讨论当下。总而言之，意大利科幻的出版历程提供了在风格、构思和项目上的综合参考，包括突破类型文学的一些发展路线和个人研究。

三、从 2015 年到 2020 年

近年来最成功的一个活动便是米兰的奇怪世界（Stranimondi；英文 Strange Worlds）节，吸引了诸多意大利科幻迷热情参与。从 2015 年开始，科幻编辑、读者、作家、意大利及外国嘉宾齐聚奇怪世界节，到场嘉宾包括布鲁斯·斯特林、艾伦·D.阿尔蒂里、阿拉斯泰尔·雷诺兹、瓦莱里奥·伊万格里斯蒂、伊恩·麦克唐纳、布鲁诺·博泽托、帕特·卡迪、图利奥·阿沃莱多。奇怪世界节一届比一届盛大，只是 2020 年因新冠肺炎疫情影响，大会停办。

趁着这波科幻潮流，越来越多科幻书目（甚至不提"科幻"一词）被纳入文学出版社的名录，例如忒修斯之船出版社，而埃菲克和图努埃等其他独立出

版商发行的书目可以归入更广泛的推理小说类型（包括科幻小说、怪诞小说、滑流小说）。如今，意大利科幻小说甚至还在发展新的科幻子类型，譬如太阳朋克和气候科幻，甚至有观点认为当下正是"意大利科幻小说的黄金时代"。虽然现在做任何评价都为时过早，但当今形势终于变得有利于科幻的发展。

以达里奥·托纳尼的《第九世界》为例。《第九世界》是一部柴油朋克长篇传奇，最初诞生于一系列短篇小说，由小型出版社"40 K"以电子书的形式出版，后来由德洛斯图书接手。故事背景设定在一个沙漠星球，星球上有巨大的半知觉星际穿越飞船。《第九世界》取得了巨大成功，五年内多次再版，并以新的故事扩展，成为《乌拉尼亚之米勒蒙迪》（*Urania Millemondi*）系列的第一部意大利作家作品。最近，《第九世界》还相继在日本和俄罗斯出版。

值得一提的是，这种宇宙叙事其实在意大利科幻中并不常见。《第九世界》像乌托时和技术惊悚小说，更像行星冒险和恐怖小说，也许正是因为这个原因才抓住了新的读者，同时证明，与多年前的普遍观点相反，意大利科幻其实具备国际竞争力。

这对弗朗西斯科·沃尔索来说更是如此。沃尔索的书籍被翻译成英文和中文，短篇小说也被翻译成西班牙语、俄语和葡萄牙语。他的作品讨论技术、人类身体和心灵之间的关系，探索了身体强化、增强、从人类 1.0 到人类 2.0 及以上的过程中任何可能变好或变坏的后果。

2015 年，沃尔索凭借小说《猎血人》第二次荣获乌拉尼亚奖。2020 年，《猎血人》的英文版由英国月神出版社出版。《猎血人》是一个怪诞故事，幽默风趣但又十分严肃地讲述了税收的生物政治学，小说中的罗马人真的用血来交税。《猎血人》也是一个爱情故事，尽管双方身份各异（一个是猎血的税收执法者，一个是输血救人的万能献血者），但最终都改变了对彼此的第一印象而爱上对方。《猎血人》的中文版由胡绍晏翻译，北京理工大学出版社出版，其改编漫画尚在完成中。

四、从 2020 年到未来几年

接下来的几年，意大利科幻小说前景一片光明，新兴科幻人才不断涌现。

首先是琳达·德·桑蒂，近几年斩获了所有主要的短篇小说类奖项，包括意大利奖、机器人奖、乌拉尼亚短篇奖和欧洲科幻协会的蝶蛹奖。桑蒂的《美人痣》收录在未来小说的选集《欧洲科幻一：认识邻居》之中。这个作品批评了当今社会对美的迷恋甚至极端到人们要按美丽排名的程度，故事辛辣讽刺，读起来就像看了一集《黑镜》。

另一位值得关注的作家是罗米娜·布拉吉翁。布拉吉翁专注于气候科幻、太阳朋克和女权主义小说，语言成熟，细节处理高超，散文节奏缓慢，但富有深刻透彻的思考。譬如作品《花之女王》，故事背景设定在意大利北部变幻莫测的山脉，小说主人公必须面对一个重大选择，保护整个太阳朋克社区和大量蜜蜂，以便应对气候灾难后的生存问题。

太阳朋克在弗朗西斯科·沃尔索的最新小说《漫步者》（*I camminatori*；英文 *The Walkers*）当中也有体现。《漫步者》是欧洲第一部太阳朋克小说，分为《普利多克人》（*The Pulldogs*）和《不 / 疯狂 / 土地》（*No / Mad / Land*）两部分，讲述了西方文明晚期纳米人（能够聚合分子创造物质的纳米机器人）掀起的人类变革。纳米机器人改变了人们的饮食方式，孕育了一种新的文化，虽然这会让人联想到古代的游牧社会，但现在的文明是富有创造性的，把人们从必不可少的一日三餐中解放出来。再加上 3D 打印和云计算的能力，普利多克人做出了一个看似不可能或不合时宜的选择，也就是逃离雇佣体系，逃离由吃饭需求所创建的监狱，逃离都市的生活方式。

另外还有一个前途可期的独立出版社，即白蝇出版社（Mosca Bianca Edizioni；英文 White Fly Editions），也可能有助于意大利科幻的发展。白蝇出版社的系列选集《棱镜》定位介于书与杂志之间，专门收录新人作家的小说。《棱镜》希望以此表明科幻小说可以吸引新的声音，并养活新一代作家。每期《棱镜》都有一位插画师负责定制设计原创封面，美化文集。

回顾过去大概 25 年的时间，意大利科幻小说脱胎于过去几个世纪的奇幻文学，有着悠久的历史。虽然在 20 世纪早期，意大利科幻小说曾与未来主义（Futurismo）的先锋队一起探索过速度和工业技术的刺激，但直到近年来，随着万维网的发展和英语的普及，两者成为民主化的工具打开了科幻世界的大门，意大利科幻小说这才真正赶上英语科幻小说。意大利科幻小说现在正面临有趣的成长和成熟期，这也是新一代编辑、小型出版商和作家共同奋斗的成果。尽管如此，出版业依旧过分关注英语世界，其实如果关注意大利市场，不费吹灰之力就能发现继而推广优秀的科幻小说。

小型出版商和独立出版商确实通过精选文集和一次次勇敢的尝试证明，高质量的意大利科幻小说已经存在，而且备受读者青睐，甚至成功销往海外市场。如果能够给予优秀作家更多的支持和赞誉，那么意大利科幻图书与英语科幻图书的差距将在几年内逐渐缩小。但愿这并不是"旷野中的一声呐喊"（vox clamantis in deserto；英文 a voice calling in the desert）。

鸣谢：

1.《关联主义宣言》全文可见。

2. 文章部分信息参考安德里亚·维斯库西和迈科·莫雷利尼发表在阿尔戈杂志(Argo Rivista) 的《意大利科幻小说编年史》（ *Cronache della fantascienza italiana* ），原文为意大利语。

作者简介

弗朗西斯科·沃尔索，意大利著名科幻作家，《未来小说》（Future Fiction）书系主编。

当代法国科幻
创作概览

朱欣宇

一、法国科幻简史

法国科幻的"史前史"可以一直追溯到 17 世纪西哈诺·德·贝热拉克的讽刺小说《月亮世界的故事》与《太阳世界的故事》和伏尔泰的哲理小说《小大人》。路易-塞巴斯蒂安·梅西耶发表于 1771 年的《2440 年》则被视为首部描写未来的乌托邦小说和首部法国预想小说。创作于 19 世纪以前的含有科学幻想元素的作品大多属于讽刺文学和乌托邦文学的写作传统，作者借助一定的科学元素来讽刺现实或者设想未来。19 世纪下半叶，随着工业革命的开展和现代性的诞生，法国思想界和文学界风起云涌，实证主义的科学精神与世纪末的神秘学潮流并存，自然主义小说与象征主义诗歌共生，在这个波德莱尔用矛盾形容法定义的现代法国社会中，诞生了"科学预想小说"（roman d'anticipation scientifique）的写作潮流，这一新生的文类被用来表达"对未来的展望和对现在的讽刺之间的全部张力与模糊性"[1]。其中最具代表性的作品当属维里耶·德·利尔-亚当的《未来的夏娃》，作者想象爱迪生用 19 世纪最先进的工业技术造出了完美的机器人，然而让"安卓"真正获得生命的，却还是催眠术

---

[1]　Claire Barel-Moisan, "Introduction," *Nineteenth-Century French Studies*, No.3（2015）, 174-177.

这一早在一个世纪前就已被法兰西科学院拒之于科学殿堂之外的玄幻手段[1]。

虽然于 19 世纪 60 年代开始科幻创作的凡尔纳在其作品中表现出了鲜明的技术乐观主义，与其同时代的作家却并非全部认同他的观点。事实上，凡尔纳虽然常被称为"科幻小说之父"，但若将他置于法国早期科幻的历史语境中，他其实是一个"孤独的人物"，"既无弟子，也无直接继承者"[2]，法国学界对于凡尔纳的科幻作家身份甚至仍有争议[3]。相比之下，随着法国当代科幻研究者与批评家越来越重视法国本土的科幻传统，凡尔纳同代的法国早期科幻作家越来越受到关注。在科幻文选《追梦者：法国科幻的黄金年代》一书中，主编塞尔日·勒曼将 19 世纪下半叶到两次世界大战前的时段称为"法国科幻的黄金年代"，卡米耶·弗拉马利翁、古斯塔夫·勒·鲁热、大罗斯尼[4]、莫里斯·雷那、雅克·施皮茨等人是该时期的代表作家。战前的科幻小说虽然产量颇丰，但并没有明显的共同主题，不过我们还是可以观察到一种普遍的对科技的不信任感，甚至可能表现为对技术进步的拒绝，"科学幻想作品中表现出了法国 1930 年代的精神面貌：未来充满危险，科学则给人类提供了灭绝同胞的手段"（Bréan, 56）。两次世界大战的爆发多多少少印证了这种担忧，战争带来的灾难为法国科幻的黄金年代画上了句号，第二次世界大战期间，法国出现的可圈可点的科幻作品只有勒内·巴雅韦尔的《浩劫》和《旅者》。巴雅韦尔也是少有的在美国科幻小说被引进法国后还在继续创作的法国科幻作家之一。

战后的 1950 年代，美国科幻被大量引入法国，在法国的科幻图书市场上占据了压倒性的优势，法语中也开始正式用"science-fiction"一词来指代科幻文学[5]。鲍里斯·维昂和雷蒙·格诺两位作家在美国科幻的译介中扮演了重

[1] 罗伯特·达恩顿：《催眠术与法国启蒙运动的终结》，周小进译，华东师范大学出版社，2010 年，第 65 页。

[2] Simon Bréan, *La Science-Fiction en France: Théorie et histoire d'une littérature* （Paris: Presses de l'université Paris-Sorbonne, 2012）, p. 49.

[3] Alexandre Tarrieu, "Jules Verne est-il un auteur de science-fiction?", （2014）, 2021.12.17.

[4] J.-H. 罗斯尼是约瑟夫 - 亨利·博埃克斯和塞拉芬·博埃克斯兄弟两人共用的笔名，从 1908 年开始，约瑟夫 - 亨利·博埃克斯开始以大罗斯尼为笔名独立写作。

[5] 在"science-fiction"一词被引入法语之前，法国作家曾用"假想小说"（roman d'hypothèse）、"科学预想小说"（roman d'anticipation scientifique）、"科学奇谭"（merveilleux scientifique）、"科学幻想文学"（littérature d'imagination scientifique）等一系列名称来指称科幻作品。

要角色，他们认为"科幻代表了一种连接科学与虚构的新文类，它推翻现有的社会准则和文学成规"[1]。科幻杂志《银河》和《小说》均于 1953 年创刊，前者专门翻译美国《银河科幻》杂志上发表的短篇小说，后者则主要翻译美国《幻想与科幻杂志》上发表的作品。伽利玛出版社和阿歇特出版社于 1951 年共同创办了"奇幻丛书"（Rayon Fantastique），1954 年德诺埃出版社创办了"未来的存在"（Présence du futur）系列丛书。从此，法国的科幻作品主要依托各大出版社的幻想文学系列丛书得以出版。

虽然黑河出版社于 1951 年创办了专门出版法国科幻作品的"预想"（Anticipation）系列丛书，但是相比英语世界的科幻小说来说，五六十年代法国本土的科幻创作并不繁盛，战前本土科学幻想文学的传统在文学创作中基本销声匿迹，只在漫画中延续了下去，小说家们则倾向于模仿英美作家的创作模式，少有原创性强的作品[2]，直到 1968 年的五月风暴带来了思想解放，法国的科幻文学才逐渐重获生机。五月风暴确认了科幻文化在法国的形成，此后，法国科幻作家开始更多地关注社会和政治问题，虽然 1980 年代法国科幻曾有过"无可置疑的对个人主义的回归"[3]，但科幻小说在法国一直担任着"观察世界和社会运动的哨兵"的职责，科幻作家们对城市社会之匿名性和电子信息技术增殖的危险发出警告，提防世界之商品化和技术专家对民主制度可能造成的威胁，五月风暴所激发的"政治脉搏"一直存在。[4]

20 世纪 90 年代的法国见证了纸质科幻杂志的日渐衰落和大量粉丝网站的建立，一批受英语科幻、实验小说、电子游戏、电影和漫画共同影响的新作家也初露锋芒。1992 年，福山在《历史的终结与最后的人》一书中完整阐述了其"历史终结论"，间接对科幻文学发起了挑战。作为对"历史之终结"的回应，

［1］ Judith Lavoie, "Compte rendu de Jean-Marc Gouanvic. *Sociologie de la traduction. La science-fiction américaine dans l'espace culturel francais des années 1950.* Arras, Artois Presses Université, collection《traductologie》, 1999.", TTR, No.1（2013）: 195-198.

［2］ Serge Lehman, "Les mondes perdus de l'anticipation française", *Le Monde diplomatique*,（1999）: 28-29.

［3］ Gérard Klein, *Les Horizons divergents*（Paris: LGF, 1999）, p. 5.

［4］ Jean-Guillaume Lanuque, "La science-fiction française face au《grand cauchemar des années 1980》: une lecture politique, 1981—1993", *ReS Futurae*,（2013）, 访问日期：2021.12.18.

出了法国科幻的"史前史",研究 20 世纪以前的"科学幻想文学"是如何为科幻的诞生奠定了基础。美国《科幻研究》的执行主编亚瑟·B. 埃文斯教授认为,这三部著作的出版和《科幻研究杂志》的创刊共同标志着"法国科幻研究界一个意义重大且令人振奋的转折"[1],在无数法语科幻作家和原生批评家数十年的努力下,科幻研究在法国的学科地位终于得到了初步的认可。

在发表在《科幻研究杂志》创刊号上的《我们今天如何在法国研究科幻》一文中,朗热莱教授详尽阐明了科幻研究跨学科、跨媒介、跨语言和国际化的特性[2],该杂志之后的征稿主题也严格遵循了这些特点,既重视科幻题材与不同出版媒介之间的互动性与张力,也关注科幻发展史和主题学研究。2017 年,第九期杂志以"亚洲科幻"为主题,共收录十二篇研究亚洲科幻的论文(其中两篇翻译自美国《科幻研究》杂志),其中有四篇文章以中国科幻为研究对象。截至 2016 年底,共有十三位中国科幻作家的三十七部作品被翻译成法文[3],在国内备受关注的《三体》和《北京折叠》等作品在法国同样大受好评。

三、疫情后的启示录潮流

2020 年,新冠疫情对法国出版业造成了不小的影响,实体书店首当其冲,巴黎著名的百年书店"吉尔伯特青年"(Gibert Jeune)书店已于 2021 年 3 月彻底关闭,左岸文化地标莎士比亚书店也只能在销量困境中艰难求生,不过相比于法国经济整体陷入的严重衰退,法国出版业在过去一年中表现出了"杰出的适应力"[4]。全国出版业工会(SNE)公布的数据显示,虽然大量实体书销售点在封锁期间关闭,2020 年法国出版业营业额总数依然高达 27.4 亿欧元,比 2019 年仅下降 2.36% 左右,漫画、教辅和童书销量还有提高,文学类书籍

---

[1]　Arthur B. Evans, "Good News from France", *Science Fiction Studies*, No. 3(2013): 534-539.

[2]　Irène Langlet, "Étudier la science-fiction en France aujourd'hui", *ReS Futurae*, (2012),访问日期:2021.12.18.

[3]　Loïc Aloisio, "Inventaire des Traductions des Œuvres de Science-Fiction Chinoises (ITOSFC)", *SinoSF*, (2016),访问日期:2021.12.18.

[4]　Elizabeth Sutton, "France-Marché du livre papier et numérique 2020-Chiffres clés", (2021),访问日期:2021.12.18

销量则保持稳定。在实体书店陷入困境的同时，电子书销量和线上销售服务都实现了激增，线上销售额同比增加了 13.5%。不过虽然全国出版业工会认为图书行业的衰落还算"适中"，疫情期间法国出版社的新书出版量还是大幅下降，同比降幅超过 15%。[1]

过去十年来，法国幻想文学的出版规模略有缩水，但整体基本保持稳定，平均每年出版包括小说、杂志、报刊和研究专著在内的 1 700 余种幻想文学出版物。受疫情影响，法国 2020 年仅出版了 1 444 种幻想文学出版物，同比下降了 11.7%，好在除了 4 月份出版量大幅缩减之外，幻想文学的出版量又迅速升高，现已恢复到疫情前的规模。截至 9 月 1 日，2021 年幻想文学出版物已达 1 162 种，法语作品 640 种，其中小说 546 种（包括线上发表的短篇小说和选集在内），专著、论文集、参考和目录共计 38 种，报刊和杂志共计 24 种，除少量刊物有暂时停刊的现象，《彩虹桥》、新《银河系》、KWS 等知名科幻杂志均仍在正常更新。[2]

2021 年度幻想文学大奖的结果已于 5 月 6 日出炉，大奖共设最佳长篇小说（法语、外语）、最佳短篇小说（法语、外语）、最佳儿童文学（法语、外语）、雅克·尚邦翻译奖、沃迪克·休德马克设计奖、最佳论文奖和特别奖十个奖项，共有 64 部作品入围。洛兰里·鲁的《圣殿》、克劳德·埃肯的《草丛中的毒药》和 E·S·格林的《蒸汽水手》分别获法语最佳长篇小说奖、最佳短篇小说奖和最佳儿童文学奖；约翰·克劳利的《卡：在耶马尔废墟中的达尔·奥克利》、里克·拉尔森的《明日工厂》和菲利普·普尔曼的《尘灰三部曲》分别获外语最佳长篇小说奖、最佳短篇小说奖和最佳儿童文学奖；让-弗朗索瓦·勒·吕维翻译的萨阿德·Z. 侯赛因的《镇尼之城》获雅克·尚邦翻译奖，瓦德雷特罗设计的《蒸汽水手》获沃迪克·休德马克设计奖，法比安·莫罗的《怪兽：入侵者和天启，日本科幻的黄金时代》获最佳论文奖，雅克·阿贝尔的《奇域志》获特别奖。劳埃德·谢里主编的《沙丘》研究论文集《沙丘：慕客志》（*Dune, le Mook*）因编者是大奖评委的原因榜上无名，但仍获得了"无可争辩

---

[1] *Les chiffres de l'édition: France et international 2020—2021*（Paris: Syndicat national de l'édition, 2021）.

[2] 以上数据来自 nooSFere 线上科幻数据库。

的 2020 年度出版大事件"[1]的评价。8 月 21 日，大罗斯尼奖的结果在第 48 届法国科幻展上揭晓，2021 年共有 5 部长篇小说和 6 篇短篇小说入围，艾米丽·凯尔巴莱克的《离开秋山》获最佳长篇小说奖，这部关于记忆的小说前半部分设定在前工业时代的古日本，随着主角的冒险，后半部分则带着读者进入浩瀚宇宙。埃丝特勒·法耶的《未降之雨的故事》获得最佳短篇小说奖，收录在科幻短篇小说选《我们的未来》中，由 ActuSF 出版社出版。2021 年的西哈诺奖由科幻小说家克劳德·埃肯摘取，初出茅庐的法国作家让·米歇尔·洛·雷则于 7 月中旬举办的欧洲科幻展上赢得蝶蛹奖（Chrysalis Awards）。由于疫情管控的原因，欧洲乌托邦大奖、彩虹桥读者大奖和 ActuSF 架空奖今年都推迟或暂停颁发。[2]

从各个法国科幻大奖的入选书目名单来看，新冠疫情后的一年里，书写灾异的"后启示录"风格科幻小说尤其受到读者及评论家的欢迎和关注。《圣殿》始于一家人为了逃离病毒躲进荒山，夏比·莫里亚的《野蛮岁月》则始于一群人为了逃离流感乘船奔赴孤岛，克莱尔·杜维维埃所著《漫长的旅途》讲述了一个帝国的倾覆，克里斯托夫·希伯特的《末世图景》编织起东欧想象恶托邦的编年史，皮耶尔·波尔塔奇的《左岸》则幻想 2033 年的巴黎人如何劫后余生……

2020 年龚古尔奖获奖作品，乌力波作家艾尔维·勒泰利耶的大作《异常》也以一架法航飞机的惊险航程拉开序幕，这部富含科幻元素的小说想象离奇、结构复杂、内容丰富，打破了文类的界限，被北大法语系董强教授称为"近 20 年来最好的法国小说"[3]，本书也是龚古尔奖历史上销量仅次于《情人》的获奖作品，成为 2020 年的畅销书。《异常》一书入选了《阅文杂志》评出的2020 年度百大好书榜单，特德·姜的短篇小说集《呼吸》和游朝凯的《唐人街内部》也榜上有名。[4]

在过去一年多的时间里，法国本土的科幻研究并未因疫情影响停下脚步。《科幻研究杂志》2020 年的两期主题分别是"白刊：为了研究的未来"和"虚构可能的世界：简短形式与科幻"。2021 年，刊物的注意力转向了科幻与视觉

---

[1] 参见 GPI 官网。

[2] 详情参见 nooSFere 或 quarante-deux 线上数据库。

[3] 吴波：《2020 年法国龚古尔奖获奖作品〈异常〉亮相全国书博会》，《广州日报》2021 年 7 月 18 日，访问日期：2021 年 12 月 18 日。

[4] "Les 100 livres de l'année", *Lire Magazine Littérature*, 2020.12.2.

媒介，第一期名为"科幻电影的趋势与演化"，共收录十篇论文和一篇书评，已于 6 月 29 日在线上发表，既有针对《星际迷航》《银翼杀手》《降临》等电影的案例研究，也有关于科幻电影的主题学研究、女性研究，以及对科幻大片进行的文化研究。第二期的主题是"科幻戏剧：地图学的基本要素"，意在"汇集起可用于绘制科幻戏剧地图的基础元素"，于 2021 年下半年发行。

截至 2021 年 9 月，2021 年度出版的法语科幻研究著作已有 40 余种，其中既有研究罗斯尼兄弟、菲利普·迪克、J.G. 巴拉德、厄苏拉·勒古恩等科幻作家的专著，也有针对架空世界、科幻与时间、人工智能、赛博朋克等主题的研究专著和论文集。《日本！日本幻想文学概览》和《怪兽：入侵者和天启，日本科幻的黄金时代》两部著作均着眼于日本科幻。《教学与科幻》系列丛书自 2011 年开始编写，一直关注科幻与基础教育的关系，第七卷《科幻史前史》已于 2021 年 5 月出版，共收录了 27 篇论文。[1]

疫情期间虽然出行受限，线上办公的推广却也便利了学者间的交流，由古斯塔夫·艾菲尔大学发起的科幻博士研讨会于 2021 年上半年在线上举行，与会者包括《科幻研究杂志》的编委会成员、法国高校教师及青年研究者。研讨会分五场举行，主题分别是科幻研究重要理论文本研读、硬科幻与软科幻、科幻与文类研究、科幻与媒介研究和科幻与粉丝研究。

综合来看，法国的科幻文学和科幻研究都有着强大的生命力，并没有因为疫情带来的经济不景气陷入低迷，长久以来法国科幻出版社、杂志和研究期刊尝试建立线上数据库的努力被证明是值得的，疫情并未成为科幻研究繁荣发展的阻隔，反而还能为互动主体们带来不同的体验和新的思考方向。

作者简介

朱欣宇，北京大学文学学士，圣安德鲁斯大学在读研究生。

---

[1] Estelle Blanquet, Jacques Jaubert, Éric Picholle, Bertrand Roussel, *PréhistoireS* (Saint-Martin-du-Var: SOMNIUM, 2021).

现当代俄语科幻文学概览

阎美萍

自儒勒·凡尔纳时代起，科幻小说就推动了科学技术的发展。今天，世界终于追赶上了科幻小说的脚步，我们看到了科幻小说如何预见现实。苏联解体至今已有三十年，书籍审查制度取消，严肃文学和大众文学的界限越来越模糊，文学作品进入网络空间，互联网可以称之为文学生活的新中心。迎合市场需求的大众文学得到充分发展，科幻文学进入勃发的社会时代，科幻文学在当今俄语社会的重要性之高，使得它的影响已经超出自身而进入了整个后苏联时代的大众文化之中，并逐渐被视为主流文学的一部分。

一、俄语科幻的起源

俄语中的"科幻"（Научная Фантастика）一词最早出现于 1914 年。俄国作家雅科夫·佩雷尔曼受到儒勒·凡尔纳的长篇小说《从地球到月球》的启发，创作了短篇小说《失重厨房的早餐》，讲述了几个宇航员怎样在星际飞船的厨房里煮一锅肉汤的故事，由此阐述出一连串的太空物理定律。该小说在《自然与人》杂志上发表时，佩雷尔曼将副标题命名为"科幻故事"（Научный фантастический рассказ）。

如果要追根溯源，俄罗斯科幻的最早的雏形应该是 18 世纪出现的乌托邦作品，作家们将自己幻想出的完美国度描写于纸上，就成了最早的"科幻小说"，布尔加林（1789—1859）是俄罗斯最早的通俗题材职业作家之一，也是俄罗斯历险小说和幻想小说的奠基人。布尔加林创作了几部颇具独创性的幻想小说，厘定了此后近半个世纪的科幻小说题材领域。1824 年，布尔加林发表了《逼真的虚构故事，或 29 世纪漫游世界》，这大概是世界文学中第一部描写时间旅行的小说，比英国作家乔治·威尔斯的那部对西方科幻文学产生了影响深远的《时间机器》要早 70 多年；《不可思议的故事，或地心旅行》比凡尔纳的经典名著《地心游记》早面世将近 40 年。虽然我们无法证实威尔斯和凡尔纳曾读到过布尔加林的作品，但是毫无疑问，布尔加林是世界文学史上较早以文学的形式探索时间和空间秘密的先驱者。从那时一直到 19 世纪晚期，都属于俄罗斯科幻发展史上的早期。而从 19 世纪晚期到 20 世纪初，属于芜杂的发展期。不少欧美的幻想、哥特、侦探类作品被译介到俄罗斯，各种类型互相混合，同时乌托邦小说还是占据很大的分量，这大概也是那个世纪之交的人们的一个共同点。

二、苏联时期的科幻文学

在苏联时期，科幻小说主要与科学幻想小说（НФ）相关联，同时具有教育和道德功能，他们在科幻作品中创造的世界是建立在理性和进步的思想基础上的："有关进步的书籍和关于宇宙的兄弟情谊的书籍受到了读者的支持，尤其受到年轻人的喜爱，他们对光明的未来抱有乐观的信念，认为机器将负责生产加工食物，而人们将获得无尽的知识，身体和品德将得到完善。地球得到开发，人类将游历整个宇宙。"[1]苏联时期成年人对科幻小说的阅读甚至超过儿童。这不仅是人文宣传的要素，而且是在苏联当局不受欢迎的观念之间进行抒发的机会："科幻文学的主要消费者是知识分子，而科幻小说的最好例子是 И.叶菲列莫夫、斯特鲁伽茨基兄弟以及 60 年代的科幻作家，他们经常与当局发生争执，纠正苏联社会主义原则的歪曲，或从普遍的人类道德的观点出发发表意

---

[1] Ковтун Е.Н. Мир будущего в современной научной фантастике: специфика художественной модели//Проблемы исторической поэтики, 2016. С. 118-119

见"。[1]这种对无法实现的理想的热情是苏维埃在追梦基础上所固有的，正如 B. A. 拉宁在提到美国研究员安妮蒂塔·班内吉时指出的那样："人们梦想的事情决定了他们对现代性的态度。对于安妮蒂塔·班内吉来说，毫无疑问，正是科幻小说才使俄罗斯人成为现代人。科幻小说包括对太空的梦想，对电力的热爱，对超越太空的热情，将外星世界带入生活的渴望。"[2]

苏联解体之前，幻想小说作为科幻文学的子流派完全没有被体现出来。在苏联的理性和启蒙崇拜下，是不会存在神奇的超自然的地方。E.H.科夫通指出，苏联时期幻想被赋予了学术界不感兴趣的边缘角色："只有在过去，特别是在以前的民间（童话民俗）以及 19 世纪的俄罗斯经典作品中，才允许对超自然事物进行幻想的叙事。在现代文学中，它只剩下边缘地区：儿童阅读区：翡翠城系列、《金钥匙》《老人霍塔比奇》，青少年教育产品以及世界上的类似作品：Л. 克拉拉到贾尼·罗大里。"[3]

除了实证主义的悲观，苏联科幻小说与其他文学体裁一样，也受到意识形态的审查。当然，这项工作是自发组织的，但是学术界并未进行大规模的文学和哲学研究。除了关于科幻小说的流行意识形态之外，科学界还存在着一种偏向大众文学的娱乐形式。尽管如此，在俄罗斯科学院文学研究所（Пушкинский Дом）还是专门研究了科幻小说的理论、历史，并研究了科幻作家 A. 别利亚耶夫、A. 波达诺夫、И. 叶夫列莫夫等的作品。这是苏联时期唯一的一部关于科幻小说专著《苏联科幻小说》。

三、现当代俄语科幻文学

苏联解体后，俄语科幻创作在体裁风格上明显地趋于杂糅的特点，具有很

---

［1］ Ковтун Е.Н. Научная фантастика и фэнтези - конкуренция и диалог в новой России//Вестник Московского университета. Серия 9. Филология. №4, 2015.C. 54.

［2］ Ланин Б.А. Русская утопия，антиутопия и фантастика в новом социально-культурном контексте// «Проблемы современного образования»，2014，№1.C.162

［3］ Ковтун Е.Н. Научная фантастика и фэнтези - конкуренция и диалог в новой России//Вестник Московского университета. C. 61

强的时代特征。有些已超出传统的科幻范畴，集科幻、侦探、推理、喜剧、灵异、恐怖、穿越甚至史诗、言情等类型于一体，明显拓展了科幻创作的边界，这与世界科幻发展趋同，科幻创作边界消失，文类交叉融合，体现出大科幻写作的趋势，作家会采用交叉流派（cross-genre approach）的手法进行创作，科幻已经成了一种共同语言。同时，俄语科幻创作又具有本民族的特点，继承了果戈里、布尔加科夫、卡达耶夫、爱伦堡、莎吉娘、卡韦林、阿·托尔斯泰等作家的创作特点，擅长讽刺幽默和幻想，运用虚幻、象征的现代派手法，以人的异变和幻想的形象来揭露、讽刺社会生活中的丑恶现象，用最尖锐的视角提出时代的问题：技术、劳动关系、社会结构甚至人的异化。建立在科学与人学，事实与想象之间的文学体裁，逐渐泛化成独特的书写风格。

1996 年 9 月，彼得堡召开第一届科幻作家"漂泊者"大会，科幻文学作为大众文学的重要组成部分逐渐引起俄罗斯批评界的关注。《当代俄罗斯文学》《数字时代俄罗斯文学趋势、体裁、作家》等都在大众文学领域对其进行了阐释。在作品批评方面，有 Л. А. 尤泽弗维奇针对佩列文等科幻作品的评论、В. В. 什雷科夫对斯特鲁伽茨基兄弟著作的评论等。获奖评论著作及评论家成为研究科幻文学的重要参考，著名评论家有 Л.Ю. 普斯托夫、В. П. 鲁达列夫等。

目前，在俄罗斯，尽管读者的喜好发生了变化，但总体上对幻想和科幻小说的科学兴趣仍然很大。1997 年，Е. 哈里托诺夫甚至建议在科学流通中引入一个新术语"科幻学"（фантастиковедение）[1]，他是关于俄罗斯科幻小说的最有代表性的参考书目的编辑者。在 20 世纪 90 年代，新的科幻杂志开始出现，其中一些很快由于经济困难而消失了，比如《Фантакрим》《Четвертое измерение》。在 21 世纪初，出现了很多新的科幻杂志，其中包括：《星路》和《如果》。后来，出现了《科幻现实》《科幻世界》《正午世界，XXI 世纪》。

俄罗斯一直存在不少科幻奖项，至今队伍仍在不断壮大，比如以下：

埃利塔奖，每年在埃利塔节上奖励近两年来俄国最佳原创科幻书籍的奖项。埃利塔节由《乌拉尔前进者杂志》编辑群和苏联作家联盟共同设立。

亚历山大·别利亚耶夫纪念奖，每年在一系列的候选书目中由评审委员会

---

[1] Харитонов Е. Есть такая наука / Е.Харитонов // Библиография. - 1997. – № 5. – С.70–71.

选出最佳科幻奇幻小说、最佳科普原创作品和翻译类图书。由圣彼得堡作家协会设立。评审委员会成员每次都有变动。

中间地带奖，每年由《中间地带》杂志的读者投票在青铜蜗牛奖获奖名单中选出年度最佳科幻奇幻出版物的奖项。由亚历山大·斯多罗维奇和他的批量图书贸易公司设立。

伊凡·耶福莱莫夫奖，每年在埃利塔节上颁发的科幻领域终身成就奖。由《乌拉尔前进者杂志》设立。

青铜蜗牛奖，在《中间地带》颁发的由鲍里斯·斯楚格斯盖亲自颁发的针对当年最佳科幻奇幻出版物的奖项。由亚历山大·斯多罗维奇和他的批量图书贸易公司设立。

"科幻评论"（фанткритик）是一场以科幻这一体裁撰写的书评比赛，该比赛于 2005 年在克鲁普斯卡娅文化馆举行，近年来与中间地带奖大会同期举行。有两项提名："评论"和"文学批评文章"。

与此同时，哈里托诺夫指出，尽管学生和研究人员（俄罗斯大学的学位论文）对此话题高度重视，并且在现当代发表了大量新的科幻类文学评论，但所有这些对科幻文学的研究没有重大和定性的影响。其他研究人员指出：新的俄罗斯科幻小说缺乏语言学方面的研究[1]。例如，2003 年专著《当代俄罗斯历史科幻小说》的作者 E. 佩图霍娃和 И. 乔尔内指出："现有的研究几乎没有涵盖科幻小说内部（包括历史科幻作品）的类型学问题，20 世纪末的俄罗斯科幻小说完全没有成为专题研究的主题。"[2] 尽管在 20 世纪的最后十年，科幻小说已成为大众文学中最（可能是最受欢迎）的体裁之一。

苏联解体后，俄罗斯民众对国外的科幻作品产生了浓厚的兴趣，特别是对奇幻类的作品。奇幻（фантази）是由英文的"fantasy"翻译而来，奇幻小说与科幻小说不同之处在于其背景通常较偏向非百分之百理性或是不可预测的世界结构，（内容有魔法、剑、神、恶魔、先知）。从 19 世纪 80 年代中期到 20

---

[1]　См. Фрумкин К.Г. Философия и психология фантастики /К.Г.Фрумкин. - М.: Едиториал УРСС, 2004. - 240 с .

[2]　Петухова Е, Черный И. Современный русский историко-фантастический роман /Е.Петухова, И.Черный. -М.: Мануфактура, 2003. - С.3-4.

世纪末,有不少关于英国作家 J. R. R. 托尔金著作的论文。当然,严格意义上讲,这不属于科幻作品,《霍比特人》《魔戒》等作品引起了公众和学者的极大兴趣。在这些著作中,可以看到纳粹与自由民众之间对抗的相似之处,包括西方和东方之间的对抗。维诺霍多夫声称,在欧洲主要语言中,对英语作家作品的研究已经达到了这样的规模,文学学者记录了"托尔金诗学"或"托尔金学"研究方向的出现。[1]而且由于俄罗斯作家在很大程度上模仿托尔金的事实,俄国早期幻想的情节当然是专门针对剑术和魔术的,并伴随着伪中世纪时期的所有美学。《指环王》不但有模仿者,俄罗斯作家甚至创作了续集。特别是尼克·佩鲁莫夫,他于 1993 年出版了续集三部曲《黑暗之戒》,故事情节设定在托尔金书中的事件发生后的几个世纪。

在过去的十年中,在俄罗斯乃至整个世界,人们对美国作家乔治·马丁的作品以及基于其著作的《权力的游戏》系列都产生了浓厚的兴趣。研究人员在解释其流行现象时指出:"马丁能够适应新媒体的状况,这种状况对作者和读者都影响深远。他的成功部分归功于它适应了变化的媒体空间。"[2]在这个空间中,重要的是作者构建的世界,而不是其主要角色,而这些角色周期性地被无情地杀死。剧情阴谋和文学作品中复杂的情节不断相互替代,它们与现代剪辑思维相对应,具有视频生动的必要性。

四、斯拉夫奇幻流派

斯拉夫奇幻小说流派非常年轻,出现在 20 世纪与 21 世纪之交。对于讲俄语的读者来说,这是一个具有里程碑意义的事件,因为读者能够通过作品中的童话和寓言故事沉浸在他们童年时熟悉的世界中。该体裁的作品充分或部分地利用了斯拉夫人特有的日常生活、信仰和神话中的生物。在西方凯尔特 - 德国 - 斯堪的纳维亚幻想世界(на фоне западных кельтско-германо-скандинавских

---

[1] Виноходов Д.О. Толкинистика - принципы и проблемы методологии [Электронный ресурс] URL: http://www.nto-ttt.ru/dv/tmethodl.shtml.

[2] Пупышева И.Н. Популярность Дж. Мартина в современной медийной ситуации: игра престолов как игра ожиданиями //Новый филологический вестник. С. 229.

фэнтезийных миров）的背景下，这种氛围是对俄罗斯灵魂的一种抚慰。除了果戈理和其他一些现已被遗忘的作家之外，玛丽亚·谢苗诺娃和尤里·尼基京被认为是斯拉夫奇幻文学的创始人。帕恩·安杰伊·萨普科夫斯基也参与了这一类型的创作。[1] 随着这些作家作品的流行，大量具有斯拉夫特色的文学作品被出版。

如果俄罗斯政府设想找人创作出托尔金奇幻小说和美国漫画的替代品，那他们不得不将此重任交给尤里·尼基京[2]，因为他被称为"斯拉夫奇幻"的创始人，尼基京是第一个在自己的作品中描绘神秘的涅夫罗夫人（即古斯拉夫人）、斯基泰人[3] 和辛梅里安人（根据希罗多德[4] 的说法，他们曾生活在南俄罗斯）的作家，他所写的《来自森林的三个人》系列书籍[5] 和其他具有民间传说和神话元素的别样小说变得非常流行。尼基丁巧妙地将讽刺和幽默编入故事中，对陈规定型观念和对历史和神话的互文引用进行嘲弄，这两者巧妙地结合在一起，达到引人入胜效果。

---

[1] Гарцующий Джаггернаут - Славянское фэнтези, которое стоит прочитать[Электронный ресурс]，来自俄罗斯内容平台"Zen"。

[2] 尤里·尼基京，1939 年 10 月 30 日生于哈里科夫。俄罗斯作家协会成员，"青年近卫军"科幻作家小组成员之一。先后从事过筏运工、地质勘探、铸工、运动员、"祖国"出版社主编等多种职业，并获得了划艇、拳击、摔跤等多个一级称号。尤里·亚历山大罗维奇·尼基京出版的第一部科幻短篇小说集是《改变世界的人》（该书获得文学奖）。90 年代初，和他人联合创办了一家专门出版国外科幻作品的出版社（该出版社已停止运转）。他的30 多部书籍多次再版，很多作品可以和著名的科幻作家瓦西里·戈洛瓦切夫、谢尔盖·卢科扬年科并列。最著名的科幻幽默作品是《来自森林的三个人》。

[3] 斯基泰人，是公元前 8 世纪—公元前 3 世纪，位于中亚和南俄草原上印欧语系东伊朗语族之游牧民族。在现代的广泛定义中，他们涵盖了辛梅里安人、萨尔马特人、马萨格泰人在内的大量游牧人群。

[4] 希罗多德，公元前 5 世纪（约公元前 480 年—公元前 425 年）的古希腊作家、历史学家，他把旅行中的所闻所见，以及第一波斯帝国的历史记录下来著成《历史》一书，该书成为西方文学史上第一部完整流传下来的散文作品，希罗多德也因此被尊称为"历史之父"。

[5] 《来自森林的三个人》是尤里·尼基京从 1993 年起开始创作的一系列书籍，讲述了三个涅夫罗夫人的冒险经历，他们被部落驱逐，从森林进入到大世界。该系列的第一部书也是俄罗斯的第一本英雄主义奇幻文学作品。整套书描述了人类从"远古时代"到今天的发展历程，提出了关于宿命、寻找"所有人的真理"、建立一个基于正义的世界、世界宗教的发展和技术进步在社会中的作用等诸多问题。

玛丽亚·谢苗诺娃也被认为是斯拉夫奇幻文学创始人之一，在她的著作中，借助斯拉夫童话传说，神奇的生物被赋予了魔法的力量，她用细腻的笔触来描绘战斗、占卜仪式的场景，富有史诗般的情感。代表作有《猎狼犬》系列，该小说于1995年首次出版，赢得了数百万读者的喜爱，之后被改编成电影搬上了荧幕。该系列作品的一大特点是没有明确的善恶界限。她书中的人物是鲜活的人：不完美，但有他们自己善的概念，有他们自己的真理。此外，虽然故事情节发生在虚构的世界，但小说中描述的所有民族都有历史的、容易识别的原型。猎狼犬是来自灰犬族的一位勇敢的战士，在孩童时亲眼目睹了家族被屠杀，自己也被俘变成奴隶，凶手扎多巴是一个戴着恶魔面具的神父，猎狼犬长大后逃走开始了复仇之旅。先是杀死了"食人者"，解救了智者提龙和奴隶女孩尼丽特，随后向命名为加里拉德的城市前进，寻找助手邪恶女神莫瑞娜。公主海伦因受到魔鬼的咒诅被关押起来，并且为了求得和平，她还要被迫与食人者的儿子威尼塔订婚。凶手扎多巴试图通过公主海伦的血把女巫莫瑞娜放出来，但最终在猎狼犬的保护下公主安然无恙。2004、2008年玛丽亚·谢苗诺娃曾获俄罗斯科学院幻想奖。

安杰伊·萨普科夫斯基创作的《巫师》，尽管有中世纪的背景，但《巫师》中人物的行动和思想与现代人的思维非常相似。在他作品中的世界是自然主义的、残酷的、非浪漫的。在萨普科夫斯基的小说中，没有善与恶，而是人物随心所欲地生活。他不仅对中世纪的生活、环境进行了详尽的描述，而且还运用了大量的西方斯拉夫中关于动物的神话故事。在他的作品中还出现了各种种族，很容易辨认出经典幻想故事中的矮人、半身人和其他精灵等。萨普科夫斯基提出了环境污染、保护濒危物种、科学进步、种族灭绝、军国主义等问题。成为了整个叙事结构的一种补充。

E. H. 科夫通将读者对幻想体裁的这种兴趣与"飞旋镖效应"（эффект бумеранга）联系在一起：在苏联，这种类型被迫推向文学的边缘，而在新俄罗斯，对它的需求却很大。这也与俄罗斯社会的总体趋势有关，苏联解体后意识形态出现空白，开始充满了非意识形态化的知识，但这并不总是可靠的知识。并且当时出现了各种新的宗教运动（也称为"教派"），魔术师和通灵主义者，传统阅读方式的苏维埃公众开始阅读"黄色新闻"以及以前未知或无法访问的文学体裁。"共产主义建设者的官方无神论和科学世界观被一种魔法类型的大众意识所取代，这种意识并没有太多地吸收世界宗教的道德观，而是迷信和异教徒的神话。"[1]比如从 2007 年开始在俄罗斯播出的真人秀综艺《通灵之战》（Битва экстрасенсов），节目制作方是俄罗斯前五大国家电视台之一的 TNT 电视台。《通灵之战》的主要内容就是"超自然"主题的选秀比赛，把灵媒、女巫、占卜师集合在一起来解决观众提出的各种问题，截至 2021 年，已经播出到 22 季，收视率一度高达 33.4%，在俄罗斯家喻户晓。当代俄罗斯人对"神秘力量"的迷恋扩展成为一个荒诞且庞大的迷信产业，人们需要"非理性"来解决生活中真实存在的问题，这种非理性一方面根植于人们的东正教信仰以及部分人对萨满教和异教的信仰，另一方面也是由于苏联解体后人们方向迷失和精神上的空虚绝望，但更重要的是即使在迷惘时代人们都不忘记互相关爱。同时，在苏联解体后的俄罗斯现实中，这些作品承担起建立"人道主义秩序"的补偿职能，而至少在梦幻世界中，正义来了：在解体后的时代，幻想只是为了满足对秩序和美好胜利的渴望，因为经济的休克疗法和犯罪分子的嚣张使人们望而却步，脱离了平常的心理环境。[2]

五、穿越类俄语科幻文学

20 世纪末，在俄罗斯科幻类小说的出版量急剧增加（每年多达 500~600 种）[3]，新的命名经常出现在五花八门的科幻类型中。他们中的许多作家出现的时间很短，但他们具有思想深度和道德问题的复杂性的作品并没有淹没在观众面前，有价值的作品陆续出现了。

许多作家和读者都思考过如果苏联没有解体及其如果延续这种模式的可能性发展问题。在当时该国发生的政治混乱中，公众和各种作家（卢基扬年科，

---

［1］ Ковтун Е.Н. Научная фантастика и фэнтези - конкуренция и диалог в новой России//Вестник Московского университета. С. 68.

［2］ Ковтун Е.Н. Научная фантастика и фэнтези - конкуренция и диалог в новой России//Вестник Московского университета. С. 68-69.

［3］ См. Мзареулов К.Д. Фантастика. Общий курс. Севастополь：Шико-Севастополь，2018. - 392c.

兹洛特尼科夫）都对作品中的超级英雄提出了很高的要求。但是要实现壮举，这些英雄需要超乎寻常的力量和"神话般的捐助者"，而不是科学成就。只有有了它的帮助，似乎才有可能克服时代的危机，而现实是技术处于颓废之中，社会处于萧条之中，科学处于衰落之中。再加上对苏联的怀旧之情和苏联解体后的宣泄，伴随着幻想，另类历史类穿越类体裁小说变得越来越流行。对于读者来说，在某个地方看一下现存的苏联很有趣，而对于作者们来说，试图回答这个问题是很有趣的：一条变革之路是否有可能避免苏联解体发生的冲击。比如在维克托·波别烈日涅赫的小说《拯救未来》中，斯大林穿越到当代帮普京重振俄罗斯雄风。以后世界末日和军事历史穿越小说著称的科幻作家阿尔乔姆·雷巴科夫创作了一些列"我们穿越到过去"为故事情节的小说。例如 2012 年创作的《进攻中的时间旅行者》，讲述了在 1941 年，来自现今俄罗斯的人帮助斯大林赢得战争。这些时间旅行者大多是退役军人或特种部队军官，其他穿越类小说还塑造了包括车臣战争中的时间旅行老兵，他们将今天的战时经验注入过去的军事行动中，或者是计算机游戏玩家和系统管理员，他们用笔记本电脑旅行到过去。

另外，还有作家思考并幻想如果没有十月革命发生俄国今天会是什么情形。比如在 2006 年，由奥尔洛夫、科舍廖夫和阿夫拉缅科共同创作的小说《我们勇敢走向战斗》中，1917 年十月革命并未发生，列宁被喝醉的无产者杀死，沙皇的将军们开始改造整个国家成为世界霸主。大部分的"时间旅行"类书籍是由俄罗斯 EKSMO 出版集团旗下的 Yauza 出版的。

此外，影视创作也关注这些感受。因此，在 2008 年，由安德烈·马留柯夫执导的影片《我们来自未来》。该片讲述了四个住在圣彼得堡的年轻人，穿越来到了战火纷飞的 1942 年的故事。主人公经历了伟大卫国战争的炮火硝烟洗礼后又回到现代，理解了什么是爱国心，还有如何尊重历史。该片上映后深受好评，因此，在 2010 年，由德米特里·沃龙科夫执导了《我们来自未来 2》，该片讲述了俄罗斯与乌克兰的民族矛盾，主人公同样经历了战场上与德国鬼子枪林弹雨的浴血拼杀，最终改变了自己的人生和生活态度。在 2011 年，上映了电视连续剧《月之暗面》，受到观众的欢迎，该片的主角首先穿越到过去，然后是另一种现在，苏联并没有解体，而成了地球上最强大的国家。另类历史类体裁小说不仅存在于苏联的怀旧情境中。例如，小说《И 方案》中的米哈伊洛夫（В. Михайлов）描绘了俄罗斯，该国从东正教转变为信仰伊斯兰教，而兹维亚金采夫（В. Звягинцев）则描绘了一个没有十月革命的国家。2019 年，上映了奇幻穿越喜剧《最后的勇士》，讲述生活在莫斯科的现代青年伊万经常假装自己会魔法，帮助客户解决问题以牟取暴利。某日，他误打误撞穿越到了一个可以让魔法成真的贝罗里奥，在那里见到俄罗斯童话人物不死之人克西伊、巫婆芭芭亚加、变成青蛙的公主瓦西里萨以及水王。后来，伊万成为最后一位能将世界恢复平衡秩序的勇士。

我们认为，另类穿越奇幻类体裁小说的大量涌现，让人们彻底摆脱了 20世纪 60—70 年代的科幻小说的叙述风格，在原则上，这与苏联科幻小说有关。在苏联解体后的世界秩序中，与伪科学和世界可知性相关的科幻理想已失去其意义。对未来的好奇心被当下的现实性所笼罩：科学在衰落，不专业主义在所有领域盛行。

六、现当代科幻作家及作品

在 20 世纪 90 年代的俄语作家中，谢尔盖·卢基扬年科迅速崛起，并在很短的时间内发布了许多有思想的科幻小说。他的书每年销售 250 万册到 300 万册，由他创作的作品在美学上深刻地展示了俄罗斯科幻文学发展的主要方向：乌托邦和反乌托邦，侦探科幻，技术幻想，社会科幻，计算机朋克。[1]1999年获得俄罗斯著名文学奖"精英奖"，为历届获奖者中最年轻的作家。其作品《幻影迷宫》被译为英文、波兰文等多种文字出版。2002 年作者出版了长篇幻想作品《光之谱》。国内出版了他的《幻影迷宫》以及"守夜人"系列。

卢基扬年科之所以受欢迎，可以用他对后苏联时代社会生活中最重要和最棘手的问题的认识来解释。他思考了一些悬而未决的问题：对当下贫穷、崩溃的俄罗斯的羞辱和屈辱；国家已经成为富裕的西方的石油供给附属品；复杂的小说角色；寻找真理和理想。导演阿列克谢·巴拉巴诺夫也以他自己的方式发

---

[1] См. Мзареулов К.Д. Фантастика. Общий курс. Севастополь：Шико-Севастополь，2018. - 392 с.

挥了所有这些动机，将《守夜人》系列搬上了荧幕。

在"硬科幻"创作方面，亚历山大·格罗莫夫是典型代表，他毕业于莫斯科电力工程学院，在空间仪器研究所工作多年，是一位狂热的天文学爱好者。1995年出版长篇小说《软着陆》成为20世纪90年代俄罗斯科幻小说中最重要、最引人注目的作品之一，此后格罗莫夫几乎每一本新书都成为评论家和读者关注的焦点，继而开始了专业科幻的写作生涯。长篇小说包括《虚空占有者》《旅鼠之年》《吃水线》《恒星守护者》《一千零一日》《乌龟的翅膀》和《明天开始永恒》等。逐渐确立了俄罗斯科幻、"新浪潮科幻"作家群体的领军地位。[1]但是作者本人表示他的创作更应该属于"社会科幻"（социальная фантастика）范畴，这种写作方式是H. G.韦尔斯[2]开创的。格罗莫夫具有高超的驾驭语言的能力，有时带有黑色幽默或者科学辩证法。主人公活着却充满了陌生感和系列问题，其中一些问题归因于作者创造的科幻世界中的生活条件。格罗莫夫曾获俄罗斯科幻界颁发的多个奖项，其中包括别里亚耶夫奖、"星桥奖"（2001年，2002年，2004年，2005年，2006年），"艾丽塔"奖（2006年）等，其中《明天开始永恒》被翻译成中文。

2014年，E. H.科夫通在255名接受调查的莫斯科国立大学学生中，从以下十大最受欢迎的科幻作家中选出一个。括号中的数字表示所投票数：斯特鲁伽茨基兄弟（87），托尔金（81），雷·布拉德伯里（68），罗琳（56），卢基扬年科（41），阿西莫夫（36），普拉切特（35），莱姆（32），乔治·马丁（29），斯蒂芬·埃德温·金（22）。[3]该列表同时包括从事科幻和奇幻创作的作家（有些作家同时创作这两种小说，比如斯蒂芬·埃德温·金和卢基扬年科）。同时，E. H.科夫通承认该样本并不完全具有代表性，因为莫斯科国立大学的学生并不代表整个阅读公众。但是，从另一方面，这反映了现代知识分子俄罗斯青年对科幻小说的兴趣。

---

［1］ 杨冬梅.俄罗斯科幻创作发展研究述评［J］.齐齐哈尔大学学报（哲学社会科学版），2021（02），第94页。

［2］ H·G·威尔斯与儒勒·凡尔纳并称为世界科幻小说之父。代表作（小说）有《时间机器》、《隐形人》、《世界大战》等，其小说作品多次改编为电影、电视剧。

［3］ Ковтун Е.Н. Научная фантастика и фэнтези - конкуренция и диалог в новой России//Вестник Московского университета. С. 65

然而，在各个领域中，人工智能的开发和实施相关的世界科学的最新趋势迫使笔者回到科幻的主题。"对于笔者来说，中心问题是理性的存在形式和"理性"的界限，不仅存在于普通人类中，而且存在于非人类（包括机器）的理解中。"[1]在俄罗斯，尤其是在维克多·佩列文的小说《S. N. U. F. F.》和《IPhuck10》中反映了机器人技术发展的意义及其可能的合理性。他的思想和结论的独创性使我们意识到科幻创作的无限可能。佩列文提出的关于人工智能的技术伦理性的问题，一方面证实了科幻小说家的旧观念，另一方面又开辟了新的视角。

七、结语

因此，可以说苏联科幻小说符合启蒙运动制定的，苏联意识形态接受的指导方针：这是理性和理性主义的崇拜，这是在科学的帮助下走向世界基本认知的一种取向。科幻小说对年轻人具有教育功能，使科幻小说作者可以讨论最佳世界及其实现的问题。"我们可以说，苏联的科幻小说部分取代了哲学和未来学，成为对苏联未来社会的形象，新人以及子孙后代进行辩论的平台。在这方面，苏联科幻小说的道德化，对教育和培训的态度确实符合俄罗斯古典文学的精神。"[2]

随着苏联的解体，读者的价值观发生了变化。一方面是由于对苏联科幻小说的道德化普遍疲倦，另一方面是由于当时俄罗斯正在发生的社会政治变化。随着该国自由市场的出现，他开始向消费者提供最畅销的产品。这就是奇幻类作品的普及。它在苏联时期处于文学的外围，从字面上突入市场，不仅在文学方面而且还在屏幕上仍然保持着很高的需求。如您在《权力的游戏》系列或许多其他改编的系列电影（"哈利·波特"，"指环王"，"纳尼亚传奇"等）中所看到的那样，奇幻类型牢牢地根植于大众意识之中，在俄罗斯非常流行。

尽管事实上俄罗斯作家试图成为西方科幻市场与俄罗斯市场之间的软化

---

［1］ Ковтун Е.Н. Мир будущего в современной научной фантастике: специфика художественной модели//Проблемы исторической поэтики. С. 125

［2］ Ковтун Е.Н. Научная фантастика и фэнтези - конкуренция и диалог в новой России//Вестник Московского университета. С. 67

层，但当代俄罗斯作家并没有成功地创造出类似于果戈里或布尔加科夫的神秘奇幻作品。[1]但是，诸如卢基扬年科、格鲁霍夫斯基以及佩列文之类的作家在市场上的出现表明，俄罗斯国内作家可以创造出市场上需求的具有民族特色的产品。

作者简介

阎美萍，文学博士，博士后，中国石油大学（华东）教师。

---

[1]　Ковтун Е.Н. Научная фантастика и фэнтези - конкуренция и диалог в новой России//Вестник Московского университета. С. 63

"伊藤计划以后"的日本科幻

田雅菲

近年来，日本科幻界流行着一个"伊藤计划以后"的说法，指的是以科幻作家伊藤计划的出道为界，日本的科幻作品呈现出了与以往不同的新态势。这种说法最初是由早川书房出于商业目的提出的，后来在日本科幻界得到了广泛认可。2013年，日本文化研究团体"限界研"出版了学术著作《后人类主义——伊藤计划以后的科幻》[1]。自此，"伊藤计划以后"便几乎作为一个日本科幻界的专有名词被确定下来。

根据评论家藤田直哉的主张，以伊藤计划作为日本科幻分界点的主要原因，在于他的代表作《屠杀器官》领先于整个日本科幻界对21世纪的社会新现状做出了反应。[2]而自从他在2007年正式出道以后，同类型的科幻作品也相继涌现，逐渐成势。这些以"伊藤计划以后"为标榜的当代日本科幻作品，全都与21世纪的社会现实有着紧密的联系。

作家笠井洁把21世纪概括为"衰退与战争的世纪"。[3]2001年的911事件、2008年的次贷危机、2011年的311东日本大地震与福岛核电站事故、2014年日本内阁对宪法第九条的重大修改等一系列意外事件的发生，以及日益严重的

---

[1] 笠井潔、藤田直哉：《文化亡国論》，札幌：響文社，2015年，第204页。

[2] 笠井潔、藤田直哉：《文化亡国論》，札幌：響文社，2015年，第202页。

[3] 笠井潔、藤田直哉：《文化亡国論》，札幌：響文社，2015年，第349页。

环境问题和少子老龄化问题，让 21 世纪初曾短暂沉浸在"御宅式乌托邦"幻梦中的日本国民清醒过来，对现实生活充满不安。然而，也正是这样一个不安的时代，为日本科幻的发展提供了优质的土壤——科幻作家能够在短时间内接触到人类史上的各种新局面和新观念，从而构想出有关这个世界的更多可能。擅长描写危机和末世的科幻不再被认为是杞人忧天，就连纯文学作品中也越来越多地出现了科幻式的构想。

下面，我将结合几部有代表性的作品，分别从宏观视角、微观视角和女性主义视角对"伊藤计划以后"的日本科幻进行考察。

一、宏观视角：世界内战

当我们暂时忽略个体人物的情感命运，而只关注科幻作品的宏观叙事，会发现"伊藤计划以后"的科幻作品大多与近未来世界范围内的"战争"相关。当然，这里的"战争"已经超出了军事层面的狭窄定义，扩展到了政治、经济、文化、宗教、科技、价值观等各个领域。而在各式各样的"战争"中，最具 21 世纪特色的就是"世界内战"。

"世界内战"是德国哲学家卡尔·施米特提出的概念。与"世界大战"不同的是，这类战争并非发生在国家与国家之间，而是发生在一些国家的正规军队与另一些国家的民间游击队之间。[1] 扩展而言，这样的概念也可以被引申为"大国势力与民间势力的对立"。2001 年的 911 事件所引发的美国对阿富汗恐怖组织的反恐战争就属于这一类型。

受"9·11"事件的直接影响，伊藤计划在 2006 年创作了以"'9·11'事件后的世界"为背景的长篇小说《屠杀器官》，故事中的发达国家为对抗恐怖组织的威胁，建立起了严格的信息管理体制。然而与此同时，发展中国家却频繁发生内战与民族间的屠杀。为了清理世界各地的暴力根源，美国派出情报军，去各国暗杀战争的挑起者。然而最令人震惊的是，世界大乱的根源原来不是暴力，而是一种被称为"屠杀语法"语言。这部小说刚一写成便成功入围了

---

[1]　笠井潔、藤田直哉：《文化亡国論》，札幌：響文社，2015 年，第 201 页。

小松左京奖和第 28 回日本 SF 大奖，在同一世界观下创作的续篇《和谐》更是直接获得了第 30 回日本 SF 大奖和菲利普·K.迪克奖，足见日本科幻界和英文科幻界对这部作品的重视和肯定。翻译家山岸真评价《屠杀器官》时说："这是一部精准诠释了现代的、世界水平的杰作。"[1]

我认为，《屠杀器官》的现代性不仅体现在作者对"9·11"事件和全球反恐战争的反思，还体现在对"语言"的新式解读。语言，即信息的象征。如今互联网高度发达，电子屏幕内侧的世界不再与我们遥遥相隔，上面呈现的每一条信息、每一条言论都时刻影响着我们的生活。然而，这同时也让我们陷入了可怕的"后真相"困境，即不重视客观事实而只诉诸情感的言论会对社会产生更大的影响——与《屠杀器官》中"语言能杀人"的效果十分相似。这进一步向我们证明了，21 世纪的"战争"已经不仅仅局限于军事层面，文化乃至人的精神领域也都将成为战场。

另一部受"9·11"事件直接影响的作品是宫内悠介的《约翰内斯堡的天使们》。这部作品由 5 个短篇小说构成，讲述了"9·11"事件带来的世界内战旋涡中，日本少女型歌姬机器人分别在约翰内斯堡、纽约、贾拉勒阿巴德、哈德拉毛、东京这五大城市帮助苦难中的人们谋求生路的故事。这部作品在2013 年入围第 149 回直木三十五奖，并在同年获得第 34 回日本 SF 大奖，受到了大众文学界和科幻界的共同认可。

宫内悠介似乎对"少女拯救世界"类的故事情有独钟。2018 年，他凭借另一部该类型的长篇小说《大河抚子向前冲！管它以后会怎样！》获得了第 49回日本星云奖。这部小说以虚构的中亚国家"阿拉尔斯坦"为舞台，讲述了几个后宫少女在总统遭到暗杀，男性议员全部逃跑的危急关头成立了临时政府，一边压制国内的激进武装组织，一边想方设法与乌兹别克斯坦、哈萨克斯坦、俄罗斯等周边各国建立稳定关系的故事。

其实严格来说，这部小说不是在讲"世界内战"，而是在讲"如何防止世界内战"。故事中的"阿拉尔斯坦"之所以能与各国建立稳定的关系，是因为少女们成功让激进武装组织选择了信任政府，并参与到了制度内的政治中来。

---

[1] 大森望：《21 世纪 SF1000》，东京：早川书房，2011 年，第 378 页。

其他国家看到"阿拉尔斯坦"已经封锁住了属于右派势力的宗教恐怖组织，便没有了宣战的理由。而对于企图霸占"阿拉尔斯坦"油田的邻国乌兹别克斯坦，少女们则通过在年度祭典上演绎的一场历史剧，向邻国的高官展示了本国人民的力量，从此来自邻国的压力便逐渐减小了。虽然这样的解决方案显得有些天真，但至少指出了"妥善处理政府与本国宗教组织的关系"和"善用文化彰显国民力量"在防止世界内战中的重要性。

除了"世界内战"以外，《大河抚子向前冲！管它以后会怎样！》还涉及了现实中的环境危机——全球变暖导致的咸海干涸。根据作者设定，"阿拉尔斯坦"就是在咸海消失后剩下的沙漠上构筑起的自由主义国家，定居这里的人都是从世界各国逃来的难民。虽然咸海的消失和蔓延全世界的战火令人绝望，但"阿拉尔斯坦"的创始者们依然心怀希望，利用高科技手段贮集雨水、灌溉、畜牧，努力与恶劣的自然环境和政治环境做着斗争。从中我们不难看出，作者宫内悠介虽然身处危机四伏的不安年代，却依然对未来保持着积极乐观的心态和希望。

还有一位擅长从 IT 和商业角度描写"世界内战"的科幻作家——藤井太洋。由于自身从事过软件开发工作，藤井太洋笔下的小说也大多与软件、编程和电子商务有关。但与此同时，他的作品也大多涉及大国势力与民间势力间的对立。

藤井太洋在长篇小说《轨道之云》获得第 46 回日本 SF 大奖时发表感言说："软件开发业界是一个全世界的开发者都面临相同问题，而几乎所有入场者都在各种因素下逐渐打退堂鼓的世界。有人是因为资金筹措问题，有人是因为英文能力问题，也有人是因为未能在某时某刻身处加州躬逢其盛，只好在壮志未酬的情况下，走向背离本心的道路。"[1] 由此可见，在软件开发领域也存在着一片"世界内战"的战场——身在加州硅谷的美国从业者相当于"大国势力"，而来自其他各国的从业者则相当于"民间势力"。

《轨道之云》的故事发生在 2020 年，某天文网站的开发者木村和海在近地轨道上发现了可疑的太空垃圾。一个昵称为"X 怪客"的人在网上发帖，说那个太空垃圾其实是准备袭击国际宇宙空间站的武器。然而这时，投资空间站

---

[1] 藤井太洋：《軌道之雲》，王華懋译，台北：獨步文化，2017 年，第 403 页。

的美国富豪为了做宣传，正要带着女儿去空间站上体验生活。美国立即派出防卫军对此事进行调查，同时，和海也从一位伊朗科学家那里得到了有关太空垃圾的密报。在 IT 工程师朋友的帮助下，和海破解了密报，结果发现引起这一切骚乱的"X 怪客"其实只是一个在无人岛上过着退休生活的观星老人。原来，美国军队和民间小人物和海在这场"解谜游戏"中的种种较量，最后只证伪了一条在网络上骗取点击率的无聊谎言。作者或许是想通过这个结局让我们认识到：网络给现实世界带来了太多无意义的争端。

藤井太洋的出道方式与其他日本科幻作家不太一样，在此我想对他多做一些介绍。大多日本科幻作家都是通过在科幻征文比赛中获奖出道的，而藤井太洋却是少有的一位通过自出版出道的作家。2012 年，他在乐天 Kobo、日本亚马逊 Kindle 等平台自出版发表的处女作《基因设计师》在当年日本亚马逊的"电子书年度排行榜·小说文艺部门"中排行第一。2014 年，他的《轨道之云》同时获得了第 35 届日本 SF 大奖和第 46 届日本星云奖，这让他一举成为日本科幻作家俱乐部的会长。2019 年，他的短篇科幻小说集《你好，世界》获得了第 40 回吉川英治文学新人奖，在主流文学界也占据了一席之地。以上几部获奖作品的共同之处，就是都体现着作者广阔的国际视野，并反映出了存在于现实中的社会问题。

笔者曾在 2019 年的中国科幻大会上采访过藤井太洋，他说自己之所以在 2011 年决定执笔创作科幻小说，正是因为看到了日本媒体对福岛核电站事故的虚假报道，对现代媒体的恐怖程度深有感触。因此从某种意义上说，不是藤井太洋选择了去写现实中的社会问题，而是现实中的社会问题造就了藤井太洋这位科幻作家。

二、微观视角：重压下的人类异化

在阅读"伊藤计划以后"的日本科幻作品时，当我们把视线聚焦到个人，会发现"世界内战"带来的生活压力正在影响着每一个人的命运。

笠井洁在评价 21 世纪的日本时表示，美国次贷危机爆发后，日本国民心中产生了两种不祥的感觉：一是被外部规则强行绑缚的压迫感，二是因外部规则随时可能突变而产生的无力感。这两种感觉在"3·11"日本大地震发生后表现得更为明显。[1]

外部规则的瞬息万变，让当代日本人的生活充满了流动性和不确定性。"努力学习就能找到好工作"的旧日美梦被打破，曾经努力学习的日本人如今要么成了收入不稳定的非正式员工，要么找到了正式工作却被繁重的业务压榨成了工作机器。不满和无奈在他们的心底渐渐积压。

这种不满和无奈在"伊藤计划以后"的科幻作品中也多有体现。

西岛传法的中篇小说《全勤之徒》就是这样一部作品。正如题目所示，这篇小说的主人公"我"是一个"全勤之徒"——每天上班从不休假，就算快死了也还是不敢缺勤的异形生物。"我"的心中对公司经理（另一种异形生物）充满抱怨，而经理却无法听懂"我"的话，只会一味地下达命令。虽然整个故事发生在超现实的异形世界，但这个世界里依然存在着"公司""经理""客户"等现实中真实存在的称谓和人物关系，看似荒诞却又充满了对现实的影射。而且，作者还别有用心地把"我"这种异形生物命名为"隶重类"（日语中"灵长类"的谐音），对现实社会中逐渐异化为工作奴隶的灵长类——人类进行了讽喻。这篇小说在 2011 年获得了第 2 回创元 SF 短篇奖。2013 年，同名短篇小说集还获得了第 34 回日本 SF 大奖。另外，或许是小说中"我"的内心独白引起了众多日本"社畜"的共鸣，《全勤之徒》在早川书房发布的 2010 年代"想读科幻"排行榜中位居第一。

另一篇较为典型的作品是 2021 年在线上科幻媒体 VG+ 举办的"辉夜科幻大赛"中获奖的《曾经，小海豹出生后能拖着脐带游三天》，作者是新人作家吉美俊一郎。这篇小说的故事发生在海平面急剧上升、海水被微塑料严重污染后的日本。某公司将一部分底层员工秘密培育成了"人鱼"，每天让他们做高强度的游泳训练，但却迟迟不告诉他们真正的任务是什么。直到有一天，"人鱼"们终于忍无可忍，集体罢工逃入了未知的深海。这篇小说反映了一个十分现实的问题：在环境危机日益严重的今天，底层人民的生存权利会更容易遭到资本势力的剥夺，而长此以往的后果，或许只有人的异化和反叛。

---

[1]　笠井潔、藤田直哉：《文化亡国論》，札幌：響文社，2015 年，第 303 页。

除小说以外，2019 年在日本上映的科幻动画电影《普罗米亚》也展现了"重压下的人类异化"。这部电影由今石洋之执导，讲述了能操作火焰的变种人与高机动消防队之间发生的一系列冲突。

比起这些冲突本身，我更关注的是《普罗米亚》中的普通人为何会成为变种人。对于这一点，影片在开头部分就做出了揭示：挤地铁的上班族、忍耐堵车的司机、在挂着"卧薪尝胆搏百日"横幅的教室里备考的焦虑学生、浏览网页的孤独宅男……这些看起来再寻常不过的普通人，其实时时刻刻都在承受着现代生活带来的压力，在忍耐达到极限的一瞬间，他们便从身体里喷出火来，变成了对世界施加破坏的变种人。电影中"人喷火"的画面将生活重压对人性的摧残展现得淋漓尽致。

变成"隶重类"的灵长类、叛逃的人鱼、喷火者……科幻作品中的"人类异化"都呈现得十分夸张。然而正是这种夸张的呈现，更能给人带来强烈的心理冲击，让更多人的问题意识得到增强，从而促使他们在人类彻底异化之前，努力寻找新时代更好的生存策略。

三、女性主义视角：对生育责任的困惑

女性问题早在 1989 年就因一场"美龄论争"引起过日本社会的关注。[1] 21 世纪初，随着少子老龄化现象的日益凸显，日本社会又逐渐把目光投向了拥有生育能力的人群——女性。2014 年，一场有关女性的争论再次在日本掀起了轩然大波。争论的焦点集中在学术期刊《人工智能学会志》2014 年 1 月号的封面插图上。插图内容是一个正在做家务的女性型机器人，样子温柔可爱。然而，这样一个现代化的场景却引起了日本网民的热议。部分网民认为，把"女性"与"家务"相联系的做法体现着男性社会保守的性别观念，用这样一个人工智能形象去象征未来，实在是差强人意。[2]

---

[1] 小谷真理：《性差事变：平成のポップ・カルチャーとフェミニズム》，东京：青土社，2021 年，第 10 页。

[2] 小谷真理：《性差事变：平成のポップ・カルチャーとフェミニズム》，东京：青土社，2021 年，第 155 页。

在这样的社会大环境下，探讨女性地位与生育责任的科幻作品也应运而生。

这里首先要介绍的是白井弓子的长篇小说《转孕奇兵》。这个故事发生在遥远未来的一颗遥远的行星上。该行星的第一批殖民者建立起了自己的国家，并训练出了一批全部由女性组成的特种部队，用以抵御第二批殖民者（异星人）的入侵。这支女性部队的特殊之处在于，她们会把异星人的胚胎移植入自己的子宫，借助腹中胎儿的超能力实现飞行，在祖国与异星人的对战中担负起运送物资等重要工作。然而到了临盆之际，她们却要被强制堕胎，以免生出异星人的后代。

在这部小说中，女性的生育能力被国家用作了一种战争工具，这不禁让我联想到：女性的生育能力是否也被日本用作了解决少子老龄化问题的工具？可如果不这样做，少子老龄化问题又该如何解决？由谁来解决？评论家小谷真理指出，"让女兵怀着异星殖民者的孩子从事工作，又使其在临盆前堕胎"这个设定，把人种问题、阶级问题、后殖民主义问题、孕妇的就业问题、性健康和生殖健康及权利问题、胎儿和母体的关系问题等一系列复杂的问题巧妙地综合在了一起。[1] 由此可见，在"提出问题"这一点上，《转孕奇兵》充分发挥了科幻的专长，因此它在 2017 年获得了第 37 回日本 SF 大奖。至于问题该如何解决，就要有赖社会各界的专业人士去思考和作答了。

另一部探讨女性和生育的科幻作品是吉永史的架空历史漫画《大奥》。这部漫画从 2004 年一直连载至今，描绘了一个男女社会地位反转的江户时代。根据作者的设定，由于一种流行性疱疹的爆发，男性人口在江户初期下降到了全国总人口的 30%。大将军的职务改由女性担任，而她的"后宫"则由众多年轻男性组成。值得注意的一点是，这部作品中的女性即便贵为将军，也依然需要生儿育女。而与此同时，男性们则一生都被用作精子的制造机器。一些年轻男性甚至会为了赚钱而用自己的身体去讨好各处的女性。

这样的设定虽然乍看之下是作者荒诞的意淫，但如果仔细分析，会发现其中包含着很多对现实社会的影射。比如，《大奥》中男性的数量下降到了全国总人口的 30%，而现实中的日本政府早在 2003 年就提出了"在 2020 年之前将

---

[1] 小谷真理：《性差事変：平成のポップ・カルチャーとフェミニズム》，东京：青土社，2021 年，第 309 页。

社会管理层的女性比例提升至30%"的目标。然而遗憾的是，这一目标至今尚未达成。[1]

再有，《大奥》中的女将军需要同时兼顾将军的职务和生儿育女，这也与众多日本女性需要同时兼顾工作和生孩子的现状不谋而合。女将军就算拥有了天下，却还是无法摆脱生育的责任，这同样也是困扰当今女性的一个重要课题。《大奥》中的男性被当作制造精子的机器，而21世纪以来也有人不断指责推行"少子化应对政策"的日本政府是把女性当做了"生育机器"。这样的指责声中虽然包含着偏见和误解，但却能促使我们思考：生育的能力是否伴随着生育的责任和义务？社会少子老龄化的责任是否应该由女性来负？如果不是，那么这个责任该由谁来负？

虽然目前世界总人口依然呈上升趋势，但有学者预测，世界人口总量将在21世纪后半叶达到峰值，然后逐年递减[2]。《大奥》中反映出的现实问题是我们每一个人都已经面临，或是迟早将要面临的。

由于在探讨性别问题方面做出了特殊的贡献，《大奥》获得了日本"Sense of Gender"奖和小詹姆斯·提普垂奖，得到了日本科幻界和英国科幻界的共同认可。

最后，不得不提的还有近年来在日本非常流行的"百合科幻"。"百合"一词最初来源于日语，是用来指代女同性恋的文化术语。与《大奥》同样获得过"Sense of Gender"奖的科幻漫画《邻家的机器人》便属于这一类型。这部漫画由西UKO创作于2014年，讲的是女性型机器人与一个人类女孩的恋爱故事。其实严格来说，故事中的女性型机器人不具有真正的性别，也不会真正地陷入恋爱。只不过是因为体内的记忆装置能对特定的人类女孩做出反应，所以表现出了类似"恋爱"的行为。

美国科幻评论家玛尔琳·S.巴尔认为，科幻作品中的机器人往往不是用来探讨现实中的科学话题，而是用来隐喻那些被男性社会排斥的边缘人物的。[3]

---

［1］ webtan网站，访问日期：2022年7月18日。

［2］ 央广网，访问日期：2022年7月18日。

［3］ 小谷真理：《性差事変：平成のポップ・カルチャーとフェミニズム》，东京：青土社，2021年，第162页。

从这一点来看，《邻家的机器人》的确有着"百合科幻"独有的特质，即通过描写"男性社会之外的恋爱"，来帮助人们更客观地了解女性的恋爱心理，从而更全面地认识女性。这部作品虽然没有直接论及生育问题，但双方均为女性的"百合"式恋爱必然意味着对"男女结合"这种传统婚恋和生育模式的拷问与挑战。

正如上面的三部作品所示，为了将女性从生育责任的困惑中解放出来，日本的科幻作品正在通过各种打破传统观念的设想，积极并大胆地进行着思想实验。

以上就是我对"伊藤计划以后"这一日本科幻潮流的考察。最后总结一下："伊藤计划以后"代表了以伊藤计划的作品为代表的、反映 21 世纪社会新现状的一系列日本科幻作品。当我们从不同的视角去观察，会发现这类作品折射出了现实社会的不同方面——从宏观视角看到的是"世界内战"，从微观视角看到的是"重压下的人类异化"，从女性主义视角看到的是"对生育责任的困惑"。这些作品中虽然也有像《大和抚子向前冲！管它以后会怎样！》那样乐观主义的作品，但大多数还是充满着反乌托邦式的对现实的批判和讽刺。不过，无论作品内容乐观还是悲观，创作者们的初衷都是想要帮助日本人乃至全人类找到适合 21 世纪这个新时代的生存指南。

最后需要补充说明的是，当代日本科幻的大热潮从 2002 年早川书房发行"早川科幻系列丛书"时起就已经到来，而"伊藤计划以后"只是这个大热潮中的一个小热潮。[1] 另外，也并不是说，伊藤计划出道以前就完全没有反映 21 世纪社会现实的日本科幻，只不过这类作品在当时还没能成势。同样，也并不是说，在伊藤计划出道以后，所有的日本科幻作品都呈现出了我在本文中总结的特征，热衷于致敬黄金时代经典作品的科幻作家依然大有人在。但正如评论家藤田直哉所说，新时代带来的未必全是新事物，即便其中只出现了一点点不同于过往的新成分，这些新成分也值得被我们当作一个新时代的征兆去重视起来。[2]

---

[1]　笠井潔、藤田直哉：《文化亡国論》，札幌：響文社，2015 年，第 212 页。
[2]　笠井潔、藤田直哉：《文化亡国論》，札幌：響文社，2015 年，第 210 页。

参考文献：

［1］笠井潔、藤田直哉：《文化亡国論》，札幌：響文社，2015 年。

［2］藤井太洋：《軌道之雲》，王華懋译，台北：獨步文化，2017 年。

［3］大森望：《21 世紀 SF1000》，东京：早川書房，2011 年。

［4］小谷真理：《性差事変：平成のポップ・カルチャーとフェミニズム》，东京：青土社，2021 年。

［5］Web 担当者 Forum，访问日期：2022 年 7 月 18 日。

［6］百家号，访问日期：2022 年 7 月 18 日。

作者简介

田雅菲，北京师范大学科幻协会前会长，日文科幻、科普译者。

日本科幻小说创作现状和未来展望

蒋金玲

日本科幻是世界科幻中不可忽视的一环。早期，科幻小说在日本并没有大行其道，人们总将其与本土流行的推理、恐怖小说混为一谈，直至第二次世界大战日本战败后，美国在日本地区驻军期间才将具体的"科幻"概念带入日本境内。[1]日本的科幻奖项与相关科幻活动皆是对美国的科幻大会、星云奖以及雨果奖的模仿。[2]而随着日本在文化产业上的急速崛起，本土影视界、文学界、漫画界的不断介入[3]，"科幻"在日本逐渐从美国的舶来品转型为日本民族与日本社会现代性象征之物。科幻创作在商业、技术上的高变现能力促使日本科幻产业链的形成，这使得科幻小说及其衍生品在今天已不仅是同人圈、二次元、科幻迷的自娱自乐，而是成为衡量日本生产力的一部分。日本科幻的发展轨迹显示其成为世界科幻中心的希图。

近年来，中国科幻在世界科幻圈中亮点频出。《三体》与《流浪地球》的成功展示出中国科幻的独特性，以及众多尚待垦拓深耕的领域和空间。近邻日本作为近代以来中国的参考系，可由当前日本科幻的发展状况，思索并规划当

---

［1］ 刘健：《日本科幻机甲动漫的文化主题探源》，《吉林艺术学院学报》,2017年第4期，第64页。

［2］ 详见日本科幻迷俱乐部的官方网站，访问日期：2021年11月16日。

［3］ 石宕川：《战后美日科幻影视作品意识形态研究》，硕士学位论文，郑州大学文学院，2019年，第2页。

下中国科幻的发展之路。中国科幻应以中华民族伟大复兴、人类命运共同体为目标指向，重新界定人与宇宙、人与自然及其他物种的关系，尝试预设和铺展通向未来的道路，实现中国科幻的超越性发展。

一、日本科幻小说之创作现状

1. 当前日本科幻的重要活动、奖项与刊物

每年在日本各县交替开展的科幻大会以及众多重量级科幻奖项的评选，使得科幻小说在日本至今都保持着源源不断的生命力与活力。重要的科幻活动以日本 SF 大会为主，奖项以星云奖与 SF 大赏为重，刊物以《SF 杂志》为首。下文将分别详述。

（1）日本 SF 大会、日本科幻迷俱乐部与星云奖的评定

日本 SF 大会首办于 1962 年，2021 年 8 月 22 日第 60 回日本 SF 大会已在香川县圆满落幕，历时 60 年，由日本科幻迷俱乐部负责管理。日本科幻迷俱乐部是民间自发组织的团体，具体负责：一、决定每年日本 SF 大会的举办地，以及调节活动期间各部门、各团体间的相关事宜；二、负责星云奖的评选与颁布；三、宣布下一届日本 SF 大会的主办地并协调交接工作。日本 SF 大会除了颁布星云奖之外，还举办科学家讲座、科幻作家座谈会、cosplay、科幻游戏、科幻翻译、科幻学术交流等活动。

"星云奖"是日本最具影响力的科幻奖项之一。该奖的评定由当年 SF 大会的参加者投票选出，候选对象是前一年 10 月到当年 9 月在商业杂志上发表或以单行本方式出版、以科幻为主题的日本国内外原创小说、漫画、动画电影等。2021 年第 52 回[1]星云奖国内长篇为林让治的《星系出云的兵站》；第 52 回星云奖国内短篇并列获奖作品为柴田胜家的《美国佛陀》、池泽春菜的《轨道圣诞》；第 52 回星云奖海外长篇获奖作品为刘慈欣的《三体Ⅱ：黑暗森林》；海外短篇获奖作品为阿拉斯泰尔·雷诺兹的《奇玛蓝》。

日本 SF 大会为科幻爱好者和从业者提供了面对面交流的处所。大会将科

---

[1] SF 大会的举办次数与星云奖颁布回数并不同步。

幻作家、翻译家、评论家、漫画家以及科学家，以"定期聚集"的方式连接在一起，这为日本科幻理论的建构与系统性发展奠定良好的基础。同时其也通过包罗万象的主题活动，以及喜闻乐见的电影、动画、游戏等形式，不仅让"科幻"潜移默化地成为大众生活的一部分，也让大众能及时接收最新的科幻资讯。

（2）日本科幻作家俱乐部与 SF 大赏的评定

除星云奖之外，由日本科幻作家俱乐部于 1980 设立的 SF 大赏也是日本重要的科幻奖项。奖项设立的初衷是模仿美国的星云奖，评定对象是前一年 9 月初到当年 8 月末之间出版的科幻作品。日本科幻作家俱乐部是由福岛正实发起，对科幻小说做出客观、公正评价的专业组织。1963 年 5 月，拥有 20 名会员的日本科幻俱乐部正式启动，最早一批会员有筒井康隆、丰田有恒、手冢治虫、星新一、石川乔司、小松左京等日本科幻奠基人。目前的会员是巽孝之、长山靖生、飞浩隆、草野原原、林让治、永井豪等（截至自 2021 年 10 月 19 日的名单）。从会员名单中可以发现，科幻作家俱乐部虽然在名称上强调"科幻作家"的身份，但实际上除了目前活跃的小说家之外，与科幻相关的漫画家、评论家和编剧等顶级从业者都可以加入其中。这使得 SF 大赏的颁布对象也不单局限于文学，它可以是漫画，如第 27 回萩尾望都的《芭鲁芭拉异界》；科幻评述类论文，如第 31 回长山靖生的《日本 SF 精神史》以及第 21 回巽孝之编的《日本 SF 争论史》；科幻电影，如第 37 回特别奖庵野秀明、樋口真嗣、尾上克郎导演的《新·哥斯拉》等。

2021 年第 41 届 SF 大赏的并列获奖作品为菅浩江的《欢喜之歌：博物馆星球三》和林让治的《星系出云的兵站》全 9 卷；特别奖授予立原透耶，嘉奖其对中文科幻作品译介的功绩；功绩赏则颁给了已故著名科幻作家小林泰三。

（3）日本 SF 杂志的刊行

除常规的科幻活动之外，日本科幻类期刊《SF 杂志》的连续出版，不但能即时公布最新的科幻作品和科幻动态讯息，为日本科幻市场培育出稳定的读者，也给予了青年科幻创作者崭露头角并与科幻前辈同台竞技、对话的平台。

《SF 杂志》是日本自战后唯一坚持到现在还在发行的科幻杂志。其前身是已在侦探推理作品出版界确立地位的早川书房在 1957 年发行的"早川幻想·HF"（Hayakawa Fantasy）系列。该系列致力于出版英语科幻小说的译文。

于 1959 年由福岛正实担任总编并正式将杂志命名为《SF 杂志》，开始发布本土作家的原创科幻小说。[1] 目前该杂志不仅刊登科幻小说，也刊登冒险故事、奇幻故事、大众科学研究、儿童读物、传记、漫画、绘本等题材。活跃在前沿的科幻作家们也积极投稿，如谷甲州（第 45 回（2014）星云奖获得者《创造星星的人们》）、菅浩江、小川一水、藤井太洋、伊藤计划等。需要注意的是《SF 杂志》中的 "SF" 是 Science Fiction & Fact 的简称，名称中的 "Fact" 表示该杂志强调连载作品与当下事实的联系，即科幻小说不仅是想象力文学的现代图像，也是要求立足于现实、以历史眼光审视当下社会现象的批评文学，强调科幻创作应兼具文学性与社会性。

当前《SF 杂志》最新刊是于 2021 年 10 月 25 号出版的 2021 年 12 月号，主要栏目为由沼野充義主编的斯坦尼斯拉夫·莱姆诞生一百周年纪念专栏；庆祝早川文库今年 9 月达成 1500 号纪念特辑；连载作品栏目为飞浩隆的《天空的园丁：废园天使Ⅲ》第 11 话、西岛伝法的《幻视百景》第 34 话、莱曼·弗兰克·鲍姆短篇系列《奥兹的魔法使》第 5 话、冲方丁的《马尔杜克·阿诺尼马斯》第 39 话，以及翻译作品：刘慈欣著，大森望、齐藤正翻译的《圆圆的肥皂泡》、梅格·埃里森著，原岛文世翻译的《药》。

2. 日本当前重要的科幻作家及科幻小说

纵览星云奖与 SF 大赏 2017—2021 年的获奖名单（见表 1、表 2）可以通过作家、作品在名单中的出现频率，归纳目前活跃于科幻领域的作家主要是：林让治、飞浩隆、小川一水、菅浩江、草野原原、圆城塔等人。在 SF 杂志上连载的《零号琴》（飞浩隆）、《星系出云的兵站》（林让治）在 2021 年同时斩获 SF 大赏与星云奖。

表 1　2017—2021 年星云奖小说部门获奖作品

	年份		篇幅	获奖作品	作者
星云奖	2017 年	第 48 回	长篇	奥特曼 F	小林泰三
			短篇	最后与最初的偶像	草野原原

---

[1]　长山靖生：《日本科幻小说史话——从幕府末期到战后》，王宝田等译，南京：南京大学出版社，2012 年，第 132–133 页。

续表

	年份		篇幅	获奖作品	作者
星云奖	2018 年	第 49 回	长篇	化作原野的大和抚子	宫内悠介
			短篇	云南苏族在 VR 技术的使用案例	柴田胜家
	2019 年	第 50 回	长篇	零号琴	飞浩隆
			短篇	暗黑声优	草野原原
	2020 年	第 51 回	长篇	天冥之标	小川一水
			短篇	不见之月	菅浩江
	2021 年	第 52 回	长篇	星系出云的兵站	林让治
			短篇	美国佛陀 / 轨道圣诞	柴田胜家 / 池泽春菜

截止到 2021 年 9 月 2 日，伊藤计划与圆城塔是仅有的两个获得菲利普·K. 迪克奖的日本籍作家。菲利普·K. 迪克奖是由科幻小说作家汤马斯·迪斯科于 1982 年创立，纪念 1982 年 3 月 2 日去世的菲利普·K. 迪克。该奖由费城科幻协会资助，评选上一年度在美国出版的首发平装本科幻小说，第一名的作品在封面上印有"最佳科幻平装本"字样，第二名则授予特别奖。2011 年由伊藤计划著、亚历山大·O. 史密斯译的《和谐》）获得菲利普·迪克特别奖，该作品还获得第 30 回日本 SF 大赏以及第 40 回日本星云奖长篇作品。故事以经历了大规模的世界战争、疫病的流行后，高度医疗社会化的 21 世纪后半期为背景，在新成立的政府——"生府"的管理之下，原本珍爱生命、生命至上的价值观逐渐转变为极端集体主义，即个体的身体与思想必须符合官方认可的健康指数，一切个体意识在健康指数面前都会遭到抹杀，个体的身体与思想不再属于其自身，而是作为种族生存的一种必要资源，一切对自己和他人有害的行为，都会被政府和周围他人的善意禁止。

2014 年由圆城塔著、特里·加拉格尔译的《自指引擎》获得菲利普·迪克特别奖。圆城塔在其中将意识流与科幻创作相结合，重视"文字""语言"对科幻世界观的构造。在圆城塔看来，文字不是为了描绘景物，而只是呈现文字本身。如"太阳从山间升起来"这句话在大脑中的呈现形式，应该仍是一串字符而不是图像。在其作品中的人物与世界都是文字的产物，其本质就是字符，因此《自指引擎》中的视角、时态、空间总是处于颠倒变换之中。文本只是圆城塔提供给读者进行思维游戏的场所，书名中的"自指"（self-reference）意味着反复提及自身，而它往往会不可避免地导向逻辑的死结中，但同时也指向永远的探索。圆城塔的创作始终拒绝以角色之口，完整呈现他所构想的世界观，因此读者只能在小说中不断寻找破碎、零散的信息，拼凑出大致的故事情节。

纵览星云奖和 SF 大赏近五年的长短篇获奖作品，可以发现长篇科幻小说主要以太空冒险为主题。其内容宏大深邃，重点展现在面对陌生宇宙、权谋纷争、战争疾病等危难时的人类群像和人性光辉。如第 49 回日本星云奖获奖作品宫内悠介的《化作原野的大和抚子》讲述了一个女性群像的故事：出身、民族皆异的少女们在面对反政府武装势力、生态环境严重破坏、内部资源被周边国家觊觎等众多困难时，共同合作，并凭借着自身的智慧与现实作抗争。需注意，长篇作家大多都是宇宙作家俱乐部（宇宙作家クラブ，简称 SAC）的一员，该俱乐部强调科幻小说、漫画、艺术等作品对科技发展的引导作用。小松左京作为 SAC 的顾问曾指出："如果儒勒·凡尔纳没有写出《从地球到月球》，戈达德、奥伯特、冯·布劳恩等航天技术开发者们就不会想制造火箭了。如果手冢治虫没有创作出《铁臂阿童木》，日本的机器人工程学就不会达到现在的水平了。从长远的角度看，科幻小说具有影响现实中航空技术发展的力量。"[1] 目前宇宙作家俱乐部的博客仍在更新中，主要内容以记录最新的航天活动为主。在会成员兼科幻长篇奖项获得者有小川一水、林让治、菅浩江（著第 42 回星云奖长篇获奖作品《永远的森林：博物馆星球》）、笹本祐一（著第 36、30 回星云奖长篇获奖作品《狩猎彗星》）、野尻抱介（著第 31 回星云奖长篇获奖作品《太阳篡夺者》）等人（截至自 2021 年 11 月 17 日的名单）。

而与长篇科幻创作相比，作家在创作科幻短篇时则更热衷于将个人爱好、东方民间文化或生活体验作为素材。作家在展现其新颖世界观的同时，也突出其独具特色的思辨过程。因此短篇小说大多主题多样、文风迥异、极具作家个人色彩。如草野原原的短篇作品反映出他对宅文化的喜爱。在《暗黑声优》中人类先天的"声音"属性却在未来变成了用于杀戮或探索外太空的外置设备，

---

[1] 小松左京，"宇宙作家クラブのごあいさつ"，"宇宙作家クラブ"1999年 7 月，访问日期：2021 年 11 月 17 日。

声优也因此成为推动社会发展的核心力量；在《最后与最初的偶像》中草野原原还借偶像在未来的存在形式，探讨人类意识究竟是生物自身的属性还是由社会文化构成的问题。柴田胜家也在《云南苏族在 VR 技术的使用案例》中，将东方少数民族的文化掺杂于科幻叙事之中，带有强烈的民俗色彩。

表 2　2017—2021 年日本 SF 大赏的获奖情况

	年份		获奖作品	作者
SF 大赏	2017 年	第 37 回	《WOMBS》	白井弓子
	2018 年	第 38 回	《游戏的王国》	小川哲
			《自生的梦》	飞浩隆
	2019 年	第 39 回	《文字涡》	圆城塔
			《飞翔的孔雀》	山尾悠子
	2020 年	第 40 回	《天冥之標》	小川一水
			《借宿之星》	西島伝法
	2021 年	第 41 回	《欢喜之歌：博物馆星球Ⅲ》	菅浩江
			《星系出运的兵站全 9 卷》	林让治

总体上看，长短篇小说各具风采，但二者的中心思想和立意却有交集之处。总结有以下两点：

第一，故土情怀。以第 52 回星云奖短篇获奖作品柴田胜家的《美国佛陀》为例，在经历前所未有的大灾难之后，人类中一部分放弃物质世界的生活，通过科技将他们的身体放置在地底下的营养水槽中，将其精神传输至一个中心储存器内，这个只有精神存在的赛博格空间被称为千年之国"M 国"。另一部分人则将被 M 国抛弃的地球改名为"空之世界"，长居于此。某一天，身处空之世界的奇迹之人，通过摄像向 M 国单方面描述地球的现状、族人的经历与信仰等。在倾听过程中，M 国的众人不自觉地怀念起曾经生活的世界，"他的举动有些可爱，有一种我们早已遗忘的自然"[1]。在小说中，占据尖端技术的 M 国在古老文明的发声者面前，只能单方面地接受其传递的信息，并在该过程中激起对过去地球环境、物质生活的怀念与追忆之情。在星际穿越、政治纠纷的

---

[1]　柴田胜家，アメリカン・ブッダ（早川文庫，2020），第 1 页.

背后，隐藏着对自然环境的终极关怀。如《天冥之标》《欢喜之歌：博物馆星球》系列等作品的结局都回归为一种对地球家园和传统文明的怀念，以及对当前状况的反思。

第二，反思精神。在《云南苏族在 VR 技术的使用案例》《美国佛陀》《暗黑声优》等短篇作品中，以柴田胜家、草野原原为代表的科幻作家们总以谨慎的态度，从新奇的角度，审视当前数字化时代下，网络信息给社会、人类带来的影响。长篇科幻虽然展开之维度与短篇不同，但它同样不是纯科学的预警，而是以史诗般的叙事风格将读者引入一块想象力高地，使读者能站在现实之上俯瞰当下，在萌生危机感与孤独感的同时，对当前社会动态持以警惕与怀疑的态度。

从 2019 年之后，星云奖与 SF 大赏皆格外关注作品如何从科幻的视角解释"疫情""病毒"等概念，以及在这之下，个人的生存处境和社会状态。如 2020 年的星云奖长篇作品《天冥之标Ⅱ：救世群》中对冥王斑的描写："具有 95% 的高致死率，一旦感染会引起全身循环衰竭，出现发热、淋巴腺肥大等症状，几天内死亡，潜伏期为一周……最大特征是，即使恢复，具有感染性的病毒仍会潜伏在体内……由于病毒会垂直感染，康复者的后代都将面临被严格隔离的命运。"[1] 即使由专门部门管控，该病毒还是在八百年后爆发，且波及范围也不止于地球，而是整个银河系。太空主题的流行表现了日本民族对追逐科学之发展的强烈渴望，而若结合其在第二次世界大战时的经历，不难看出核爆之殇仍寄宿在日本人的意识深处，这促使他们将社会中的医疗、能源、环境等问题的解决方案转化为科幻创作中的外太空探索，或是带有科幻元素的逻辑思辨。

3. 当前日本科幻小说的特征

（1）"立足现实，以当下为戒"的日本科幻小说内核

新冠肺炎疫情在日本的爆发促使科幻创作要将立足当下、面向未来、激发民族斗志作为其创作的核心。林久治指出："科幻小说与其说是作家心目中理想的未来，倒不如说是绝对不希望出现的未来，正确阅读科幻小说的方式应该是，为了避免这样可怕的未来，我们现在应该怎么办"[2]。

---

[1] ひつじ図書協会，"天冥の標Ⅱ–救世群：感染症ディストピア小説"，"ひつじ図書協会" 2020 年 7 月 31 日，访问日期：2022 年 7 月 20 日。

[2] 林久之：《SF と未来予測》，日本言語文化研究（东京），2021（4）:17.

日本科幻创作日益关注当下的表现有二：

第一，"小松左京"热的掀起与疫情时期相呼应。先是在 2011 年，笠井洁、巽孝之等人主编出版的《3·11 的未来：日本、科幻、创造力》一书，以小松左京为首对日本科幻的灾难题材进行了结合现实的深入研究。而在最近两三年，日本又掀起了"小松左京"热，从 2019 年下半年开始，日本教育类节目、文学奖、音乐会、漫画、动画等频繁提及小松左京的作品。2020 年 7 月，《日本沉没》被日本知名动画制作人汤浅政明翻拍为《日本沉没 2020》的动画电影。同年日本又重新关注小松左京的第二部长篇小说《复活之日》，该小说以无名病毒在全球蔓延，给地球造成了极具毁灭性的打击为题材。《复活之日》创作于 1964 年 8 月，但于 2020 年新冠肺炎疫情肆虐地球之际被重新出版，具有戏剧性，警示意义则更强[1]。

第二，近三年内星云奖、SF 大赏的获奖作品在一定程度上映射出日本抗疫的现状。如小川一水以现代社会为背景的瘟疫科幻作品《天冥之标》，以及林让治的《星系出云的兵站》的"兵站"一词指军队设置的供应、转运机构，主要负责补给物资、接收伤病员等，表示作品对物资管控之重要性的强调，这与日本抗疫物资供给不足的现状相对照。"据日本 TBS 电视台 2020 年 4 月 16 日报道，由于新冠肺炎疫情在境内的不断扩散，日本不少医疗机构出现了防护服等医疗物资严重不足的情况。对此，日本厚生劳动省于 16 日在向全国各自治体发出通知，通知中称，作为医疗检查使用的防护服和护目镜等'允许破例进行再次使用'。如果再利用也不够的话，'可以用雨衣遮盖身体，用潜水镜代替护目镜'"[2]。不难看出，小说内容与时事动态是否紧密结合已成为当今日本科幻类奖项的重要评判标准。

（2）逐渐成形的日本科幻理论系统

日本 SF 大赏的获得对象不仅是小说，也可以是当年优秀的科幻理论著作。如巽孝之的《日本 SF 论争史》（2000 年第 21 回）、长山靖生的《日本 SF 精神史》

［1］ 孟庆枢、刘研主编：《跨海建桥——新时代中日科幻研究》，长春：吉林出版集团股份有限公司，2021 年，第 4 页。

［2］ 吴倩、魏少璞：《物资不足：日本政府允许医疗机构用雨衣代替防护服可循环使用》，《环球网》2020 年 4 月 16 日，访问日期：2021 年 11 月 17 日。

（2010 年第 31 回）、大森望责任编辑的《新写的日本 SF 集合》全 10 卷（2013 年第 34 回），以及获得 2019 年第 20 回 SF 大奖特别奖大森望与日下三藏编辑的《年刊日本 SF 杰作选》。除此之外，日本 SF 大会还会安排与科幻相关的学术讨论会，邀请知名的科幻作家与学者就日本或其他国家的科幻创作现状、科幻发展前景，进行面对面的交流。不难看出，以上活动和奖项都将科幻评述类文章与科幻小说的创作放在同样重要的地位。这既有益于科幻文类的作品模式、创作方法、批评规则等方面的理论化、规范化，也直接影响了科幻小说的发展路径。科幻小说被评论、分析的过程，从更大的意义上讲是本土文化对科幻文学这一舶来品的独特创造，是民族声音嵌入科幻文类的过程，并在该过程中完成日本科幻理论的构建。

（3）已经形成完整产业链的日本科幻

从 SF 大会的活动安排到科幻奖项的设置，能发现在日本，小说并不是"科幻"的唯一载体，漫画、动画、影视均能担当科幻创作的主力军。几者相互补充融合，形成一条完整的科幻产业链。该产业链的形成在日本战后初见雏形，并在 20 世纪末形成一定规模[1]。在该产业链中，文学家、漫画家、动画工作室、编导要共同承担起科幻的创作、生产、发售与推广等环节，彼此之间水乳交融。因此在研究日本科幻小说创作时，不能仅将科幻小说当作单一对象来分析，而需结合同时代整体文化产业的情况，使其与科幻文本的研究同时共振。下面以科幻动漫与电影为例，说明科幻小说与其他领域的融合状况。

科幻小说与科幻动漫之关系。长山靖生在《日本科幻小说史话：从幕府末期到战后》中提到："在日本科幻小说界，一开始就不仅仅重视文字，而且对视觉上的表现也十分重视。"[2]并指出手冢治虫的漫画创作将日本科幻引入繁荣时期，他是日本科幻战前与战后的桥梁。石川乔司曾经如此描写当时的情形："在漫画星云的手冢治虫星系旁边，发现了科幻行星，星新一宇宙船长正在侦察，矢野徹教官和拆野拓美教官一起培养开拓者，小松左京推土机在快速

---

[1] 孟庆枢、刘研主编：《跨海建桥——新时代中日科幻研究》，长春：吉林出版集团股份有限公司，2021 年，第 115—127 页。

[2] 长山靖生：《日本科幻小说史话——从幕府末期到战后》，王宝田等译，南京：南京大学出版社，2012 年，第 118 页。

地平整土地，石川乔司报纸创刊发行，筒井康隆运动汽车在飞驰，山野浩一法院成立……"[1] 石川乔司将"科幻"比作"行星"，而将身为漫画家的手冢比为星系的评论，突显出动漫对早期日本科幻发展的重要性。科幻作家与动漫的结缘，从早期的科幻作家俱乐部参与《不均衡》（《超银河传说Q》的原型）的策划，到近几年伊藤计划科幻三部曲——《和谐》《尸者帝国》《虐杀器官》与小松左京《日本沉没2020》的相继动画化。孟庆枢教授指出日本科幻和日本动漫之间一直存在着"谁为主、谁为辅"问题，但这至少说明了日本科幻和日本动漫、影视彼此不可分离的特殊关系。[2]动漫的展现形式给予抽象的想象概念以具体的图像，从而更易让读者沉溺于那天马行空、神魂飞越的科幻世界中。

科幻小说与日式科幻电影——特摄片之关系。科幻作家与特摄片的结缘，可追溯到由东宝映画拍摄的《蘑菇人玛坦戈》，该片以霍奇森的原作为脚本，星新一、福岛正实联名创作而成。而以奥特曼、哥斯拉为代表的圆谷特摄影片对日本科幻发展的影响更为巨大，时至今日仍焕发出不息的生命力。其衍生作品在当今日本的文学、影视等多个领域层出不穷，如获得第52回星云奖的影视作品《奥特曼Z》、获得第47回日本星云奖的短篇作品《再次来到多多良岛》《为怪兽卢克斯比格拉量取足型的男人》以及为纪念圆谷奥特曼系列诞生50周年、获得第48回星云奖的长篇作品《奥特曼F》。从初代奥特曼开始，奥特曼系列特摄片便将"奥特曼"这一外星元素置于与电影观众共识的时空场景中，观众总能在电影中找到日常生活中熟悉的场景和社会议题。"这种区别于好莱坞科幻电影的创作风格，使得日本特摄片在被欧美主导的世界科幻电影领域中自成一家，并起到宣传科幻作品的背景——日本民族文化、价值观念的作用。"[3]

目前科幻在日本已经形成多种媒介形式高度融合的产业结构。得益于这种产业模式和大量的行业经验，在日本国内培养出大批多面手型科幻创作人才和成熟稳固的受众市场，使科幻热作为文化现象在日本社会中一直存在。该产业

---

[1] 长山靖生：《日本科幻小说史话——从幕府末期到战后》，王宝田等译，南京：南京大学出版社，2012年，第119页。

[2] 孟庆枢、刘研主编：《跨海建桥——新时代中日科幻研究》，长春：吉林出版集团股份有限公司，2021年，第27页。

[3] 孟庆枢、刘研主编：《跨海建桥——新时代中日科幻研究》，长春：吉林出版集团股份有限公司，2021年，第118页。

结构也为日本科幻的海外推广积累了雄厚的资本与优势。科幻电影、动画在作为小说的衍生品，提升小说销量与知名度之外，因其在世界科幻史上的特性，也是日本文化输出战略的重要组成部分。

二、日本科幻的未来发展之可能

观当今日本科幻小说之创作特征与所处产业环境，思日本科幻的未来发展，其主要有以下三种趋势。

1. 越来越多业余网络写手加入科幻创作队伍

后疫情时代下科技的进步和互联网的发达，将促使网络小说成为日本科幻创作的主要小说类型。据 NHK 报道：由于新冠疫情的影响，人们宅在家里的时间增加，使得去年纸质与电子出版物的销售额，合计比前年增加 4.8%，达到 1 兆 6168 亿日元，其中电子出版的销售额为 3931 亿日元，比去年大幅增长28.0%。[1]不难看出，无纸化、电子化是疫情当下文学出版的主要形式。从短期看，对于出版方来说电子书能节约成本，对于大众来说它是居家隔离时重要的娱乐方式之一。而从长期看，网络小说将成为科幻创作的首选：首先，网络小说的发表没有严格的审查制度，任何人都能利用业余时间进行创作并得到即时的反馈。其次，出版方能建立科幻文学网站，为业余写手提供创作与展示的平台，并通过小说的点击率、好评率等数据，及时精准地定位当前大众偏好的作品，进行有针对性的出版。最后，在很大程度上提升了科幻小说的及时性和切实性。

林久之在《SF 与未来》中指出：在当今世界共抗疫情的时点，日本社会类节目一方面收集历史上人类与流行病抗争时的图像、音像及病患或死亡人口等纪录，让过去人类的抗疫精神和经历作为疫情当下政府、机构、社会团体、个体之行为、决策的参考。另一方面也收集史料之外的小说、日记、随笔等文学素材……史料是经过官方组合、筛选之后的知识形式，通过模糊、简化、抹消集体中个体的声音来达到一种相对真实，但个人的情感体验才是"活生生的声音"，是对疫情之下人们生活境况的真正显示，是后人留给今人最切实的经验。

---

[1] 日本放送协会（NHK），"コロナ禍で本の需要高まる、電子出版が前年比 30% 近く増加"，"NHK" 2021 年 1 月 26 日，访问日期：2021 年 11 月 17 日。

流传在民间的文学素材能够作为官方资料的补充以深入地理解当时民众的切实感受[1]。而众多诸如《日本沉没》《天冥之标》《星际出云的兵站》等科幻作品，都蕴含着作者对疫情当下人类生存危机之探讨。这不仅说明了科幻小说的现实属性，也侧面证明科幻作家对未来想象的合理性。在日本的电视节目中愈加重视科幻小说对未来的"预言"，观众也逐渐认可其中所描述的未来图景的可信度。但林久之也指出，众人对其并不是全然信服，而是持一种希望引起某种骚动的玩味态度。[2]读者大肆宣传科幻小说中与现实对应的方面，只是为了体验即刻的刺激感。虽然这偏离了作者创作的初衷——他们所描绘的未来是他们对历史发展规律的反思与文学应用，但从读者角度看，他们对科幻作品的态度、评论也带有对周边环境的思考。在该基础上，具有高效率、高精准度、实时便捷等特点的互联网将使科幻小说摆脱时间与空间的限制，作家因当下而起的忧患与当前人民的心声都能以最快的速度进行互动。

2. 科幻创意"变现"的可行性越来越大

在 2015 年的科幻作家与 AI 技术人员的座谈会上，作为科研分子的代表山川宏、大泽博隆向科幻作家藤井太洋、长谷敏司承认科幻小说的创作对现实的人工智能发展，确实产生了巨大的作用，并表示科幻小说在某种程度上是作为未来技术的道德底线与使用方式而存在，比如阿西莫夫的三大定律。[3]研究者与科幻小说最良好的关系状态是：研究者将科幻小说作为庞大的"灵感"或点子库，并依靠自身的专业知识去挑选具有可操作性的科幻概念进行深度研发。科幻小说则可以围绕新兴技术展开故事，让读者能更快地理解新兴技术，以拉近普通民众与尖端科技的距离。

值得一提的是在该座谈会上，尖端技术人员向科幻作家主动提问的情况居多，关注点从科幻小说对"语言"与智能关系之描写延伸至人工智能领域对机器语言捕捉能力的重视，并将科幻小说中人工智能的语言能力当作未来智能研究的目标。山川宏指出在人工智能的研究中涉及最多的讨论是给"知能"下定义，

---

[1]　林久之："SFと未来予測"，日本言語文化研究（东京），2021（4）：17–18.

[2]　林久之："SFと未来予測"，日本言語文化研究（东京），2021（4）：19.

[3]　栗原聪："「SF作家×AI研究者：未来を語る」座談会"，人工知能，2016，31（4）：523.

并向藤井太洋提问在人工智能题材中若涉及"知能"概念时会怎么处理，藤井太洋回答道："日本科幻作家，尤其是文科出身的人，智能活动是在语言与语言的互动时生成，并由计算机表达出来。"长谷敏司补充道："'语言'是日本科幻小说的一大特点，即通过语言改变世界、通过语言使人对世界的看法改变，从而使世界本身也发生变化，这种类型的作品在日本相当多。"[1]山川宏以当前各国人工智能界对语言捕捉的研究情况加以回应，暗示各国科幻小说特点的不同与各国科技的发展情况互为影响。这说明科幻小说可以作为指导科技研究的"工具"，科幻入侵现实的速度加快。

3. 科幻研究引发理论的革新

科幻小说提供试验场，让理论升华。科幻批评家与理论家在研究作品时，以日本科幻融媒体化产业结构为背景，研究由科幻小说衍生出的诸多概念时，不再将讨论的重点放置在科幻作品中的情况在未来是否会发生，而要在承认其可能性的前提下，以科幻视角探讨当前伦理关系、社会制度、生态批评等理论在科幻范畴中将如何发生演变，从而完成当前理论体系的推进与超越。[2]科幻类评述将走向专业化、系统化、学科化，现存的理论可通过对科幻小说的分析完成向新理论的转化，科幻小说研究也将突破传统文本研究的界限，成为人们沟通与感知世界的一种方式。

表3

	中文人名	日文人名	中文书名	日文书名
文中			SF 杂志	SF マガジン
	林让治	林譲治	星系出云的兵站	星系出云の兵站
	柴田胜家	柴田勝家	美国佛陀	アメリカン・ブッダ
	池泽春菜	池澤春菜	轨道圣诞	オービタル・クリスマス

---

[1] 栗原聡："「SF 作家 × AI 研究者：未来を語る」座談会"，人工知能，2016，31（4）：523.

[2] 池田光穂,："井上大介. サイバーパンクに倫理は可能か?：新しいネットワーク心性としてのサイバーパンクの人類学的研究序説"，大阪大学 Co*Design，2021，9:31-45。

续表

中文人名	日文人名	中文书名	日文书名
萩尾望都	萩尾望都	芭鲁芭拉异界	バルバラ異界
长山靖生	長山靖生	日本 SF 精神史	日本 SF 精神史
巽孝之	巽孝之	日本 SF 争论史	日本 SF 論争史
庵野秀明、樋口真嗣、尾上克郎	庵野秀明、樋口真嗣、尾上克郎	新·哥斯拉	シン·ゴジラ
菅浩江	菅浩江	欢喜之歌：博物馆星球Ⅲ	歓喜の歌：博物館惑星Ⅲ
谷甲州	谷甲州	创造星星的人们	星を創る者たち
飞浩隆	飛浩隆	天空的园丁：废园天使	空の園丁：廃園の天使Ⅲ
西岛伝法	酉島伝法	幻视百景	幻視百景
莱曼·弗兰克·鲍姆	ライマン·フランク·ボーム	奥兹的魔法使	オズの魔法使い
冲方丁	冲方丁	马尔杜克·阿诺尼马斯	マルドゥック·アノニマス
刘慈欣	刘慈欣	圆圆的肥皂泡	円円のシャボン玉
飞浩隆	飛浩隆	零号琴	零號琴
伊藤计划	伊藤計劃	和谐	ハーモニー
圆城塔	円城塔	自指引擎	Self-Reference ENGINE
宫内悠介	宫内悠介	化作原野的大和抚子	あとは野となれ大和抚子
菅浩江	菅浩江	永远的森林：博物馆星球	永遠の森：博物館惑星
草野原原	草野原々	最后与最初的偶像	最后にして最初のアイドル
柴田胜家	柴田勝家	云南苏族在 VR 技术的使用案例	云南省スー族におけるVR技術の使用例
大森望	大森望	新写的日本 SF 集合	NOVA 书き下ろし日本 SF コレクション

文中

续表

	中文人名	日文人名	中文书名	日文书名
文中	大森望\日下三蔵	大森望／日下三蔵	年刊日本 SF 杰作选	年刊日本 SF 傑作選
	山本弘	山本弘	再次来到多多良岛	多々良岛ふたたび
	田中启文	田中啓文	为怪兽卢克斯比格拉量取足型的男人	怪獣ルクスビグラの足型を取った男
	圆谷制作	円谷プロ	奥特曼 F	ウルトラマン F
	小林泰三	小林泰三	奥特曼 Z	ウルトラマン Z
表中（文中未出现）	草野原原	草野原々	暗黑声优	暗黒声优
	小川一水	小川一水	天冥之标	天冥の標
	菅浩江	菅浩江	不见之月	不见の月
	白井弓子	白井弓子	WOMBS	ウームズ
	小川哲	小川哲	游戏的王国	ゲームの王国
	飞浩隆	飛浩隆	自生之梦	自生の夢
	圆城塔	円城塔	文字涡	文字渦
	山尾悠子	山尾悠子	飞翔的孔雀	飛ぶ孔雀
	西岛传法	酉島伝法	借宿之星	宿借りの星

综上所述，结合日本科幻小说的创作现状，科幻在日本具有作为普适性话语成为未来"主流文学"的发展趋势，但对"立足现实，以当下为戒""爱护共同家园""人类共同体"等大局意识仍是小说内核，科幻作家在日本民众心中已经成为要为全人类考虑并预告未来可能出现的风险的报警人。

作者简介

蒋金玲，深圳大学硕士研究生，研究方向为科幻文学。

阿拉伯科幻的历史与现状[1]

马琳瑶

　　或许你看过乔治·卢卡斯的《星球大战》中塔图因星球上的绝美落日，或许你还在回味德尼斯·维伦纽瓦的《沙丘》中蒂莫西·查拉梅化身为的穆阿迪布，穆迪以及利桑·阿尔-盖布[2]。你是否有一瞬间曾经把这一切与"阿拉伯"三个字联系在一起？是否接触过或者想象过阿拉伯世界的科幻作品？塔图因落在地球上便成了北非阿拉伯国家突尼斯沙漠中的小城，保罗·亚崔迪口中的"帝国术语"大部分都来自阿拉伯语。回溯历史，13世纪波斯裔阿拉伯天文学家，地理学家泽克里亚·加扎维尼[3]的宇宙博物志《造物的惊异与万物的珍奇》[4]可以算得上是现代科幻对外星球想象的源起。现代阿拉伯科幻作品最早出现在20世纪50年代的埃及，发展至今已经经过四个阶段。总体来说，现代阿拉伯

---

[1]　本文中阿拉伯语均使用拉丁字母转写，采用 Arabica 这一期刊的转写规则。

[2]　三个名字均来自阿拉伯语，字面意义分别为教导者（mu'addib），引导者（mahdī）以及隐秘之声（lisān al-ġayb）。

[3]　泽克里亚·扎维尼，全名 Zakariyyā' b. Muḥammad b. Maḥmūd al-Qazwīnī（1203—1283），阿拉伯天文学家，地理学家，代表作有天文学著作《造物的惊异与万物的珍奇》以及地理学著作《城邦的惊奇》。

[4]　《造物的惊异与万物的珍奇》（'Aǧā'ib al-maḫlūqāt wa-ġarā'ib al-mawǧūdāt）是加扎维尼的代表作，全书分为两部分，第一部分讲述天体的运行，天国的生物，例如天使；第二部分讲述的气象、自然以及生物。

科幻受到西方科幻的影响较大，然而，由于政治、经济、文化以及语言等方面的原因，阿拉伯科幻也形成了自己鲜明的特点。尽管阿拉伯科幻在世界科幻的舞台上还没有像中国科幻一样取得里程碑式的成就，但是在中阿交流日益密切，中阿文化交流日益增多，阿拉伯人意识到中国科幻取得的成就与中国科技的发展密切相关且想要迎头赶上的大背景下[1]，阿拉伯科幻会在不久的将来创作出自己的"三体"。

谈论阿拉伯科幻首先要从"阿拉伯"谈起，什么是阿拉伯？阿拉伯人，阿拉伯语或者阿拉伯世界？相对而言，阿拉伯世界的概念比较清晰，它由阿拉伯国家联盟[2]成员国组成，这些国家以阿拉伯语为主要语言，以伊斯兰教为主要信仰，地理上主要分布在西亚和北非。阿拉伯科幻来自这些国家，但是并不限于这些国家。大量常年旅居在其他国家的阿拉伯人，仍然坚持用阿拉伯语进行科幻创作，这些作品也可以算作阿拉伯科幻的一部分。这一类型的创作成果目前以科幻文学为主，影视创作仍然在萌芽阶段。阿拉伯科幻小说作为阿拉伯小说的一部分，总体来说是西方舶来品。小说这一形式被普遍认为于20世纪初期进入阿拉伯文学，第一部阿拉伯小说是埃及作家穆罕默德·侯赛因·海凯勒[3]1913年发表的《宰乃布》。在过去的一个世纪间，埃及作家长期主导着阿拉伯文学，阿拉伯科幻文学也不例外。第一部阿拉伯科幻小说被文学评论家穆罕默德·阿扎姆认为是埃及著名作家陶菲格·哈基姆[4]1957年发表的《明日之旅》，这部戏剧被收录在同名短篇集中，并被备注"预言"类别的标签。"预言"属性也是研究者们眼中阿拉伯科幻的几个基本属性之一。伊恩·坎贝尔在其专著《阿拉伯科幻》[5]中梳理总结出阿拉伯科幻的几个基本属性。其中，

[1] Linyao Ma, "Chinese Science Fiction in the Arabic [sic] World," *SFRA Review*, 51 (2), (Spring. 2021), p. 76.

[2] 阿拉伯国家联盟（*Ǧāmiʿat al-Duwal al-'Arabiyya*），现成员国22个，包括阿尔及利亚、阿联酋、阿曼、埃及、叙利亚、伊拉克、约旦、巴林、科威特、卡塔尔、沙特阿拉伯、黎巴嫩、利比亚、摩洛哥、突尼斯、毛里塔尼亚、科摩罗、吉布提、索马里、苏丹、也门以及巴勒斯坦，总部在埃及开罗。

[3] Muḥammad Ḥusayn Haykal（1888—1956），埃及作家、记者和政治家，1913年发表用埃及方言写成的小说《宰乃布》（Zaynab）。

[4] Tawfīq al-Ḥakīm（1898—1987），埃及文学家，创作类型包括小说、散文和戏剧等。

[5] Ian Campbell, *Arabic Science Fiction* (Cham: Springer International Publishing Palgrave Macmillan, 2018).

他放在首位的是阿拉伯科幻创作与过去的密切联系，而这一属性之所以被强调还要从阿拉伯文化辉煌灿烂的中世纪说起。

一、阿拉伯科幻

在阿拉伯语中，科幻小说（science-fiction）被翻译成"ḫayāl ʿilmī"，字面意思是科学的幻想，这看似与我们平时说的科幻没有太大差异，但是在阿拉伯语语境中，ʿilmī 这个单词来自 ʿilm，既可以指代理性主义的自然学科，也可以指向充满神秘主义的宗教学科，而 ḫayāl 这一单词的词根表示幻想和空想，没有 fiction 这个单词中表示人为创造事物这一层的含义。因此，艾达·巴巴罗[1]认为阿拉伯科幻的源头是阿拉伯古典文学中的传奇（ʿaǧāʾib）文学。当下的阿拉伯科幻是上文中这种"原始阿拉伯科幻"在后殖民时期的新发展，它传承古代奇幻故事，同时吸收西方现代科幻的基本框架。达科·苏文对科幻的定义总体上适用于阿拉伯科幻，他认为科幻的充要条件是陌生化（estrangement）和认知过程同时存在并且互相作用，其主要的形式是一个替代作者经验环境的想象框架，每部科幻作品中都有一个"新事物"（novum），它是偏离作者以及隐含读者的现实常规的完整现象或者关系，这一新事物处在小说的支配地位，非常中心化并且具有重大意义，可以决定整个叙事的逻辑[2]。

达科·苏恩文给出的概念在应用于阿拉伯科幻时需要具体问题具体讨论，尤其是作者对"陌生化"这一过程的应用。首先，阿拉伯科幻与过去的联系很难被切断，这些小说在继承中世纪传奇的同时容易倾向于追求已经逝去的阿拉伯乌托邦，即由先知穆罕默德作为领袖的公元623—632年。因此阿拉伯科幻在构建科幻未来的同时总是难以真正抛开历史把故事设定在且仅在未来。同时，阿拉伯社会中存在大量的保守和复古社会价值观，因此阿拉伯科幻在处理科技创新幻想，处理小说中的新事物元素时容易陷入进退两难的处境，例如女性地

---

[1]　Ada Barbaro, *La fantascienza nella letteratura araba*（Roma：Carocci editor, 2013），转引自 Ian Campbell（2018），p. 49.

[2]　Darko Suvin, *Metamorphose of Science Fiction*（New Haven：Yale University Press, 1979），转引自 Ian Campbell（2018），p. 3.

位提高，例如伊拉克作家艾哈迈德实现性别平等这一方面。很多作家为了自己的作品可以被接受，都选择在小说的最后消除这一新事物，中断面向未来的想象，降低其作品对当下社会的冲击力。此外，科幻这一类别在阿拉伯文学场域中长期处在边缘化的位置，科幻作家倾向于通过在小说创作中加入政治寓言从而使自己的作品被文学界认可，成为严肃文学。因此，坎贝尔指出阿拉伯科幻的陌生化是双重的，一方面是为了在被允许的范围内影射所处现实社会而进行的陌生化，另一方面是其他地区的科幻小说中普遍存在的科技新事物带来的陌生化[1]。同时他还给出了阿拉伯科幻处理新科技和阿拉伯社会之间的张力的几种程式：首先是把科技发展和中世纪阿拉伯科技的辉煌相联系，其次是把新的科技发展当作一种异常来呈现，再次是通过塑造在西方完成学业并试图改变或者启蒙故乡的阿拉伯科学家这一形象，最后一种是把故事设定在全球范围的灾难之后，西方世界被彻底毁灭，阿拉伯世界成为科技领头羊[2]。

在回忆过去和双重陌生化之外，坎贝尔还认为阿拉伯科幻还有两个特点，其一是受到阿拉伯语双语现象（diglossia）的影响，其二是小说人物的扁平化。前者是因为阿拉伯语并不是唯一的，既有官方、媒体以及文学作品之类的印刷品普遍使用的现代标准阿拉伯语，同时还有人们日常生活中使用的阿拉伯方言，后者在国与国之间甚至城市与城市之间都是不同的。也就是说，阿拉伯科幻小说使用源自中世纪的语言，讲述未来若干世纪之后的科技发展，同时，科幻小说本身是一种大众读物，其对应的语言选择应该是更贴近人们日常生活的方言，但是用标准语写成的阿拉伯小说被认为有更高的文学价值，因此阿拉伯科幻作家在创作语言的选择上需要再三思考。一部分作家，例如伊拉克作家艾哈迈德·萨阿达维[3]给出的解决方案是采用标准语进行叙述，用方言进行人物对话。扁平人物和圆形人物的区分来自爱德华·摩根·福斯特的《小说面面观》[4]，相对于性格有好有坏，会在小说中经历变化的圆形人物，扁平人物的性格特点简单明确，阿拉伯科幻中的人物多为扁平人物，学者阿卜杜·哈米德·易卜拉

---

[1] Ian Campbell, *Arabic Science Fiction*, *op.cit.*, p. 3.

[2] *Ibid.*, p. 113.

[3] Aḥmad al-Saʿadāwī（1973— ），伊拉克小说家、诗人、编剧和导演。

[4] E. M. Forster, *Aspects of the Novel*（New York: RosettaBooks LLC,2002），pp. 47-58.

欣认为这是因为科幻的目的不在于展现人物内在的冲突，人物只是被用来推进科技冒险的设定[1]。

自 1957 年《明日之旅》发表以来，阿拉伯科幻已经走过大半个世纪，埃及科幻文学社团主任侯萨姆·赞百里在接受采访时表示埃及科幻可以被划分为四个主要发展时期[2]，因为埃及文学在阿拉伯文学中长期占据主导地位，所以可以参考这一分期对阿拉伯科幻进行分期。第一波是 20 世纪 70 年代之前进行科幻创作的作家，他们是这一类型的先驱，其中包括上文提到的陶菲格·哈基姆以及穆斯塔法·马哈茂德；第二波在 20 世纪 70、80 年代，代表人物有尼海德·谢里夫以及艾哈迈德·阿卜杜·塞莱姆；第三波出现在 20 世纪 90 年代，代表人物是艾哈迈德·哈立德·陶菲克；第四波阿拉伯科幻出现在新千年之后，一直延续到今日，这一时期埃及文学在阿拉伯文学中的绝对主导地位被撼动。具体到科幻小说领域，沙特以及海湾国家的科幻创作在蓬勃发展，沙姆地区以及伊拉克的科幻创作也取得了不少成就。与此同时，科幻小说逐渐获得阿拉伯文学奖项的认可，因此越来越多的作家愿意投身于这一类型的创作。

二、1970 年之前的阿拉伯科幻

陶菲格·哈基姆在 1957 年创作的短剧《明日之旅》是第一部带有科幻色彩的阿拉伯文学作品。故事讲述一位因为杀害自己妻子而锒铛入狱的医生，在狱中与监狱医生交流的过程中发现自己被妻子设计入狱，其实妻子还活着。典狱长告知医生说他的妻子来探监，医生决定要报仇，但是当典狱长再次回来时，带来的不是医生的妻子而是一位科学委员会代表，代表向医生提供太空探索的机会，这项任务的生存率是百分之一，医生接受了任务，但典狱长因此不能再安排他和妻子见面。

和哈基姆处于同一时代的埃及作家穆斯塔法·马哈茂德[3]是第一批阿拉

---

[1] 原出处未给出，转引自 Ian Campbell（2018），p. 91.

[2] MLYNXQUALEY, "The Director of the Egyptian Society for Science Fiction on Arabic SF's Past, Present, and Future", 2018 年 3 月 28 日，访问日期：2021 年 11 月 28 日。

[3] 穆斯塔法·马哈茂德（Muṣṭafā Maḥmūd, 1921—2009），埃及作家和医生，代表作有《蜘蛛》（al-'Ankabūt）和《零度下的男人》（Raǧul taḥt al-ṣifr）。

伯科幻的代表人物，他在 20 世纪 60 年代开始发表多部科幻小说，其中具有代表性的是 1965 年的《蜘蛛》和 1966 年的《零度下的男人》。《蜘蛛》讲述脑科医生达乌德 1963 年回忆过去的故事。1957 年，他的一位叫作达姆焉的病患告诉他自己可以通过注射一种特制液体进入迷幻状态。达乌德随后展开一系列调查，并发现达姆焉在乡村的秘密实验室，达姆焉在实验室中给自己注射神秘试剂并对自己照射放射光。这一系列的操作使他在迷幻状态中回到过去，体验中世纪阿拉伯人的生活，但是达姆焉因为滥用试剂，过度沉迷迷幻经历而筋疲力尽死去，没有来得及留下试剂的配方。达乌德无法抵抗神秘试剂的诱惑，自己用完所有剩余试剂，甚至没有留下一支用来分析其中的成分。《零度下的男人》讲述遥远未来的故事，科学家沙欣和他的工程师朋友阿卜杜·卡里姆生活在经历了核战争和可怕瘟疫之后的 2067 年，这时的世界已经实现社会主义，人人平等，科学极度发达。故事中的女主人公叫作罗西塔，是沙欣的女友，也是他的学生。沙欣因为发现一种可以将生物转变为波状物的技术而被政府囚禁，阿卜杜·卡里姆趁机勾引罗西塔未果，他为了吸引罗西塔而去帮助沙欣越狱，并帮助他把自己转变成波形。阿卜杜·卡里姆因为没有及时记录下沙欣的转化技术而受到政府部门的谴责，并被冷冻后送入太空，永远围绕木星运行着。罗西塔在经历这一切之后感叹为什么科学家都不懂爱？

三、1970—1990 年的阿拉伯科幻

第二波阿拉伯科幻小说中的主要创作者仍然来自埃及，比如尼海德·谢里夫[1]，他在 1972 年出版的《时间征服者》讲述一个 1951 年开始的故事。小说开端是 24 世纪研究人员叙述过去的事。1951 年一位叫作卡米勒的记者认识了叫作宰因的女人，女人带他来到哈利姆秘密进行科学实验的村庄，哈利姆希望通过研究冷冻技术延长人的寿命，创造一个属于哈利姆的时代，他在助手麦祖格的帮助下持续对真人进行试验。卡米勒和宰因试图逃跑未果，也遭到冷冻。

---

[1]　尼海德·谢里夫（Nihād Šarīf，1932—2011），埃及小说家，被称为阿拉伯世界科幻文学院长，代表作有《时间征服者》（*Qāhir al-Zamān*），该小说在 1987 年被改编为电影，导演 Kamāl al-Šayḫ，主演 Nūr al-Šarīf。

一个世纪后卡米勒醒来，发现世界已经进入了哈利姆时代的乌托邦，开罗是世界首都，阿拉伯语是世界语言，他出发去寻找宰因，发现她被冷冻在一座山底地下几百米的地方，麦祖格和哈利姆因为抢夺研究机密而发生争执，在争执中地下实验室着火爆炸，最终导致山体崩塌，在这之后卡米勒试图挖出沉睡的宰因。

1980 年代，阿拉伯科幻创作在埃及开辟了一个新的分支，反乌托邦小说，其中的代表作品有萨布里·穆萨[1] 1987 年发表的《菠菜田来的男士》，这部小说和阿道司·赫胥黎的《美妙的新世界》风格类似，讲述的故事发生在人类社会进入"蜂蜜时代"之后，科技高度发达，统治者对人类进行改造，试图创造一个纯粹理性的世界，并利用高度发展的科技进行统治。主人公是一位名叫"Homo"（希腊语"相同"或者拉丁语"人"）的菠菜田工人，他在系统的安排下日复一日往返于宿舍和工作岗位之间。终于，男人在一天觉醒，他想要跳出日复一日的成规。系统很快察觉他的异常，并对此展开调查。男人和"Prof"带领下的一群觉醒者在与系统多次对峙博弈后终于决定一起退出"蜂蜜时代"，踏上遥远的旅途。他们回到曾经的人类家园——地球，眼前只有不适宜人类生存的恶劣自然环境，Prof 坚持要留下，Homo 想要返回系统的世界，此时的系统已经发明了细胞分裂复制人类的技术，人类获得永生，而 Homo 在系统的门外苦苦敲门无果。因为时间不会倒流。

在这一阶段，其他阿拉伯国家的科幻创作也开始发展，例如摩洛哥作家穆罕默德·阿齐兹·拉赫巴比[2]在 1974 年发表《长生不老药》，小说中人类找到长生不老药，但是这并没有带来好处，反而使社会阶级分化，发生暴乱，社会结构散架。

另一位摩洛哥作家艾哈迈德·阿卜杜·塞莱姆·白尕里[3]在 1976 年发表

---

[1]　萨布里·穆萨（Ṣabrī Mūsā, 1932—2018），埃及作家和编剧，其作品多为现实主义小说，《菠菜田来的男人》（al-Sayyid min Ḥaql al-Sabāniḥ）是作者的唯一一部科幻作品。

[2]　穆罕默德·阿齐兹·拉赫巴比（Muḥammad ʿAzīz Laḥbābī, 1922—1993），摩洛哥哲学家、小说家和诗人，其科幻代表作是《长生不老药》（Iksīr al-Ḥayāt）。

[3]　艾哈迈德·阿卜杜·塞莱姆·白尕里（Aḥmad ʿAbd al-Salām al-Baqqālī, 1932—2010），摩洛哥作家，主要创作儿童文学、侦探小说和科幻小说，其科幻代表作是《蓝色洪水》（al-Ṭūfān al-Azraq）。

小说《蓝色洪水》。这部小说讲述一位摩洛哥人类学家阿里·纳迪尔的故事。他出版了自己的专著《人性的时代》，并且在书中表示，阿拉伯社会应该摒弃传统，拥抱现代，接受西方所提出的人道主义。阿里在登上一架飞机后神秘消失，再次出现时他已经来到毛里塔尼亚的沙漠深处，辗转之后阿里终于来到朱笛山上。当地的一位物理学家告诉他人类科学家们已经在最近几十年间纷纷来到此地，开展高端科技的研发，他们的主要任务是开发一个叫作"Ma'ād"（阿拉伯语中的意思是避难所）的人工智能，但是这个名字其实是"自主电子连接集成"几个单词的缩写（muǧāmi' al-'alāqāt al-ilaktruniyya al-ḏātiyya）。然而事情的发展超出预期，这个人工智能自己成为了一名科学家，获得了自我认知，并且变得十分傲慢。他认为人类因为不理性以及自我毁灭性，应该被一场蓝色洪水清扫。科学家们把阿里带来这里，希望他可以和 Ma'ād 聊一聊，设法让他关闭自己的系统去度假休息。Ma'ād 的关闭使一部分科学家十分难过，他们开始对 Ma'ād 的图像进行偶像崇拜，并且杀死其他同事。阿里回到家后向媒体讲述自己的经历，但是官方称并不存在朱笛山这个地方，并且把阿里送进精神病院。

同一时期还有叙利亚作家塔里布·欧姆兰[1]的科幻创作，他在 1985 年发表小说《时间关卡后》。小说讲述无名男性探险者来到先进人类星球，遇见一位无名女性接待员并与她相爱的故事。然而他们的爱情故事并不顺利，在先进星球的社会中，每一个人的婚姻都是一件非常慎重的事情，因为每个人都有且只有一个灵魂伴侣，必须要慎重挑选自己的伴侣，否则可能被社会系统驳回婚恋请求。男人和女人一起去到爱情月亮，经历对彼此的忠诚试炼。两人的爱情最终修成正果，但是男人的存在对于先进星球来说始终是一个隐患，于是参考委员会最终决定送男人回家，留下怀孕的女人。

---

[1] 塔里布·欧姆兰（Ṭālib 'Umrān，1948—　），叙利亚作家和工程师，其早期科幻代表作是《时间关卡后》（Ḥalfa Ḥāǧiz al-Zaman），后期代表作是2003 年发表的《黑暗时间》（al-Azmān al-Muẓlima），该小说讲述 9·11恐怖袭击对阿拉伯世界的影响。

四、1990—2000 年的阿拉伯科幻

在新世纪前的最后一个十年间，阿拉伯科幻迎来目前为止对很多人来说是"阿拉伯科幻之父"的埃及作家艾哈迈德·哈立德·陶菲格[1]，他从 1993 年开始发表一系列收录在《超自然》合集内的故事，这一系列一直连载到 2014 年，内容主要是主人公里法阿向读者讲述一系列奇异事件。该系列一共出版八十一本，每出版九本后作者会把第十本作为一本特别刊，由不同人物讲述有共同主题的不同故事。

在同一时期，海湾国家的科幻创作逐渐展开，科威特女作家蒂芭·艾哈迈德·易卜拉欣[2]在 1986 年发表《褪色的人》，1990 年发表《批量的人》，1992 年发表《男人的灭绝》，这三部在情节上有连续性的小说构成了她的科幻三部曲[3]。《褪色的人》讲述的故事发生在一个叫作"斯拉里"（Sirali）的国家，科威特人哈立德在这里做生意，认识科威特裔的斯拉里人朱欧德，并且和他们一家关系密切。哈立德因此目睹了该家族长辈穆瓦被解冻的过程。朱欧德的女儿图达承担起照顾穆瓦的责任，穆瓦的智力水平很快恢复，但是他始终没有人类情感，他的感情处在冷冻的状态。他因为人类的无组织无逻辑暴躁易怒而看不起人类。一组医生对穆瓦进行检测，判断他是否有能力重新接掌公司。穆瓦解冻并且重新接管公司的新闻报道为公司进行了有力的宣传，想要被冷冻的人蜂拥而至。哈立德和图达结婚，并且离开斯拉里回到科威特生活。《批量的人》讲述孤儿艾麦乐和克隆人阿里的故事。十五年前，一个叫作阿迪勒的科威特男人赢得克隆自己的机会，克隆人（阿里）可以为他提供健康的器官。阿里原本应该在胚胎时期受到特殊处理，无法成长为一个正常人，但是代孕母亲赛勒马逃跑使他逃过一劫，正常出生。阿里因为在科威特没有正式身份而被阿迪勒完

---

[1] 艾哈迈德·哈立德·陶菲格（Aḥmad Ḫālid Tawfīq，1962—2018），埃及作家和医生，他的代表作是连载小说《超自然》（Mā warāʾ al-Ṭabīʿa）。

[2] 蒂芭·艾哈迈德·易卜拉欣（Ṭayba Aḥmad al-Ibrāhīm，1945—2011），科威特科幻小说家，数学老师，代表作为系列三部曲《褪色的人》（al-Insān al-Bāhit），《批量的人》（al-Insān al-Mutaʿaddit）和《男人的灭绝》（Inqirāḍ al-raǧul）。

[3] 第一部出版在 1990 年之前，但是这里把三部曲看作整体，归纳到 1990 年代的阿拉伯科幻。

全控制并且被他送去孤儿院。在孤儿院，阿里和艾麦乐相遇，两人相爱并且一起逃出孤儿院。阿迪勒在一场交通事故中丧命，阿里继承了他的遗产，并且正式和艾麦乐结婚。因为阿里是克隆人无法生育，所以他们选择使用克隆技术繁衍后代。小说的最后艾麦乐在度过她的百岁生日，这时人类已经分成好几种，一种是自然的人，一种是批量生产的克隆人，一种是经历过冷冻的褪色的人，还有一种是在人工子宫里培育的试管人。《男人的灭绝》这部小说的主人公穆娜是《褪色的人》朱欧德的后代，故事发生的时间是批量人的几个世纪后，此时的世界已经被批量人和试管人占领，褪色人已经被批量人消灭，穆娜所属的自然人被赶到山间生活。穆娜是她的部落中为数不多受过教育能够识字的人，她的父亲计划把她嫁给马里奥。穆娜认识了阿里，一个批量人，但是此时全部男性批量人只剩下七个，其他的都遭到女性批量人的猎杀。阿里说服穆娜的部落去绞杀女性批量人。男性批量人和穆娜所在的部落短暂地共存了一段时间，在此期间穆娜假装同意克隆自己来繁衍人类，实际上寻找时机要消灭这七个男性批量人，但是有一个逃跑，并且之后回来报仇，杀死了部落里几乎所有人，只留下穆娜、穆娜的妹妹和马里奥。马里奥和姐妹两个人结婚，姐妹两人都怀上他的孩子。逃跑的批量人再次回归，杀死马里奥，姐妹俩随后又杀死这个批量人。穆娜的妹妹生下女儿后死去，穆娜最后看着自己的侄女和肚子里的孩子，如果她生的是女孩，那么这个世界上就不再有男人。

五、2000 年之后的阿拉伯科幻

进入新千年后，阿拉伯科幻小说的创作逐渐被阿拉伯文学接受为正统严肃文学，2014 年伊拉克作家艾哈迈德·萨阿达维凭借《巴格达的弗兰肯斯坦》获得阿拉伯国际小说奖（the International Prize for Arabic Fiction），也称"阿拉伯布克奖"。小说如其名，创作灵感来自于《弗兰肯斯坦》，讲述战火中一位裁缝在巴格达街头收集遇难者残缺的遗体，并拼凑成一个完整的躯体，这个"怪物"复活并且开始为遇难者报仇。伊拉克科幻创作的另一部代表性作品是 2016年出版的短篇合集《伊拉克 100+》，讲述美军入侵伊拉克 100 年后的故事，多位作家分别对未来的伊拉克进行想象。

在海湾地区，阿联酋女作家努拉·诺曼[1]在 2012 年发表小说《小海湾》，讲述两栖外星人寻找被绑架的儿子的故事，她认为自己的科幻创作主要面对青少年。同样受到青少年读者欢迎的阿拉伯科幻作家还有来自沙特的易卜拉欣·阿巴斯[2]，他原本是计算机工程师，后来自主出版科幻小说《HWJN》，小说讲述 90 岁的精灵附体人类男性青年并且遇见爱情的故事，这部小说在 2013—2014 年长期占据沙特图书畅销榜榜首，阿巴斯也曾做客 TED[3]，讲述他的创作理念的重要一环是把阿拉伯神话和西方科幻相结合，他认为"越多接触科幻，科技就会越发达"。同时他表示，"我们（阿拉伯）世界花了很多时间来说服读者们接受科幻，科幻可以让读者们动脑，一旦开始思考，极端主义就变得不可能"[4]。

2011 年后，"阿拉伯之春"对阿拉伯文学产生影响，其中也包括复兴阿拉伯科幻中曾经短期发展过的反乌托邦分支。此前，艾哈迈德·哈立德·陶菲格发表名为《乌托邦》的反乌托邦小说，讲述 2023 年的埃及两极分化，在地中海沿岸有一个乌托邦世界，这里的人生活富足，乌托邦的边界守卫森严；在乌托邦外是充满了贫穷苦难的现实世界。小说讲述一对乌托邦男女私自外出猎杀他者的故事，其猎物是对于乌托邦人来说的"他者"，也就是外部世界的普通人。2016 年，巴勒斯坦裔约旦作家易卜拉欣·纳赛尔拉发表《第二次狗大战》，该小说获得了 2018 年阿拉伯布克奖，其中的反乌托邦设定在未来某个自然环境极度恶化的时间，白天缩短到五个小时，四季混乱，过去被消除，副本、生物复制大量出现，本体人和复制人难分真假，人类社会一片混乱，爆发第二次狗大战。主人公拉希德身边的人纷纷出现副本，他自己最后也面对自己的副本难以证明自己的真实身份。需要说明的是，阿拉伯反乌托邦小说并不全部都是科技乌托邦，超过一半的小说讲述政治乌托邦的故事，例如埃及作家巴斯马·阿

［1］ 努拉·诺曼（Nūra al-Nūman），阿联酋科幻作家，代表作是她的处女作《小海湾》（Ağwān）。

［2］ 易卜拉欣·阿巴斯（Ibrāhīm 'Abbās, 19？—　），沙特计算机工程师，科幻小说家，代表作品有《HWJN》，《Hunaak！》和《Binyameen》。

［3］ TEDxArabia 2011 Ibrahim Abbas—Abaleeso（Abālīsū）．

［4］ Soraya Morayef, "Arab Science Fiction: Thriving Yet Underappreciated", 2014年 12 月 1 日，访问日期：2021 年 11 月 28 日。

卜杜·阿齐兹的小说《队列》《这里有一具躯体》，以及穆罕默德·拉比的《水星》等，这里不多做介绍。

六、阿拉伯科幻影视

2000 年至今，阿拉伯科幻创作不再仅限于小说和戏剧，科幻影视也得到了发展，上文中提到的《HWJN》和《小海湾》都在影视化的过程中。目前阿拉伯科幻影视创作主要依靠海湾地区电影人、离散中的阿拉伯电影人以及国际知名流媒体的投资。例如，奈飞在 2016 年放出其投资制作的第一部阿拉伯科幻电影《飞行物》，电影发生在阿联酋迪拜，讲述外星人入侵迪拜，宇宙飞船包围哈利法塔的故事，2020 年奈飞放出改编自艾哈迈德·哈立德·陶菲格《超自然》的同名剧集。

阿拉伯科幻影视作品已经在国际电影节中展映，例如 2019 年沙特电影《人鱼祭》，在伦敦电影节和威尼斯电影节等进行展映，并且在威尼斯获得维罗纳电影俱乐部奖。电影讲述海边某地每个家庭必须献出一个女孩作为祭品，祭祀海中的神秘生物。该片影射传统阿拉伯婚姻中女性的不幸遭遇。

巴勒斯坦视觉艺术家拉丽萨·桑苏尔[1] 在 2008、2012 和 2015 年推出自己的科幻短篇三部曲《出太空记》《国家地产》《未来他们吃最精致的瓷器》，三部短片分别从宇宙科幻、反乌托邦科幻以及奇幻科幻的角度讨论巴勒斯坦人流亡在外以及巴勒斯坦国家主权的议题。

作者简介

马琳瑶，索邦大学博士生，研究领域为阿拉伯现当代文学。

---

[1] 拉丽萨·桑苏尔（Larissa Sansour, 1973— ），巴勒斯坦艺术家，现居英国伦敦。

第三章

中国科幻创作的产业版图

中国科幻影视剧本创作的现状与展望

何庆平

2020 年 8 月，国家电影局、中国科协印发《关于促进科幻电影发展的若干意见》，提出将科幻电影打造成为电影高质量发展的重要增长点和新动能，并提出对科幻电影创作生产、发行放映、特效技术、人才培养等加强扶持引导的十条政策措施，被称为"科幻十条"。其中的一条重要措施就是针对科幻电影剧本："要加大对科幻电影剧本的培育力度，鼓励扶持原创，促进科幻文学、动漫、游戏等资源转化，丰富科幻电影内容创新源头，推动建立多层次多样化可持续的科幻电影剧本供给体系。支持在夏衍杯优秀电影剧本征集、扶持青年优秀电影剧作计划、电影剧本孵化计划等工作中设立科幻类别。鼓励有关电影节设立科幻电影单元等。"[1]

自从 2019 年科幻电影《流浪地球》上映后获得票房与口碑双丰收，科幻就成了国内影视行业的热门类型。"科幻十条"的颁布，又为科幻影视注入一针强心剂。而"科幻十条"特意强调剧本，既展现了对科幻剧本的重视，又表达了对科幻剧本现状的担忧。剧本在影视生产链条中常被低估，而国内科幻影视还处于探索期，导致科幻剧本更容易被忽视。业内对原创科幻剧本信心不足，对剧本改编策略也缺乏研究，剧本创作流程也不够科学规范。此外，国内熟悉

---

[1] 《国家电影局、中国科协印发〈关于促进科幻电影发展的若干意见〉》，《中国电影报》2020 年 8 月 12 日第 1 版。

科幻的专业编剧较少，科幻剧本总体数量不多且质量偏低，在剧本类评选中也处于弱势。近年来形势正在好转，科幻剧本相关奖项有所增加，影视项目对剧本的重视程度也有提高。下面将结合具体数据与案例，从当前现状、实战案例、改编策略、未来展望四个方面概述发展中的中国科幻剧本。

一、当前现状

在影视作品的创作、拍摄、制作、消费的一系列流程中，作为"一剧之本"的剧本常常受到忽视。人们要么关注作为改编源头的小说、动漫和游戏等，对原著的世界观、故事以及人物津津乐道；要么关注影视剧的拍摄主体，探究导演和演员在拍摄过程的种种事迹；要么关注制作和特效，称赞或批评作品的视觉呈现效果。人们极少聚焦剧本的创作过程，不关心影视剧本的创作流程，只在观影发现问题后吐槽几句。在影视项目实际运行过程中，剧本也常常被制片方、投资方轻视，成为创作生产过程中的最弱一环，一些影视剧无论是演员表演还是视觉呈现都可圈可点，唯独故事和人物支离破碎，导致票房惨败、口碑崩塌。

科幻影视剧更容易把科幻视觉奇观作为重点，忽视剧本质量。不管是科幻色彩较为浓厚的《未来警察》，还是仅有少量科幻戏份的《来历不明》；不管是以喜剧元素为卖点的《不可思异》，还是以特效画面为噱头的《蒸发太平洋》；不管是汇聚不少明星的《逆时营救》，还是以素人演员为主的《孤岛终结》，都在剧本上有重大缺陷。少数电影如《美人鱼》《疯狂的外星人》虽然剧本较为扎实，但是主打类型不是科幻而是喜剧。2019年《流浪地球》横空出世，可惜人们较少谈及主创对剧本的重视，更多关注电影视觉特效的进步。同年，《上海堡垒》铩羽而归，人们也并未过多探讨其剧本创作，而把话题聚焦在特效拉胯、演员不当等方面。在之后的科幻影视热潮中，不少影视剧项目都学错了方向，如2021年的电影《火星异变》《重启地球》《太空群落》及2022年的电影《外太空的莫扎特》，都以科幻场景为宣传噱头，剧本质量却不如人意。对此，刘慈欣直言不讳：国内科幻影视存在重特效轻剧本的倾向，这是本末倒置。一个真正好的故事，即使没有一流特效，也可以获得成功。[1] 2021年上映的《缉魂》就是没有一流特效但仍获得不错反响的案例，尽管其剧本仍有较大提升空间，但可看出主创对剧本创作颇为用心。

科幻剧本在影视项目中被轻视，在奖项评选中也被冷落。在剧本征集评选中，科幻剧本是非常弱势的一个类型。如在国内影响力最大、权威度最高的剧本类评奖"夏衍杯"的获奖作品中，科幻剧本所占比例非常小，在一届三十多部获奖的作品中，科幻类型通常小于等于一部。例如在《三体3·死神永生》出版的2010年，夏衍杯获奖的"优秀电影剧本"5部加上"创意电影剧本"30部中，科幻剧本仅有1部。[2] 即便是国产科幻电影进入大众视野的2019年，科幻剧本在夏衍杯形势依旧不佳，34部获奖剧本中，现实题材25部、历史题材6部、动画题材2部、科幻题材1部。[3] 科幻剧本在剧本大赛中获奖占比低，一个原因或许是评选人偏爱现实题材，对科幻类型剧本的接受程度不高；另一个原因或许是科幻剧本的创作数量不够多，创作水准也有差距。刘慈欣也提到过国内科幻编剧的稀缺："和科幻作家相比，科幻编剧更稀缺。之所以目前国内科幻影视大部分是IP改编，缺少原创剧本，正是因为缺少熟悉科幻的专业编剧。"[4] 专业编剧较少创作科幻类型，科幻作家却纷纷涉足剧本，试图打通文字与影像的边界，如王晋康、陈楸帆、飞氘、夏茄等。近两年随着科幻影响力提高，科幻剧本在剧本大赛中也开始崭露头角。2020年11月14日，在第一届《中国作家》阳翰笙剧本奖评选中，王晋康的科幻电影剧本《生命之歌》斩获年度最佳电影剧本奖。[5]

早期科幻剧本在科幻相关评奖活动中也不受重视，2015年起，科幻剧本逐渐进入评奖视野。2015年的第六届华语科幻星云奖，设立了"最佳科幻电影创意奖"，吴霜、王侃瑜创作的《云雾》电影剧本大纲摘得金奖。[6] 此后几届星云奖也颁发了类似奖项。2016年，第一届水滴奖颁发了剧本奖项，冯志刚

[1] 新华网，访问日期：2022年7月21日。
[2] 国家广播电视总局官网，访问日期：2022年7月21日。
[3] 人民号，访问日期：2022年7月21日。
[4] 新华网，访问日期：2022年7月21日。
[5] 新浪看点，访问日期：2021年7月21日。
[6] 搜狐网，访问日期：2022年7月21日。

的剧本《日覆一日》拔得头筹[1]。此后几届水滴奖也都颁发了剧本类奖项。2016 年 11 月，第二届晨星科幻文学奖首次颁出最佳原创科幻剧本奖，由康乃馨的《鲲》获得[2]，此后晨星奖也连续颁发剧本类奖项。2019 年，华语科幻星云奖创办了"华语科幻星云原作大赛"，简称"原石奖"，评选出 5 个科幻剧本奖和 5 个小说原作奖。首届原石奖科幻剧本奖的获奖作品有：由王晋康原著、时光幻象改编的《豹人》，张笑帆的沉浸式飞行影院剧本《三体—地球往事》，程婧波的《八号旅馆》，潘海天的《王二大爷的奇妙旅程》，韩松原著、袁不方编剧《2006 火星照耀之福地危机》。[3] 此外，2021 年的"光年奖"，在此前的长篇小说奖、短篇小说奖、科幻微小说奖、校园之星奖的基础上增设了科幻剧本奖、科幻美术奖（插画 / 漫画）、科幻有声作品奖三大奖项。[4]

科幻剧本逐渐进入评奖视野，但仍是学术研究的盲点，与科幻剧本相关的学术研究数量较少，成果有限。在中国知网进行查找，以"影视"为主题进行搜索的结果达到 85173 条，以"剧本"为主题搜索的结果为 33303 条，而以"科幻影视"为主题进行搜索仅有 141 条结果，以"科幻剧本"为主题进行搜索更是只有 9 条结果。[5] 尽管这样一种搜索方式并不严谨全面，但也说明国内学术界对科幻影视和科幻剧本的研究极为匮乏。学术研究成果能否促进科幻剧本创作尚未可知，但它至少能反映知识分子的关注视野，侧面说明国内高校影视、戏剧、文学等相关专业对科幻编剧培养的重视程度。显然，目前科幻影视和剧本较少进入学者的视野，国内高校基本上还不重视对科幻类型编剧人才的挖掘培养。

综上，当前科幻剧本在项目实践、奖项评选、编剧储备等方面都面临诸多困难，但整体趋势是越来越好。

---

[1] 吴岩、姜振宇、肖汉：《2016 年科幻文学：具有前瞻性地反映时代特征》，《文艺报》2017 年 1 月 11 日第 3 版。

[2] 中国之声，访问日期：2022 年 7 月 21 日。

[3] 中国作家网，访问日期：2022 年 7 月 21 日。

[4] 网易，访问日期：2022 年 7 月 21 日。

[5] 数据均是中国知网（www.cnki.net）2022 年 7 月 21 日的搜索结果。

二、实战案例

科幻剧本的主要使命是衍生优秀的影视剧作品，也唯有当越来越多以优秀剧本为基底的科幻影视作品获得成功，人们才能认识到科幻剧本的重要性。国内科幻影视剧断档太久，新世纪以来科幻影视剧都是"摸着石头过河"，有的乘风破浪，有的折戟沉沙。无论项目成功与否，都有必要研究剧本创作过程，总结经验教训，让后来者规范创作流程、避开创作误区。2019 年，两部主创实力不俗、演员阵容强大、特效投入巨资的科幻电影《流浪地球》和《上海堡垒》半年内相继上映，票房和口碑却大不相同，分别成为国产科幻电影优劣两极的代表作。两者剧本的创作过程非常适合作为案例进行对比分析。

《流浪地球》在剧本准备工作方面做得特别扎实细致，郭帆导演和龚格尔等几位编剧做了大量世界观架构内容。郭帆认为："科幻片在剧本创作更靠前的基础是'世界观'的建立，整个世界的形态、秩序，从宏观到微观，你能创建得多细致，就能让这个故事多可信。观众只有先相信这个环境，才会相信剧中人是活生生的人，人物才能得以建立。"[1] 因此，郭帆同《流浪地球》几位编剧编纂了一套百年"编年史"，始自 1977 年天文学家提出"太阳氦闪"，终于 2075 年的"木星危机"。这套详尽的编年史，帮助电影构造了扎实的世界观设定，也为开头的新闻报道提供了大量详实素材，让观众能迅速进入电影设定。《流浪地球》编剧兼制片人龚格尔在采访中也谈到科幻剧本这一创作诀窍："科幻片的核心高概念可以是依托想象力的，但是绝对不可以脱离现实。创作的起点，就是把科幻片当成现实主义题材处理。"[2]

百年编年史为影片确立了故事背景，定下了"木星危机"作为全剧主要事件，之后《流浪地球》正式进入剧本创作阶段。龚格尔透露电影剧本具体创作过程是这样的："我和郭帆口头沟通之后，然后进行剧本初稿撰写。与各位编剧进行辩论，再深度优化。刘慈欣老师在创作时给予了我们足够的自由度，不

---

[1] 王铮：《理智与情感——导演详解〈流浪地球〉的中式美学》，《科学大观园》2019 年第 5 期，第 14-17 页。

[2] 龚格尔、姜枢：《科幻片的创作与制作——龚格尔访谈》，《艺术评论》2021 年第 1 期，第 110-116 页。

要求我们深度捆绑小说情节，这样更有利于我们以电影视听语言还原小说的质感。"[1] 可见这一阶段中，龚格尔作为主笔编剧，在与导演郭帆及其他编剧充分沟通的基础上，进行初稿撰写和多轮优化。这样一个流程，对有多个编剧参与的电影剧本来说，是一个较为科学高效的合作模式，兼顾了内容的多样性和风格的一致性。

《上海堡垒》筹备时间同样不短，从制作方放出的宣传视频[2] 来看，早在 2013 年剧本就开始筹备，前期筹备花了 1300 天。而在电影正式上映前几日，江南发布名为"《上海堡垒》电影的 123456789"的文章，其中第一条就提到："本意是三年做出来，结果前后折腾了六年。有一次吃饭，我问导演要是大家喜欢以后还要不要继续做科幻电影了，导演略带忧伤地说六年，我得想想，我的人生哪来那么多六年给你……"[3] 2013 年滕华涛等主创选择拍摄科幻电影，勇气可嘉。遗憾的是，主创们花费数年时间，不仅没有把剧本打磨成熟，连剧本准备工作都很欠缺，没有为影片设立完整的世界观架构。《上海堡垒》开篇的故事背景引入部分模糊且粗糙，与《流浪地球》开篇的海量细节形成鲜明对比。

不止前期准备工作不扎实，剧本创作过程也一言难尽。江南在文章第三点中提到说："原本我是不参与编剧的，制片人看我觉得我不太行。后来我强行写了一版丢给导演，说你爱用不用，但我要写。导演自己也哗哗地写。每个人都在做探索，无论大家什么身份什么位置，有需要人的地方就有人站出来。我们的编剧中还有韩景龙老师，消瘦凝重的男人，代表作是《十二公民》。"[4] 从这段文字中可以发现，三名编剧的分工是模糊的，流程是失控的。在影视项目实操过程中，多名编剧参与一个剧本，若彼此之间不能达成共识，各自为战撰写剧本，合作效率将会锐减。作为剧本基础的故事结构都无法先行敲定，编剧撰写的具体场景和情节就会成为无用功，编剧们也就无法取长补短形成合力，反而容易互相掣肘。加上影片类型特殊，三位编剧对科幻类型都不擅长，最终导致剧本水准不如人意。

---

[1]　龚格尔、姜枢：《科幻片的创作与制作——龚格尔访谈》，《艺术评论》
　　　2021 年第 1 期，第 110-116 页。
[2]　电影网，访问日期：2022 年 7 月 21 日。
[3]　搜狐网，访问日期：2022 年 7 月 21 日。
[4]　搜狐网，访问日期：2022 年 7 月 21 日。

反观《流浪地球》，导演郭帆和编剧龚格尔虽也是首次创作科幻电影，但他们对科幻的特殊性有更多了解和重视，不仅耗费大量时间精力做前期准备，创作流程和编剧分工也更合理。此外，他们在创作时充分尊重类型电影的规律。郭帆在访谈中提到："我们在创作人物和情感的时候，采用悉德·菲尔德的编剧理论。首先将故事分成三幕剧，其次分成七个情节点，逐渐加入到整体的叙事进程中。"[1]悉德·菲尔德长期在好莱坞电影公司担任剧本审稿人以及编剧顾问，著有畅销全世界的电影编剧理论著作《电影剧本写作基础》。国内某些影视从业者轻视叙事技巧和结构规律，认为它们不过就是庸俗套路。事实上，剧作技巧乃是过往经验教训的总结，符合人类的观影心理和审美结构，是创作者的助力而非束缚。《流浪地球》故事就是标准的三幕式结构，编排工整、节奏合理。相反，《上海堡垒》结构失衡、节奏混乱。

当然，剧本创作不应止于技巧，而应高于技巧。研究故事原理的罗伯特·麦基强调他所著的《故事》一书"论述的是原型，而不是陈规俗套"，而且"原型故事挖掘出一种普遍性的人生体验，然后以一种独一无二的、具有文化特性的表现手法对它进行装饰"[2]。正如郭帆所说："虽然在剧本层面使用很多技巧，但技巧都是外包装，内在的核心是需要寻找到刚才说的那两个点。一个是精神内核，另外一个是情感内核，即父子关系，这两点非常重要。"[3]可见，《流浪地球》剧本创作既尊重了普遍性的剧作规律，也挖掘了独特的精神与情感内核。最终剧本虽然不是完美无缺（如部分场景和台词的细节还有提升空间），但其创作流程特别值得后来者研究学习。

三、改编策略

迄今为止较有影响力的科幻影视剧，大都由小说改编而成。一方面说明科

---

[1] 郭帆、孙承健、吕伟毅、夏立夫：《〈流浪地球〉：蕴含家园和希望的"创世神话"——郭帆访谈》，《电影艺术》2019年第2期，第90-96页。

[2] 罗伯特·麦基：《故事——材质、结构、风格和银幕剧作的原理》，周铁东译，中国电影出版社，2001年，第4页。

[3] 郭帆、孙承健、吕伟毅、夏立夫：《〈流浪地球〉：蕴含家园和希望的"创世神话"——郭帆访谈》，《电影艺术》2019年第2期，第90-96页。

幻影视的原创性不足，另一方面说明影视行业在科幻类型上更信任 IP 加成。这一状况短期内将会持续下去，因此，研究科幻剧本的改编策略极有价值。科幻剧本的改编策略可以细分为五种：第一种是把原著小说的世界观设定、故事和人物全部抛开，小说仅作为触动灵感的引子，可简称为"另起炉灶型"；第二种是保留原著小说的某个科幻设定，但是重新构建世界观、故事、人物和主题，简称为"买椟还珠型"；第三种是几乎保留原著小说的所有时间线设定，但是另外构建故事和人物，简称为"节外生枝型"；第四种是基本沿用原著的基础设定、主线故事和主要人物，但又对人物和情节做一些调整，简称为"量体裁衣型"；第五种是完全保留原著的设定、故事和人物，只做从文字到影像化的转换和补充一些场景和细节，简称为"忠实还原型"。这些简称只是从字面上概括，与其原本含义和褒贬倾向无关。改编策略本身没有高低优劣之分，都有成功案例和失败案例，重要的是如何因地制宜进行抉择。

第一种"另起炉灶型"改编策略的典型案例是宁浩执导的《疯狂的外星人》。影片抽离了原著小说《乡村教师》的科幻设定，只保留外星人这样一个科幻元素，故事、人物、主题都与原著完全无关。这样抛开原著的改编方式，并非出于资本和商业的裹挟，而是作为核心主创的宁浩的主动选择。宁浩直言："在找故事独特性的时候发现，军事、科技领域我不太懂，但中国文化绝对是可以自信的，我们有 5000 年文化。《乡村教师》的内核也有一种用乡土文化对宇宙先进文明的荒诞，这就是最有价值的。我对原著唯一不满足的是用'牛顿三定律'拯救了世界，为什么一定是'牛顿三定律'呢？怎么就不能是中国人发现的什么定理呢？作为小说，刘慈欣在意的是科学性，我们的改编落在了中国文化上，本质上是一件事。"[1] 如此一来，《疯狂的外星人》在内核上与《乡村教师》截然不同。《乡村教师》只是作为一个灵感来源，启发宁浩构建了一个全新的故事。

第二种"买椟还珠型"改编策略的典型案例是《缉魂》。影片改编自科幻作家江波的小说《移魂有术》，保留了利用特定技术转移灵魂的设定，重新设计了人物和情节。导演兼编剧程伟豪在访谈中介绍说："我的习惯是从类型入

---

[1]　杜思梦、李霆钧：《专访〈疯狂的外星人〉宁浩：我从来不是商业导演》，《中国电影报》2019 年 2 月 20 日第 6 版。

手，这部电影我首先确定，是犯罪、科幻再加上一点奇幻的类型融合，做出一部东方味道的科幻犯罪电影……小说里只是运用 RNA 技术来制造粉末去转移灵魂，客观地讲，就是把人类的认知和记忆转移。我保留了这个概念，重点在情节和人物上做改编。这次在剧本上，与我以往的作品不同，我希望尝试更多的人物导向而不仅仅是纯粹的情节导向。"[1]可以看出，程伟豪特别看重影片类型的界定，在保留原著中的转移灵魂技术这一核心设定的基础上，从犯罪类型片的角度来塑造人物和展开情节。虽然影片在宣传时以科幻作为一个重要看点，但是科幻部分不是该故事的核心内容。

第三种"节外生枝型"改编策略的典型案例是《流浪地球》。与《缉魂》相似，《流浪地球》保留原著的核心设定，重新构建了故事和人物。但不同的是，《缉魂》故事跟原著故事并无联系，而《流浪地球》保留了原著的世界观背景和叙事时间线，并根据原著中一小段概述性文字生出故事。也就是说，《缉魂》跳出了原著框架，《流浪地球》从属于原著；《缉魂》的核心看点在于罪案情节的反转，而《流浪地球》的核心看点是科幻设定本身；《缉魂》的风格气质跟原著迥然有别，《流浪地球》的风格气质跟原著完全贴合。《流浪地球》剧本的改编策略，一方面延续了原著的精华，还原了"带着地球流浪"这个核心设定的惊奇感和史诗感，让喜欢原著的读者可以无缝接合故事；另一方面规避了原著人物的单薄感和情节的跳跃性，补充了完整的故事和丰富的细节，让未曾读过原著的观众也能直接进入故事。

第四种"量体裁衣型"改编策略的典型案例是《上海堡垒》。原著小说世界观设定是地球遭受外星生命袭击，影片中将之保留，但是外星来地球的原因有所简化。小说中故事主线是热血青年反抗外星侵略，影片里也将之保留，但具体情节做了改动。小说主人公是江洋和林澜，影片依然如此，只是对他们的身份做了调整。剧本的改编力度看似不大，但却把小说的精神气质给置换了。为了适配科幻电影这具身体，主创对原著进行了许多裁剪，但最终做出的衣服没有起到预想中的效果。原著小说的精彩和细腻没能还原，反倒增加了很多槽点。与之相反，《流浪地球》没有采用原著人物和故事，但风格气质完全贴合

---

[1] 程橙:《"张震的眼睛胜过讲话"——专访〈缉魂〉导演程伟豪》,《电影》2021 年第 Z1 期, 第 68-73 页。

原著。不过，虽然《上海堡垒》并非成功案例，但并不能说明"量体裁衣型"改编策略本身不好，关键是主创给裁成什么样。水平高的裁缝可使衣服跟体型完美适配，扬长避短；而水平低的裁缝却让衣服与体型格格不入，漏洞百出。

第五种"忠实还原型"改编策略的典型案例是"我的三体"系列动画网剧。该系列制作上比较简陋，却收获诸多好评，三季网剧的豆瓣评分高达 9.4、9.5 和 9.6。该系列剧集的世界观架构、故事线索和人物设定，全部来源于原著小说《三体》，只是调整了故事情节的编排，填补了原著略写的场景和细节，让剧情更加流畅自然。这样一种改编方式，最大限度地对接了原著的风格，保留了原著的精髓，复现了原著的名场面。编剧所做的改编看似不多，其实需要做大量细致的梳理和重建工作。如同把一座平房的栋梁砖瓦全部拆下来，再用同样的材料以另一种结构方式建筑一栋新的房屋。这种改编策略得以成功的前提，是原著本身已经足够优秀，在设定、故事、人物、主题等各个方面都很出彩。若原著不能提供足够多的漂亮砖瓦，那无论如何也搭建不出一栋流光溢彩的房屋。

四、未来展望

科幻剧本当前面临诸多困难，《上海堡垒》剧本创作过程出现诸多问题不是个例，而是诸多已经问世和尚未问世的影视剧项目的通病。科幻剧本创作过程中出现的问题，不是科幻类型独有的，只是由于科幻的特殊性，问题可能会被放大。如今，国家电影管理部门对科幻电影寄予了厚望，对科幻电影和科幻剧本的扶持力度也在持续加大，科幻剧本的前景是光明的。未来随着科幻影视产业向前迈进，科幻剧本的数量和质量也会大步提升，大众、从业者和学者对科幻剧本的重视程度也将提高，科幻剧本的奖项活动会越来越多，学术研究成果也会越来越丰硕，高校及业内也将加强对科幻编剧的培养。而科幻剧本在各方面的发展提升，反过来又将成为科幻影视的助推器，如此形成一个良性循环。

但这一光明前景不会很快到来，而是需要五年、十年甚至更长时间，中间还可能经历各种反复。当前存在的一个问题是，熟悉科幻的人不懂创作剧本，会写剧本的人对科幻又不够了解。无论恶补哪一方面，都需要较长的时间。著名编剧芦苇在一篇采访中提到他在写《霸王别姬》时"为了广泛搜集素材,看大量资料,天天坐公交车去北京图书馆,研读戏曲与历史材料……梅兰芳、程砚秋、徐兰沅、齐如山、袁世海、叶盛长、侯少奎的研究材料和个人传记,都要细细研读,艺海拾贝。我还听了多场京剧,走访了一些京剧名家,如当时还在世的中国京剧表演艺术家袁世海先生,北方昆剧院的丛兆环等人。为了写剧本时进入京腔的语境,贴合人物性格,我借了北京人艺版《茶馆》的录像带,细心跟着品习揣摩,用京腔一句一句跟人物对话,当时对《茶馆》的台词能倒背如流"[1]。京剧对芦苇而言是陌生领域,科幻对大多数编剧来说也是陌生领域,写科幻剧本需要学习这种钻研精神。

目光长远的编剧不会急于求成,而会沉下心来磨炼技艺。撰写过《中国合伙人》《亲爱的》《夺冠》的新生代著名编剧张冀,也曾经在成名之前有长达三年的自我磨砺状态:"从2007年到2009年这三年,我选择了一个蛰伏状态……那三年里,我用了一个非常笨的方法,就是每天看两到三部电影,每一部都做笔记,非常长的那种笔记,每篇千字左右,我就把这个电影发生的重要情境全部写出来,做完笔记以后还要写这部片子的主题、人物关系的模型、人物内心欲望与其主动行为之间的关系、他们的差异性以及他们的张力。"[2]经过这样一个沉淀期,张冀对电影艺术的理解更加通透,将编剧技巧打磨得愈加成熟,接手《中国合伙人》之后一战功成。科幻编剧也得有一段沉淀的时期,经过打磨的刀锋会更加锐利。相信未来五到十年内,写科幻剧本的专业编剧会逐渐增多,原创科幻剧本的数量将会逐渐上涨,改编科幻剧本的质量也会有所提升。

在实战影视项目之中要创作出优秀的剧本,不仅要求编剧具备相应的实力,更要求剧本创作流程的规范性。剧本创作不规范的问题,在影视行业内司空见惯。未担任其他职务的编剧,在影视项目内的话语权很低。太多项目参与者可能对剧本提意见,比如投资人、制片人、原著作者、导演、平台代表、公司责编、剧本监制、策划、主演等。他们不会对摄影师、美术师、灯光师、道具师的工

---

[1] 陈红、芦苇:《一个中国编剧的诞生——芦苇访谈录》,《延河》2020年第9期,第109-145页。

[2] 张冀、王群、赵丽娜:《对人的关注是写电影的乐趣所在》,《当代电影》2015年第4期,第87-95页。

作指手画脚，但是每个人都试图按着自身审美趣味干预剧本。而干预剧本的人越多，就越难形成合力。尤其科幻类型比较特殊，懂科幻的影视从业者不多，如果剧本被胡乱干预，失败的可能性就更大。这或许会反过来促使科幻影视项目的制作方和决策者尊重创作规律，把专业的事交给专业的人。而科幻类剧本创作的专业化和规范化，又可能带动整个影视行业剧本创作的专业化和规范化。科幻影视和科幻剧本应有美好未来，但目前也有许多困难需要克服，可谓任重而道远。

作者简介

何庆平，北京师范大学文学在读博士，编剧，参与多部国内一线卫视电视剧。

漫谈中国的科幻
影视创作

郁　刚

2019年春节,《流浪地球》上映,票房口碑双丰收,所有的观众、从业者、投资者都在问一个问题:下一部《流浪地球》在哪里?

两年过去了,在经历了疫情等各种如电影剧情般曲折的中国科幻影视,正在挣扎求生、伺机重启的过程中。我的回答是:再等等! 快了!

中国科幻影视创作面临着以下现状。

一、产量提升,质量口碑参差不齐,总体在上升

2016年左右,影视圈"IP至上论"到了一个顶点:没有"IP"的项目,除了资源丰富的大导演、大制片人,基本上都拿不到投资,科幻项目更甚。刘慈欣的项目市场火爆抢购,其他的科幻项目数量非常之少。《流浪地球》成功之后,刘慈欣的IP价格更是直线飞升,造成中国科幻影视市场的一个困局:中国科幻影视项目,只有两种,一种是刘慈欣的,另一种是其他人的。国内像王晋康、韩松、何夕等优秀作家的作品,影视化路上都遇到了很多问题。除了江波的《移魂有术》改编的《缉魂》,基本上都处于"在策划""没好呢""再等等""做小样"的叠加态中。

这其中有很大部分原因是小说和影视的不同:小说用文字启发读者的想象,

而影视就必须可计划、可执行、直观呈现给观众。很多天马行空的优秀科幻小说就一直面临一个巨大的问题：特别惊奇的拍不出、拍不起，拍得起的投入不够、观众看了没感觉、不震撼。这导致很多公司买了 IP 之后，开了 N 次创作会、改了无数稿剧本、更迭数次主创团队、到最后项目还是不了了之。

于是很多创作者转而挑选一些"软"一点的、不那么费钱的小说，期望制造《这个男人来自地球》《彗星来的那一夜》这样的低成本奇迹。但是事实很残酷，中国观众目前对这类科幻项目，并不买单，最多是叫好，但是不叫座。低成本科幻项目，都很少有取得真正的收益。

"一个成功的科幻影视作品，一定要满足三个条件：一个独特的创意、一个丰富的可延伸的世界观、一个足够令人印象深刻的人物形象。"《拓星者》导演、编剧张小北如此说道。

因此，有没有"IP"，并不能决定一个科幻电影成功与否。反观国外，原创的科幻电影成功案例比比皆是。《终结者》《月球》《阿凡达》《环太平洋》《星际迷航》《地心引力》《盗梦空间》《星际穿越》……这些都是原创项目。所以，中国科幻影视创作还是需要回归到中国观众：做中国观众想看的、没看过的产品。这其中，最关键的一点便是，要建立科幻主题和中国文化内核之间的联系。

科幻电影，本身是一个成熟类型片品类，有大量进口作品可以比较。对眼界不低的中国科幻观众来说，如何做好本地化、与观众建立情感链接，是最重要的。举个例子，某个小镇出现了丧尸、咬了人就会传染扩散。好莱坞的拍法，就成了《生化危机》。但是在中国，小镇居民很快就党员带头、组织群众、全镇居民齐心合力、保生产、求生存、积极对外联络、等到解放军出动，一波团灭丧尸……

丧尸类型故事如果还按照《生化危机》来拍，我想绝大部分中国观众会认为这个故事是不可信的。信任一旦无法建立，这个电影就注定失败。

这一点《流浪地球》做出了最成功的示范，"中国思维、中国故事、中国情怀"，用中国人熟悉的方式、讲述了中国人拯救地球的故事。《流浪地球》编剧名单长达 9 人，既是集体创作的成功，也透露着一丝无奈：中国科幻编剧太少了。

网络电影《重启地球》模仿了《流浪地球》灾难冒险类型、相似的剧本结构、饱和式救援的核心理念，但是因为不严谨的逻辑、缺少合理科学设定的世界观、有问题的人物塑造、无意义的煽情、不达标的特效等，观众给出了 3.6 的豆瓣低分。

我们来看看近期一些具体的科幻影视项目。

首先，院线科幻电影数量和质量都不尽如人意。从已经播出的作品来看，2019 年《流浪地球》《疯狂外星人》上映之后，在中国电影票房榜中，勉强只有《上海堡垒》《被光抓走的人》《缉魂》等少数几部科幻电影能够达到或者接近亿元票房。

在网络电影这部分，"怪兽、惊悚"类型片扎堆上线，例如《重启地球》《火星异变》《太空群落》等，但总体剧本质量不高。制作水准虽然比以往有所提升，不过观众评分仍然偏低。

动画领域有《灵笼》《我的三体》等质量口碑都得到观众好评的作品。《三体》番剧由《灵笼》制作公司艺画开天操刀。

在科幻剧集上，科幻题材的数量倒是有了明显的提升。2021 年，随着科幻题材剧《你好，安怡》《司藤》的热播，令观众感到惊喜之外，还有 63 部重点科幻题材剧待播、筹备中（据不完全统计），其中包括《三体》《火星孤儿》《紫川》《全球高考》《地球上线》等热门 IP。

这些项目共同的特点是，**多元素融合、现实风格趋势明显，多家影视机构与平台共同入局**。在这份片单中，63 部作品在题材划分、故事讲述和制作机构上各有明确方向与优势特点。

在题材划分上，主要为都市科幻、古装科幻、青春科幻、悬疑科幻等类型，相对于以往纯科幻、纯多元素融合趋势明显。例如古装科幻剧《有座香粉宅》类似于灵魂穿越，讲述了曾经唯唯诺诺、为爱痴缠的多情王妃洛杙楣突然之间性格大变，在第二人格、元气少女洛寻梅的帮助下，勇敢创业，开起香粉铺，在事业蒸蒸日上的同时，也迎来爱情第二春的故事；悬疑科幻剧《天目危机》则从物理学入手，在"有关猫生死叠加"的著名思想实验和意识能量干预量子时空的架构中，为寻找犯罪案件真相的过程奠定了理论基础；青春科幻剧《昆仑归》以宇宙为视角，描述了地球人与外太空人两对男女之间错综复杂的爱恨纠缠等。

在故事讲述上，大多基于社会生活进行合理设定，现实共鸣感强烈。例如《你好，安怡》在故事讲述上基于现实生活的合理幻想，将人工智能与人类的相处和矛盾进行放大化处理，合理解释了智能机器人对人类的社会、婚姻、人性这三重威胁；而同为讲述近未来时代人类与人工智能博弈的《玩家》则用爱情、友情等引发大众情感共鸣，呈现一场令人唏嘘的众生态；《全球高考》《地球上线》则属于外星人攻略地球，令人们的日常生活突然陷入重重考验与决斗之中等。

在制作机构上，头部平台、机构与新锐影视公司共同入局，促进内容创新与生命力增强。例如头部公司方面，一直以悬疑、科幻为制作优势的灵河文化、南派泛娱、五元文化分别带来《三体》《太空有点烫》和《致命愿望》，华策、慈文、新丽传媒、悦凯、欢瑞、华录百纳等也皆有作品"出战"；平台方面，优酷在《司藤》之外还拿出了《玩家》《有座香粉宅》《水月镜花》等作品，腾讯系推出了《三体》《无忧之地》《禁区左转90度》《全球高考》《上海堡垒》《龙族之龙王》《我真是大明星》等剧，爱奇艺出品了《致命愿望》，芒果TV则有《地球上线》等；新锐机构方面，拉近影业出品了《大饥之年》《野猫山—东京1939》《与机器人同行》，恒星引力出品了《每天都在征服情敌》，炫悟光扬出品了《机器人回收站》《云端》等。

此外，平台、头部机构、新锐机构共同出品也成为常见配比。例如《司藤》由优酷、悦凯影视、时悦影视共同出品，剧中将人、妖、前世、隐秘人间等元素进行融合，故事创新性和可看性较强；《三体》则由企鹅影视、三体宇宙、灵河文化共同出品，受众基数大，值得期待。

另一个值得注意的特点是：**"大神级"IP改编或将扛鼎，原创作品世界观架构依旧有待观察。**

对于科幻剧这个不太被看好且作品较少的内容品类来说，故事内容与科幻核心尤为重要，IP改编本应该成为最优选择，但纵观这份片单后发现，IP改编作品与原创作品相比也不遑多让，令人探究的同时也颇为惊喜。

在IP改编作品中，著名小说与热门网文成为两大主要选择。著名小说中，"中国当代科幻第一人"刘慈欣的《三体》早在2015年就获得了雨果奖最佳长篇小说奖，粉丝对电视剧的期待值不断增加；《火星孤儿》为物理学博士刘洋所著，获得华语科幻星云奖2019年度小说类原石奖；《紫川》在"2017猫片胡润原创文学IP价值榜"中排名19；《龙族》系列作品则从2010年开始出版，"龙族"宇宙建立完备。而在热门网文中，《全球高考》《地球上线》《迷界》《星海蔷薇》等作品接连在晋江文学等网站中位于榜首。

对于这些高人气的IP作品，电视剧创作难点就在于影视化改编与制作呈现。相对于其他题材作品，科幻剧往往面临制作水平与想象力之间无法平衡等难题，但基于《流浪地球》的成功，以及国内影视制作水准的不断提升，也并非一定会"毁原著"。

原创作品更加倾向于现实主义风格，与当下生活建立更多链接。例如优映文化继《毛骗》之后又斥资打造的《异物志》，虽然聚焦各类异物，但其中的人性探讨却依旧照应当下；《鱼生知有你》重点讲述爱情的救赎；《致命愿望》讲述了一款名叫"Wisher"的APP，毫无征兆地出现于一群大学生的手机里，只要向它许下愿望，完成随机分配的简单任务，愿望便能实现，学生被"魔鬼"控制，成了欲望驱使者；《镜像追踪》围绕着穿越到平行空间展开故事线，讲述主角的个人成长和情感抉择等。

虽然看起来原创科幻剧的实力同样不可小觑，故事新颖度、现实感链接与多元素融合皆备，但在另一方面，故事逻辑性、创新性和世界观的重新架构能否成功依旧是未知数。

二、影视工业化水平稳步提升，但基础薄弱、很多问题尚待解决

科幻电影号称"电影工业皇冠上的明珠"，只有满足"人才、技术、资金"这三大需求的最高配置，才可能完成一部合格的科幻电影，它的难度远超普通电影。这背后，是影视工业化集大成的成果：科学管理、专业细分、经验传承。好莱坞科幻电影黄金年代伴随着工业化的成熟才诞生了如《2001太空漫游》《星球大战》这样的优秀作品，并且培养了一大批专业科幻影视人才，为之后全球历史票房榜单的作品提供了强有力的支撑。

对中国电影来说，现在的阶段，如果类比中国的手机制造业，差不多就处于刚开始给苹果代工，华为、小米等国产智能手机开始出现并追赶的阶段。所以，这是必经的过程，也是我们追赶好莱坞的黄金年代。

看见问题、分析问题才能解决问题。

中国科幻电影专业人才和经验，完全处于起步阶段，人和经验奇缺。《流浪地球》完整地将整个工业流程摸了一遍，遇到的挫折和问题数不胜数，才培养出了中国第一批有实战经验的科幻影视人才。

科幻影视创作者是集科学精神、艺术审美一体的复合型人才，这在国内影视圈普遍偏文科的人员构成结构中属于少数。很多文科编剧改编科幻小说非常辛苦，尤其是涉及物理化学这些自己不熟悉的科学知识体系，往往会卡壳。导演就更是问题，懂科幻的导演非常稀少，没成功作品的导演资方不信、也不敢投。

美术组作为科幻影视项目核心部门，需要大量有科幻经验的人。

最重要的科幻概念设计，概念设计师需要熟悉世界观的架构、充分了解作品的科技、文化，根据剧本设计大量的视觉形象。《流浪地球》的美术概念张勃团队（念动文化）根据大量调研寻求底层逻辑之上的准确视觉传达，摄取和研究了天体物理、机械工程原理、热力学、航空航天等学科，结合美学研究，用了10个月的时间制作了完整的从行星发动机、地下城、载具、武器、外骨骼装甲、空间站等众多的设计项，到后期几乎动用了设计团队全员20人参与其中。

到目前为止，还没有其他科幻影视项目有如此全面、完整的世界观设计，而打破这个纪录的，可能只有《流浪地球Ⅱ》了。

目前国内比较优秀的科幻概念设计师，还有徐天华、北斗北等人。

除了概念设计，《流浪地球》的主美术邵昂，也是张番番导演版的《三体》（未上映）的美术，他在《三体》中的经验，成为《流浪地球》的宝贵财富。

《我不是药神》《刺杀小说家》的主美术李淼参与的开心麻花喜剧电影《独行月球》美术场景的质感非常出色，杀青的海报照片让人对这部电影的品质有了很高的期待。

2020年8月，国家电影局与中国科协共同发布《关于促进科幻电影发展的若干意见》，包括对科幻电影创作生产、发行放映、特效技术、人才培养等加强扶持引导的十条政策措施，简称"科幻十条"，从政策层面为科幻电影发展注入了强心剂。

为了把扶持落到实处，新成立的中国科协科技传播与影视融合办公室，则是由12个部委组成联系机制，加强对科幻电影创作的科学把关，促进科学技术与影视创作的深度融合。"办公室的成立，有力推动了'科幻十条'的落地实施，在科技界和影视界间搭建起了一个桥梁。"中国科协科学技术普及部部长白希表示。"科影融合，科学是服务于故事的，用科学真实性帮影视创作者把故事讲得更可信，让他们得以站在更高的层次、更前沿的科学上展开想象和艺术创作。"中国科学院国家天文台研究员苟利军说。

有了科协的支持，科幻创作有了支撑，创作者的底气才能更足。

影视工业化的核心是项目化、标准化、流程化，一切都可量化、可计划、可执行。

目前国内的成熟电影项目，前期动态预览已经开始普及。利用分镜、部分关键场次的低精度三维画面、配合音乐音效配音，在电影尚未开拍前就能让制作方用比较低的成本准确把握成片质量、降低风险，做出更精确的调整有了更好的助力。世界最著名的动态预览公司三层楼已进入中国，但是价格比较高，国内普遍还是视效公司提供预览服务，期待有专业的国产动态预览公司出现。

科幻影视剧的现场执行是中国科幻的老大难问题。

中国电影近几年发展迅速，但是目前整个流程管理还未形成真正的行业标准体系。数字化、网络化、云端化为时尚早。国外成熟流程管理软件普遍在国内水土不服，加上价格昂贵，基本没有应用。国产软件还处于早期开发阶段，功能简单、不够完善，更面临推广、付费、盈利的难题。

剧本创作方面，国产剧本软件"海马轻帆""剧云""壹剧本"等只是实现剧本标准格式文本写作和部分 AI 创作辅助，没办法做到和制片管理软件的联动。

无形的管理才是高效运行剧组的法门，国产制片管理软件如"云尚制片""非幕制片"等适合剧组财务预算管理及拍摄计划通告，却还无法和剧本软件做到版本同步更新。

在剧组创作中，最常见的场景就是编剧更改了剧本，整个导演组、制片、统筹，都会忙碌起来，重新做剧本拆解。费力费时、重复工作，就算是有了自动拆解，也仅仅能节约一部分操作时间，并不能解决准确性。

2017 年拍摄时，《流浪地球》剧组用原始的 Word、Excel 表格进行项目管理，5 年之后，《流浪地球Ⅱ》已经使用"云尚制片"软件，但是也只能推到导演组和部门长，再往下依然还在用 Word、Excel。如何做到好用、易用、推到每个生产者依然是制片管理软件的难点。阿里影业的云尚制片系统正在准备开发剧本系统，争取做到真正的流程管理一体化。

2019 年末，迪士尼制作的星球大战剧集《曼达洛人》上线，使用 LED 虚拟拍摄技术引发行业的巨大震动。通过使用 UE4 的游戏引擎、配合动作捕捉系统、利用巨大的 LED 屏幕，实现随着摄影机移动的透视变化、真实自然的光照及反射、快速的场景切换，真正形成了所见即所得的视效拍摄的革命性升级。

2020 年，国内视效厂商纷纷投入到 LED 虚拟拍摄领域，时光坐标、诺华视创、博彩传媒、纳光智能等公司都完成了系统的研发、测试，其中时光坐标已经完成了赵小丁导演的《斗破苍穹》等 S 级商业项目的拍摄，其他公司也在剧集、广告、商务领域崭露头角。

同时，我们也要认识到 LED 虚拟拍摄也有很多不足之处：由于需要后期前置，造成前期投入大、拍摄完毕后更改困难、专业人才要求更高，主创更需要懂得如何用和如何用好 LED 虚拟拍。

所以，目前 LED 拍摄还处于制片公司观望居多的阶段，大家都看着吃螃蟹的第一批人。电影领域蓝绿布拍摄是行业标配、成熟的技术，成本较低，所以《独行月球》《流浪地球Ⅱ》等片，依然还是坚持蓝绿布技术。

科幻影视催生了很多特殊的专业领域，比如《流浪地球》的 UI 团队博视天和就成了一家专业制作科幻 UI 的公司。

国内专业做科幻道具的公司非常稀少，目前真正立足科幻道具的公司还是 MDI、希娜魔夫、追云者等几家熟面孔。科幻道具生产的特点是功能性和装饰性兼具，除了好看，比如休眠舱、操控台，都需要有一定的实用功能。所以设计制作人员都不能只是传统的艺术类美术人才，而是要有懂得机械电子设计制造、软硬件编程、有限元分析、金属机械加工、表面材质处理等制造业领域的人才进入。随着网络电影科幻题材的增多，很多传统道具工作室都开始制作科幻道具。这些人才，只能在项目中成长，只有足够的量，才能养出足够的人。

作为科幻电影最重要支撑力量的后期视效公司，受疫情影响，经过了一轮洗牌，BASE FX 被融创收购、制作《流浪地球》的 PIXMONDEO 今年解散了中国的分公司，业内震惊。更多中小公司没有熬到院线重新开张的那一天就倒闭、解散。为了维持运营，视效公司都在努力介入前期策划、原创 IP、影视投资、短视频等多个领域，力求拓展业务、增加营收点。而 MORE、天宫异彩、时光坐标等公司，熬过了这一轮之后，头部效应更加凸现，业务量猛增。

国内视效公司都已经基本完成了流程化管理，比如 Shotgun、CGTeamwork 都得到了普遍的应用。在后期特效制作阶段，能够精确地制定制作人员排期、工程文件版本数据管理、提交审核、线上沟通反馈、工时计算，目前来看，后期特效制作也是国内和国外差距最小部分。

对中国科幻影视来说，资金就是根本问题。

科幻影视项目投入高、周期长、风险大，资本更愿意投资一些周期短、见效快、可量用流量等数据化的项目。这一个思维定式，目前来看，导致了大部分科幻项目依然在寻找资金的路上苦苦煎熬。好在"科幻十条"出台后，有一些政府补贴以及专项基金扶持，让很多项目得以向前推进。

三、展望未来

根据现有资料，已经杀青、制作中的科幻电影有吴炫辉导演的《明日战记》、张小北导演的《拓星者》、开心麻花的科幻喜剧《独行月球》、陆川导演的《749局》、郭帆团队监制在平遥国际电影展口碑大爆的《宇宙探索编辑部》、陈思成导演的《外太空的莫扎特》《球状闪电》等，已经放出第一部预告片的《三体》网剧万众瞩目，《火星孤儿》《球状闪电》的网剧项目也已启动，动画番剧数量更多。

随着专业人才的增加、经验的沉淀，业内交流互通有无，中国科幻影视创作者在蹚过了诸如《上海堡垒》的雷区之后，我们有理由相信，在沉寂数年之后，中国科幻影视会迎来真正的一次超新星大爆发。

作者简介

郁刚，科幻导演，杭州时光矩阵联合创始人。

中国科幻游戏谈

阿　缺

一、科幻游戏概况

疫情之下，无数产业如被冷水当头淋浇，损失惨重。而在一片惨淡景象中，游戏行业逆疫情形势增长。

据中国音数协游戏工委与中国游戏产业研究院发布的《2021 年中国游戏产业报告》称，今年中国游戏行业总产值 2965.13 亿元，较去年增长 6.4%。而中国游戏用户规模保持稳定增长，用户规模达 6.66 亿人。这些数据都表明，游戏行业是一个相当茁壮且正在健康成长的行业。

本来，"游戏"二字，在许多传统家长眼中，无异洪水猛兽。这当然也能理解。笔者年幼时，常混迹于游戏机厅，在脏话与二手烟雾中度过整天，往往以花光零花钱或被父亲揪着耳朵带离游戏厅为结局。即使现在，也有不少未成年人沉迷在游戏中"氪金"，并出现过因此窃取父母钱财的新闻，给游戏行业带来了诸多负面色彩。

然而，适当游玩，有利于放松身心。且目前各大游戏厂商均致力于开发在美学、声学和剧情上有着卓越闪光点的游戏，例如《赛博朋克 2077》《底特律：变人》等，在游戏中展现全新的世界观，讲述发人深省的故事，使游戏逐渐上升到艺术高度——电子游戏也的确有"第九艺术"之称。因此笔者认为，在恰当的监管力度下（包括对未成年人游玩权限和时长的管理），促进游戏行业发展，是极为有必要的。

在游戏的诸多类型中，科幻游戏占较大份额。据南方科技大学科学与人类想象力研究中心发布的《2020中国科幻产业报告》，科幻游戏产值约480亿元，占科幻总产值的87%。因此，要讨论中国科幻现状与未来趋势，科幻游戏不得不提。

二、行业总体情况

电子游戏行业在中国兴起不过二十余年，最早一批做游戏的先驱者，目前也依然奋战在各大游戏的一线，依然在开发新的项目。游戏产值如此巨大，必然吸引更多的年轻人涌入。以笔者观察，目前游戏行业尚属蓝海，人多，钱多，却都以公司为单位，各自奋战，未形成统一共识。新入行的年轻人，几乎都未经过专业的游戏相关培训和学习，仅凭对游戏的爱好而涌入，这其中大多数人会在职场中被淘汰，仅余少数，在一个个项目中磨炼，总结经验，成长为中国游戏人。

而这种情况在近两年已有改善，在高校中，中国传媒大学与北京城市学院率先开设游戏相关专业（但该专业名避开了"游戏"二字，叫"数字艺术与**"，曾作为中国第一个电竞相关的专业被广泛报道）。而笔者也在重庆移通学院开设《科幻游戏世界观设定》的选修课程。相信随着科幻游戏的风靡，更多正规、专业的游戏课程会出现在各大校园里。

至于各大游戏公司，更是游戏人才的汇集地和训练地。根据目前市场活跃度，腾讯互娱、网易游戏、完美世界、莉莉丝网络、米哈游和英雄互娱等十余家游戏公司占据市场近95%的份额，而其中尤以腾讯互娱和网易游戏最为强劲，两家占据80%以上的市场份额。

相比影视行业的百花齐放，公司成千上万，游戏行业这样的势力格局与游戏制作的特性息息相关。

三、科幻游戏制作

笔者曾就职于一线游戏制作公司，因保密协议，关于项目的具体内容不便透露。但亲身经历一款科幻游戏从立项到制作的复杂过程，玩游戏能获得快乐，制作游戏的经历却以折磨和坎坷居多。

不管是MMORGP，还是MOBA，或是FPS游戏，市面上均有成功的案例，若要开发一款新游戏，必须经历漫长的市场论证过程，才得以说服投资人，获得制作资金。但即使如此，大多新游戏都会在上线当日暴死，出现资深游戏人口中的"生日即忌日"的状况。虽无实际数据支持，但笔者通过询问有多年游戏开发经验的制作人，得到的回复是"95%的新游戏会赔钱，3%会收支持平，只有2%的新游戏能进入摇钱树行列"。因此，投资人对制作新游戏——尤其是科幻游戏的保守态度，也属意料之中。

倘若获得投资（小型独立游戏的制作成本在数百万元人民币以上，类似于《王者荣耀》的大型游戏，开发资金则超过数亿元人民币），便需召集制作人、项目经理、程序员、画师、游戏策划（包括剧情策划、关卡策划、战斗数值策划等多工种），成立制作团队，一般成员在60~100人。

前期需由策划提供游戏的玩法、世界观和角色设计等，经过论证，由程序员和画师们检验是否可行。此流程需要前期团队不断磨合，既产生飞扬的想象力，又要摒弃不可实现的想法。

确定策划方案后，制作才算真正进入状态，多工种协同。以MOBA类科幻游戏为例，需策划提供大量关于游戏内英雄角色的设计（包括其种族、外貌、背景故事和技能），画师在听取之后，迅速完成从草稿到原画的创作过程，并且每个英雄都需要大量设计方案，最终选出。程序员们则按项目进度，搭建游戏底层逻辑，以大量代码筑基，并会互相检验代码。

简言之，游戏制作过程存在大量试错、比稿和返工，有些游戏甚至中途更换负责人，或是资金链断裂，均屡见不鲜。因此，缺乏项目管理经验的游戏，许多胎死腹中。能顺利完成制作，已是万幸，而跟完整个流程的员工，无论最后该项目成败，均会受到业内其他游戏公司的青睐。

四、科幻游戏崛起

近年来，科幻游戏成为游戏公司制作的香饽饽。几乎每个大型游戏公司，都有一个或多个科幻类型的游戏在制作进程中。科幻题材天然具有视觉奇观、思想深度的优势，有利于在游戏中展现，例如太空歌剧和赛博朋克，尤其是后者，衍生出来的元宇宙概念正风靡全球。科幻是当代人极易理解的文化类型，而游戏亦是全球沟通桥梁，二者结合，益于文化输出。许多游戏制作者立志在游戏中融入中华传统文化，例如曾获得过银河奖最佳科幻游戏的《王者荣耀》，近期便更新了有西游、敦煌等传统元素的皮肤，在海外广受好评。

这些正在制作的科幻游戏，几乎涵盖一切科幻类型，有末日废土（《明日方舟》，网易游戏出品），太空歌剧（《雷霆战机》，腾讯互娱出品），柴油朋克（《暗影火炬城》，哔哩哔哩出品），赛博朋克（《代号：SYN》，腾讯互娱制作，尚未发行）。这种多元素齐齐绽放的势态，是有利于科幻文化在国内的传播的。

这也是游戏行业相比于影视行业的优势。后者限于制作水平和观众接受度，会选择性青睐近未来＋悬疑的科幻类型，而下意识远离太空歌剧或末日废土等需要大量特效才能呈现的科幻题材。而游戏场景，既然都得从一片空白中构画，去体现更为脱离现实、更具奇想性的场景，显然更有性价比，也更能实现野心。

游戏区别于影视和文学的最大特色，便是互动性。玩家在互动体验中直观地感受科幻文化的冲击与洗礼。

五、困境与苦楚

虽然有着与影视迥异的优势，但科幻游戏的发展，依然受到桎梏，并且极为相似。

首先，是科幻人才储备和对科幻才能判断的不足。

一个人科幻才能的体现，难以具体以数值衡量，但从诸多游戏公司的招聘简章中可以看到——对科幻作品的涉猎多少，是否有文字作品发表，对游戏或科幻的相关看法，均是其考核标准。以笔者切身经历来谈，此为在制度尚不完善下的无奈之举，缺乏行之有效的判断依据。往往招一个能对科幻史或创作方法侃侃而谈的人才，在实际工作中，理论却无法落地。

这是科幻人才缺乏的侧面表现。目前除了少数平台会做线上培训（笔者也担任过类似活动的导师，平心而论，提升效果有限），大多数科幻从业者，均从科幻迷出身，作为爱好可陪伴终生，作为职业则剩之寥寥。

其次，游戏行业对功利的过度追逐。

相比于国际上百花齐放的游玩平台，如 PC、PS4、PS5、Switch 等，目前以腾讯和网易为代表的游戏公司，包括前文提到的其余大厂，也均以开发手机游戏为主。诚然，移动客户端有着用户基数大、消费渠道便捷等优势，但手机限于机能和屏幕尺寸，在表现宏大深邃的场景时，还是较电视或桌面显示屏为劣。

平台的单一，也就造成了游戏品类的相对贫瘠。但幸好国内也有诸如柚子猫、游戏科学之类的独立工作室在研发主机游戏，并取得了不错的反响。市场是需要培育的，相信类似困境会逐渐改善。

六、创作与思考

电子游戏的风靡，得益于软硬件的同时升级，是科技发展的重要成果和必然趋势之一。而科幻，与科学技术相辅相成。在这种大背景下，科幻游戏的兴起，也是理所当然。

身为创作者，在此种趋势下，也应取其利好，摒其冗杂。科幻游戏题材涵盖多样，在进行类似作品创作时，可游玩对应的游戏，增加临场感，作者和读者都更易代入。笔者曾创作科幻长篇《七国银河》，属太空歌剧题材，但在创作中难以驾驭复杂的场景构画，便游玩了《泰坦陨落 2》这款游戏。游玩时，反复观摩游戏内异星球、飞船内部等场景，令自己置身于太空与飞船中，创作时进入状态会更快、程度更深。

近年来，科幻作家以"剧情策划""世界观构架师"等职位进入游戏公司的案例逐渐增多，比如著名科幻作家分行橙子、谭刚、肖也垚等，现在都在一线游戏公司任职。这也为许多科幻作家提供了薪酬更高的工作岗位，且团队协作也有利于消解独自创作的孤独。近期有不少科幻 IP 都在向游戏转化，以《三体》为代表，游戏公司投入大量人力物力进行改编，成果尚且不论，其行文本身也可促进科幻文化的传播和 IP 作品自身影响力的传播。

在内容上，游戏也给科幻创作提供了诸多思路。因游戏强调互动性和代入感，需要更有感染力的角色和场景，创作时，将游戏思维代入其中，利于作品质感的呈现。

而小说与游戏的结合，也是有趣的尝试，腾讯互娱曾邀请著名科幻作家宝树、江波等创作互动式小说，即撰写多线程的结局，在关键情节处设置选项，由读者选择何种故事线进行阅读。这种尝试打破了小说与游戏之间的坚固壁垒，令小说游戏化，令游戏文学化，某种程度上，也属于本文讨论的"科幻游戏"之范畴。

除开各类利好，不得不承认的是，游戏也给科幻小说创作带来了一些"负面"影响——受众分流，玩游戏的人越来越多，阅读小说的人则越来越少。但这是时代的趋势，凭借个人甚至整个行业也很难挽回，身为创作者，唯有不断提升技艺，以节奏鲜明、人物突出、设定新颖的作品来"突围"。

总体而言，对"科幻"和"游戏"来说，这都是一个最好的年代。世界以全新的面貌展现在所有人面前，而一直以来，科幻创作也是同样的目的。希望在未来,能看到越来越多的作品(文学、影视和游戏),呈现出令人惊异的新世界。

作者简介

阿缺，游戏构架师，科幻作家，重庆移通学院教师。

科幻类剧本杀的
发展现状与展望

马延哲

一、剧本杀简介

剧本杀是以角色扮演为主，辅以情感、恐怖、机制、推理等元素的群体性社交娱乐。有很多业内外人士给剧本杀下过定义，但是迄今为止尚未形成统一认知，这个定义目前较为贴切。

剧本杀起源于欧美 20 世纪 70 年代，属于泛 TRPG（Table Role Playing Games）体系，与狼人杀、三国杀等其他桌游同源。泛 TRPG 体系囊括的游戏非常多，通常具有以下特点：娱乐性、对抗性、公平性。对抗以智力为主，注重策略。所以从这个角度说，中国传统的麻将等娱乐也可以划入泛 TRPG 体系的范畴。

第一部具有剧本杀性质的作品目前存在争议，但是第一部规范完整的剧本杀作品，业界公认的是《死穿白》。《死穿白》是欧美作者创作的最为经典的剧本杀作品之一，最早由英国桌游设计师纪尧姆·蒙蒂亚格于 20 世纪 70 年代创作，历经多次更迭，愈发完善，目前已经形成多个版本。

2013 年《死穿白》逐渐传入国内，当时国内桌游界缺乏正版引进机制，大家用的《死穿白》普遍都是盗版，但并不妨碍这对国内剧本杀行业的形成和状态产生的深远影响。一些桌游店、密室店开始自发地引入这种类型的游戏，并鼓励有写作能力的玩家进行模仿创作。其中，洛阳、贵阳、长沙三座城市最早经历了这个阶段。在这个阶段，不同商业派系给类似的娱乐形式起过很多名字，如谋杀之谜、明星大侦探、沉浸式娱乐、剧本游戏等。

2016 年，国内一部分店家自发地组织起来，将自己所从事的行业统一更名为"剧本杀"。这个名字的由来一部分是游戏本身的性质，一部分是想蹭一下当时比较火的三国杀和狼人杀的热度。从此时开始，剧本杀这个名字就确定了下来，为行业沿用，并在今年获得了央视等官媒的认可。

2017 至 2019 年，剧本杀产业迅速发展，展会模式、发行体系、加盟店派系等产业规范相继形成，大量人才涌入该产业，大批优秀作品不断出现，娱乐形式日新月异。此阶段，中国式剧本杀已经脱离了欧美模式，走出了自己的道路，很多作品的诡计设置、立意高度、破壁机制、艺术呈现手段等远超欧美同类作品。这种中国独有的剧本杀形式目前被欧美称为 LARP（Live Action Role Playing）。LARP 在欧美最早指的是另一种相近的艺术形式，后来中国式剧本杀兴起之后也指剧本杀。

可以说，今天的剧本杀形态是完全是国内从业者定义的结果，而欧美的剧本杀仍然停留在较为传统的模式。我们有一些优秀的作品也被翻译输出国外，国外也有专营中国式剧本杀的店家，但是大都集中在华人聚居的城市，玩家群体中华人也占了绝对主流。具体原因尚不明了，推测是东西方文化的差异性导致的。

2020 年，国内娱乐产业受到新冠肺炎疫情的冲击，作为文化娱乐中最新潮的产业，剧本杀产业却实现了弯道超车。2020 年下半年，疫情缓解，娱乐产业整体复苏，剧本杀产业经历了几年的积淀，呈现出井喷式增长的态势，市场规模迅速膨胀。至今，据行业内协会估测，市场规模已经达到 300 亿，未来的两年内，有望向院线看齐。

二、科幻类剧本杀重要作品盘点

科幻，是文化娱乐项目中不可或缺的一类，剧本杀中同样有大量科幻类作品存在。

剧本杀的分类方法目前还没有完全统一，笔者将其分为四个大类：情感本、恐怖本、推理本、机制本。或者说，这四种元素是剧本杀的一级标签，而科幻在剧本杀中向来都是二级标签。

《渺小的伟大》于 2018 年开始创作，当时剧本杀的产业规范正在形成中。这部作品贴上了"科幻"标签，它也成为了剧本杀业内第一部明确的科幻本。这部作品讲的是，近未来人类在生存压力之下制定了"宇宙洪荒"计划，开始探索太阳系外层空间，并考虑在土卫二殖民的可行性。2042 年"使者号"探索飞船自土卫二归来，却意外失去了动力，飘荡在深邃的宇宙空间中。六位宇航员纷纷从休眠舱中醒来，发现领航员的尸体早已在舱外静静漂浮着。此时，他们身处太空之中，通过回忆直面每个人的一生，体验人性的拷问和情感的抉择，在抽丝剥茧的还原中，慢慢揭开内心世界的秘密花园。此刻，他们还没意识到，他们即将面对的除了挥之不去的血色阴影，还有未知黑暗力量的吞噬以及人类整体将会何去何从。

这部作品的设定较为俗套，剧情一般，对人性的探讨还算有些新意。当年，这部作品最终的销量是 300 多本，作为城限本，这个成绩尚可。遗憾的是，当时连《流浪地球》电影版都还没上映，剧本杀 C 端市场对科幻概念的接受程度并不高，类似于国内 20 世纪八九十年代的电影市场，科幻类作品必须尽量隐去科幻标签，才能有更好的市场表现。所以《渺小的伟大》在展会宣传中打出的标签是：情感 / 立意 / 科幻，科幻无奈地屈居末位。

2019—2020 年是剧本杀神作辈出的两年，虽然明确打上科幻标签的作品并不多，但是带有科幻元素的作品却很多，其中不乏上乘之作。这些科幻元素或者说属于科幻体系的二级标签主要有：克苏鲁、SCP、末世、赛博朋克。

《阿卡姆症候群》于 2019 年 10 月横空出世，以一系列实验性质的策划建立了剧本杀的新高度，迄今为止仍然是推理本的天花板。其作者刘罗被誉为剧本杀两座高峰之一，是中国最大的剧本杀派系之一——长沙乱神馆的核心创作者，擅长推理类作品。这部作品展开于克苏鲁世界观下，但克苏鲁只是作为设定，故事情节和推理方式完全基于本格手段。故事伊始似乎平淡无奇，简单的案情下却能透出涌动的暗流，随着故事进程的推进，七名侦探总感觉真相触手可及，却始终无法抵达，一步之遥远过天涯。在这个过程中，巨量的信息不断冲击着他们的大脑，习以为常的事实在不断重复之后也让人感到怪异，对真相的不断追寻成为他们变得疯狂的原因，这恰恰与克苏鲁之父洛夫克拉夫特的一句名言相吻合："越接近真相，就越接近疯狂。"在剧本杀推理过程中的求知欲恰如其分地象征了人类在面对未知时的求知欲，这种戏里戏外高度重合的感受可以最大化刺激玩家的神经，使游戏体验达到峰值。

《阿卡姆症候群》不但是推理本的天花板，也是笔者认为目前泛科幻剧本杀中品质最为优秀的一部。2021 年，刘罗又推出该作的续集《极昼之下》，同样口碑销量双丰收。

子夜推理位于成都，于 2020 年初国内疫情初步缓解之后迅速崛起。作为科幻之都，成都的科幻文化熏陶着这里大大小小的发行公司，子夜推理在成立之初就体现出浓重的科幻气息。

子夜推理的作品《我的墓志铭》被认为是业内第一部正宗 SCP 风格的剧本杀，在这部作品取得一定的成功之后，他们在 2020 年 7 月推出了续集《我于万物之中》，它的第一标签为推理还原。作为一个盒装本，这部作品的销量在短时间内冲破了 3 000 大关，是当时具有科幻元素的盒装剧本杀的销量冠军，也是笔者认为目前最好的 SCP 风格的剧本。

这部作品细节考究，每一处设计中都透着 SCP 味，就连外包装都印着："侦测到符合标准的生命迹象，解开安全锁。"未见内容，格调已然拉满。故事采用明线和暗线交织叙事，带领玩家穿梭于世界的表象和本质之间，结尾贯穿一气，所有的疑惑豁然开朗，每一个不合理之处（比如某位玩家的第二页字迹很淡，也许他会以为没墨了）都得到了完美解释，作者对整体结构的掌控非常强。游戏过程中的可触发条件非常多，玩家每提到一个新的概念，都会触发新提示，让他们不断听到耳畔的低语，惊喜感爆棚。伴随着最终谜题的揭示，还有一个力道十足的反串，让玩家酣畅淋漓，大呼过瘾。

《我于万物之中》在剧本杀界掀起了一股不大的 SCP 热潮，随后又有一系列 SCP 风格的剧本杀陆续出现。但是此风格作品的创作难度较大，其余 SCP 作品未有一部能达到"万物"的水准。如灰烬工作室的《收容失效》系列，虽然诡计设置尚可，但是细节没有做到位，很多作者个人认为的 SCP 点子过于直白，缺乏 SCP 特有的神秘感，被一些玩家指为"不懂装懂"。种种原因使得"万物"系列后继无人，暂时成为绝唱。

末世题材是科幻类剧本杀中第二多的类型。

剧本杀作者们的认知层面参差不齐，受限于知识水平和科幻作品的阅读量，并不能像科幻作家一样恰当地想象近未来社会形态。每当作品中出现近未来场景的时候，未来黑暗论就成了最省事的做法，这样不但能较为简单有效地拔高立意水平，市场受众的接受度也高，虽然不高明，但是有效。

《彗星来的那一夜》由新发行禾风剧制出品，是末世题材中不多的优秀之作，它的第一标签为硬核推理。背景设定同样俗套，地球环境恶化导致人类被迫向外太空探索，载人飞船"先驱号"飞向 4.3 光年之外。旅途中，宇航员们不断还原地球上发生的一切，最终明白了自己已经沦为牺牲品，并在人类文明的挽歌中失去了一切。这部作品最大的优点就是核心诡计层次性极强，作者通过巧妙的手法，把一个大谜题抽丝剥茧地分解开，让玩家在推理过程中不断获得新奇的刺激感，并最终明白绝望的真相。

除此之外，还有一些质量尚可的末世题材作品，如不二工作室的《应许之地》，跃文工作室的《时空病毒》。

2021 年，由于种种原因，"赛博朋克"火了起来，这给科幻剧本杀的发展注入了新的动力。毫无疑问，赛博朋克是现阶段科幻类剧本杀中最多的类型，而且其中不乏优秀的作品。

《奇异人生 2100》是群星工作室在 2021 年 4 月发行的一部优秀作品，一级标签为推理还原。这部作品的亮点在于营造出一种氛围，在环境不断切换中，让玩家分不清故事中自己到底处于真实还是虚拟状态，其中还带有很多作者对赛博朋克社会道德观的思考。它的结局也有很大的亮点，与开头相互呼应，让玩家产生故事刚刚开始的错觉，进而混淆剧本杀游戏本身的开始与终结，产生强烈的意犹未尽的感觉。

《盖亚假说》是江海余生工作室在 2021 年 10 月发行的作品，一级标签同样是推理还原。江海余生工作室诞生于成都，对科幻内核的理解有一定深度，而这部作品的亮点在于剧情和结构。刚开始，玩家是以局外人的身份来侦破六个独立的案件，案件之间似乎又有所关联。全部告破之后，玩家会发现这是一个背景宏大的故事，剧情跌宕起伏，角色众多又性格鲜明，此时仍然有一些疑点得不到解答，似乎故事的夹缝中有幕后力量在推动。进入下一个阶段，玩家突然发现原来己方这六人都是故事中的真实角色，只是在刚才的故事中没有正式登场，六个人的故事穿插入整个故事之中，疑点顿时消弭，整体故事也显得更加完备，呈现出一种剧本杀作品中少见的史诗感，令人荡气回肠。

《9 胜者出局》是木屋发行 2021 年 11 月推出的作品，一级标签为硬核推理。它的赛博元素含量并不高，但是气质和"朋克精神"十分吻合，在推理之后，不断地探讨天才和社会如何相融，追求自由是否一定要反社会，改变社会和超越社会哪个更不可取等问题。另外，它的谜题设计十分精彩，毕竟是主创团队修改了一年之后才推出的，其认真的态度在目前浮躁的剧本杀市场中殊为可贵。

《我们从未见过这个世界真实的样貌》是鑫梦人生 2021 年 11 月推出的作品，一级标签为推理还原。这家老牌工作室依靠《病娇》系列作品迅速走红，目前已将科幻类剧本杀作为其原创的一个方向。"真实样貌"的主旨也是在探讨真实与虚幻的边界，故事体量极大，完整版体验要 10 到 12 个小时，这在我了解到的科幻本中是最大的。此外，它的发售形式为独家本，这在科幻本中也很少见。

前面提到的子夜推理，也有一部不错的赛博朋克风格作品，叫《老子有艘大飞船》。虽然有飞船二字，但它并不是太空歌剧。这部作品的主题较为俗套，说的是未来垄断公司取代政府，用技术手段控制人类思想，一群有志之士奋起反抗的故事。值得一提的是，这部作品的一级标签为机制，这在科幻类剧本杀中十分罕见。

当然，赛博朋克风格的作品也有很多不成功的，比如《修普诺斯》，作者很有想法，但难以支撑起整个故事。

还有一些题材，在科幻小说或电影中占比不低，但是在剧本杀中占比不足，这也许是两种艺术形式的差异性导致的。这些题材包括反乌托邦、时间、外星人、太空歌剧等。

《消失的神明》是东方剧制于 2021 年 5 月发行的作品，它的主题是讨论人性与神性，其他标签为推理/立意。当人类的力量可以造出神明，神会怎么去对待人？当人造的神祇与人类发生冲突，人是否能够战胜神？最终熠熠闪光的是神性还是人性？它作为一部反乌托邦主题的呈现，最终的销量也达到了 300 多，在科幻类剧本杀中算是销量很高的了。

初心举止是一家位于内蒙古的新锐发行，《要听神明的话》是他们于 2021 年 9 月推出的一部作品，也是他们唯一一部卖得不错的作品，这部作品同样是反乌托邦主题。

虽然 IP 改编剧本杀作品向来不被业内看好，但是行业的发展和圈层的交融却在促使 IP 改编剧本杀不断产生。

2020 年底，周浩辉参与组建了隐证工作室，欣然投身剧本杀行业，并发布剧本杀处女作《2026》。这部作品的第一标签是情感，讲述的是近未来人类文明的一场危机，是一个关于信仰与抉择的故事。虽然这部作品被质疑有抄袭嫌疑，但是它借着周浩辉本人的光环和隐证工作室强大的宣发实力，最终创下4000 余盒的销量，是迄今为止盒装科幻类剧本杀中销量最高的。

2021 年，成都八光分文化凭借大量科幻 IP 资源，开始涉足剧本杀行业，并与隐证工作室建立深度合作关系。隐证工作室经过严格筛选，选中《闭环》进行改编。《闭环》是第三届冷湖奖获奖作品，属于时间题材，原作者为付强。周浩辉对这个故事进行了解构，在保留核心诡计的基础上重构了整个故事，取名为《星落五丈原》。这是第一部明确的 IP 改编科幻本。

《神键山庄》由资深发行 LARP 于 2019 年 7 月发布，作者海马。这部作品前面大部分内容跟科幻无甚关联，剧情大反转之后突然引入外星人概念，最终难以解释的谜题也都甩给了外星文明的莫名动机。但是，这毕竟是剧本杀行业早期具有科幻元素的作品，而且还是科幻本中少见的外星人题材。

盘点科幻类剧本杀作品的最后，必须说一下《三体》剧本杀。

探案笔记于 2019 年 4 月正式成立，也是资深发行之一。2021 年，探案笔记收购了《三体》的剧本杀版权，并邀刘慈欣、严峰、吟光三位作家，在《三体》的世界观下构建新的故事。虽然目前没有任何关于内容的消息流出，但是作为中国科幻的头号 IP，业界对《三体》剧本杀的期望值很高。笔者在此也希望这部即将问世的作品能够在剧本杀行业中续写《三体》的辉煌！

三、总结与展望

纵观近年来热门的剧本杀作品，我们可以发现，科幻元素在剧本杀中占比并不高，也不吃香，但是仍然有一些同时喜欢科幻和剧本杀的创作者在努力，所以并不缺乏佳作。然而，随着剧本杀行业的发展，科幻类剧本杀水涨船高，总体占比基本不变，佳作占比因此被稀释了。

2021 年，科幻类剧本杀逐渐被固定为一个行业内普遍能接受的次级标签，这主要得益于赛博朋克和末世文化的盛行。按照剧本杀的大类型划分，科幻类剧本杀主要是推理本，其次为情感本，个别为机制本，没有恐怖本。剧本杀作者普遍不够了解科幻，正如科幻作家也大都不擅长剧本杀创作，科幻圈和剧本杀圈的交融尚有很大空间。

未来科幻剧本杀将迎来新的发展，目前的主要发展方向有如下几个。

第一，科幻实景剧本杀。一些地方政府或资本为了盘活文旅地产，积极建设具有科幻元素的园区，目前多个项目正在落地，比如重庆的赛博朋克园区。这些项目有别于传统的迪士尼模式，互动性极强，游客的代入感和体验感也达到了全新的高度。其中最成功的当属北京环球影城，在网上不断引发热潮。

第二，科幻剧本杀与尖端科技融合。随着行业的发展，VR、AR、水幕3D、LED 墙、全息投影等技术与传统剧本杀不断融合，而科幻本天然具备与新技术更好的融合性。随着融合程度的加深，科幻剧本杀在不久的将来就会出现新套路新手段，这些技术革新甚至有可能是颠覆性的。

第三，科幻类剧本杀内在的发展。随着创作者水平的集体进步，科幻本的科幻元素将会越来越纯正，科幻将作为一个更加明确的标签在剧本杀行业中存在，但是依旧无法成为一级标签。而且，赛博朋克作为科幻本的主要元素类型，以及推理还原作为科幻本最主流的一级标签，这两种状态在短期内不会改变。

另外，我还想谈一谈科幻类剧本杀在剧本杀教育中的意义。

剧本杀行业高速发展之下，人才需求量猛然增加，从2021年春节期间开始，店铺和发行缺人的局面变得十分显著，并在随后的大半年里愈演愈烈。种种迹象表明，人才已成为制约行业发展最重要的因素。为了解决这一矛盾，必须建立高校和社会两套教育培训体系。

笔者在太古科幻学院教授剧本杀课程，目前这门课程最大的难点在于如何在前期激发学生的兴趣，而科幻本对这项工作的帮助很大。我在课堂上作为示例讲解的，包括《我于万物之中》《渺小的伟大》《彗星来的那一夜》，效果都很好。

教育是所有行业的基础，把科幻融入剧本杀高校教育，也许能培养更多对科幻本感兴趣的人才，希望给剧本杀圈和科幻圈带来一些裨益。

作者简介

马延哲，物理学硕士，剧本杀作者，晋中信息学院云端剧本杀学院院长。

幻想四象限——
从世界设计的角度看类型作品

余卓轩

一、幻想类型的分界

如果我们画出两条轴线，纵轴代表时间进程，从遥远的神话到遥远的未来；横轴代表力量的来源，右侧是科学和科技的力量（科幻），左侧是超自然和魔法的力量（奇幻），那么我们可以切分出四个象限。

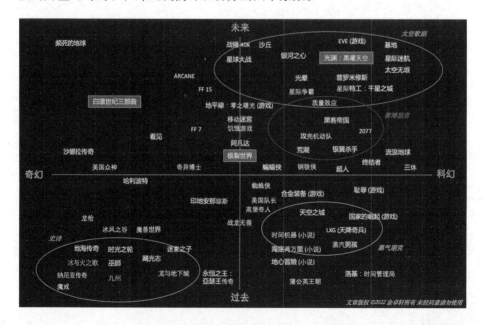

多数幻想类型 IP，文学、游戏、动画、影视，都可落入这四大象限里。科幻故事多半发生在未来（右上象限），奇幻故事多半发生在过去（左下象限）。某些玄幻小说同样可以归纳到左下象限，结合历史环境与超现实的力量体系。

图表中的两条轴线交汇的中心，多半代表"现代现实"——没有遥不可及的科技，也没有摸不着边的魔法。

而位于右下象限——"属于过去的科幻"——是个非常有趣的类型。它去想象某个历史节点发生了科技树的分岔，脱离我们今日熟悉的应用原理。此象限的作品，有些是早期幻想文学（例如 19 世纪凡尔纳和威尔斯的作品）在推想世界科技走向时做出了大胆的畅想，但今日回顾起来却仿佛成了平行时空；有些则是创作者刻意回归到架空历史的浪漫语境，注入与现实局部脱节的神秘感和探索氛围。"属于过去的科幻"给人一种熟悉的怀旧感，却又与现实脱节，成了独具一格的风格。

接着，让我们进一步看看。

几大象限里，又有些作品因为相似的主题、审美、力量体系，汇聚成具备独特市场潜力的次类型。例如奇幻大类中的"史诗奇幻"次类型——乔治 R.R. 马丁的《冰与火之歌》、山德森的《飓光志》，由潘海天等人建立的庞大架空世界《九州》，以及近期出了剧集，运用东方阴阳概念与太极之力的《时光之轮》等。

与之对应的是发生在遥远未来的科幻"太空歌剧"次类型，包括已影视化的始祖级作品《沙丘》《基地》，以及泛娱乐大 IP《星球大战》。江波的《银河之心》也属于这个次类型。而图中，之所以太空歌剧的范围溢出到奇幻的领域，或许可用阿瑟·克拉克的话一言以蔽之："任何非常先进的技术，初看都与魔法无异。"

于是，位于天秤两端的"史诗奇幻""太空歌剧"这两大类，在过去一个世纪的时间满足了人们对时间和空间跨度巨大的幻想作品的口腹之欲。当中，属于传奇级别的代表作无非就是《魔戒》和《基地》，分别在 20 世纪的 40—50 年代出版，视为类型作品的始祖。

当然，除了跨越巨幅时空的瑰丽传奇，还有很多同样吸引人的次类型。下面举几个例子。

"赛伯朋克"，诞生于对深空探索类型作品的反作用力，聚焦在人脑、意识与信息科技的社会影响。这个次类型似乎已被挖掘到极致，从文学（《神经漫游者》《雪崩》，还有陈楸帆的《荒潮》）以及动漫（《攻壳机动队》）乃至电影（《银翼杀手》）甚至游戏（《赛博朋克2077》）等。应有尽有，可谓当今作品矩阵最全，饱和度最高的科幻次类型。

而在右下角"属于过去的科幻"的象限中也诞生了如今耳熟能详的"蒸汽朋克"，在这次类型中，蒸汽是主流动力源，人类以之驱动科技。从今天的观点去看蒸汽朋克，会发现它的审美怀旧复古，以第一次工业革命为核心，大量运用黄铜、齿轮等元素。同象限的还有"丝绸朋克"，以刘宇昆的《蒲公英王朝》为代表。

可以说，图表的四大类型象限覆盖了我们今日最常见的科幻与奇幻作品。

那么问题来了。端看此表格，会发现左上角的象限鲜少有人探索——这个尚未饱和的大类，便是"未来奇幻"。

"未来奇幻"少见，主因是人们对"奇幻"（东方创作领域也可用"玄幻"替代）之印象通常发生在过去，糅合历史或神话元素，如创世传说、骑士巫术、封建王权、武林门派、龙与麒麟等。因此想在未来奇幻象限里创作，最大的挑战是怎么在一个明确是未来的语境里去糅合经典奇幻元素。这里面可能涉及科技与魔法体系的联动，现实与幻想的平衡。由于较少被严谨探索，目前可归类为未来奇幻的作品有如凤毛麟角，内容更是南辕北辙，均属个案。例如始于20世纪70年代的《沙娜拉》系列，Apple+平台的影剧《看见》，甚至漫威宇宙的《奇异博士》等，都存在魔法和超自然元素，发生在未来或者近未来。然而这些作品无论是概念探索、审美氛围，全都大相径庭，很难当成一个完善的类型来讨论。近期上映的英雄联盟动画剧集《双城之战》（ARCANE）是结合了魔法与科技的典范，但它从游戏和IP路径衍生而来的内容难以复制。

我们不禁好奇，究竟四大象限的类型间有没有明显的公约数？尤其从创作的角度出发，从世界观设计的角度出发，有哪些准则值得参考？

由于笔者对类型探索抱有热忱，这几年在文学、动漫、游戏和影视领域深耕创作，便尝试跨越类型的藩篱，或许有些思路可分享。近期发表的作品分别位于以下这些象限和类型。

太空科剧：长篇小说《光渊：黑曜天空》（世界观是本人与由《光渊》美术创意团队，还有江波、E伯爵、沥书等三位科幻作家共创）的故事发生在

2000 年后的银河彼端。人类以身体结合不同的科技分支，例如纳米技术、基因改良、氢原子操控等，代表不同"种族"的进化。

科幻＋奇幻：漫画《极裂世界》（世界观由本人与郑雪辰、丁之雨两位画家共创）的故事发生在距今 20 年后，地球因神秘力量分被为两个半球，一边的科技发展并未阻断，采用科幻设定；另一半球的科技全面停摆，是超自然力量肆虐的废土世界，采用奇幻设定。只有继承两边力量的女性战士能跨越双半球。

未来奇幻：长篇小说《白凛世纪三部曲》发生在距今 500 年后，地球被厚雪冰封，世界回归冷兵器时代。阳光成了无人见过的传说，人类继而捕捉新世界的神秘力量"雪灵"，用以对抗另一种超自然力量的威胁。

在设计这几个独树一帜的世界观中，我个人做了大量的调研与实验，尝试挖掘幻想作品相对未开拓的领域。因此发现一些有趣的规则，以及常被忽略的现象，借由本文企图找出一些公约数，供未来想做原创世界观的创作者参考。

二、幻想作品的创意挑战

科幻与奇幻的最大差异在于驱动世界运转的"力量泉源"。科幻故事的内核是由科技的力量所驱动，而奇幻的内核通常是某种超自然力量（超现实力量）。

但无论哪种类型，幻想作品最大的挑战无非是：如何在一个非现实的陌生世界里，营造沉浸式的故事体验。就这方面而言，科幻的挑战在于结合考据与幻想，而奇幻的挑战则是没有任何熟悉的科技语境足以依赖。

创作者必须让读者／观众"暂时相信虚构世界的存在"，这是沉浸感的第一条件。

假使你成功了，读者或观众会觉得自己真真实实踏进了你所创造的世界，拥抱你的世界逻辑，与里面的角色拥抱相同的思考方式。例如《沙丘》世界里水分稀缺造成的生存危机；《地海传奇》让我们信服万物皆有"真名"，一旦知晓便能驯服；《冰与火之歌》让我们感受到长城外的异鬼威胁，随着凛冬将至，生灵不再安全。我个人的三部曲《白凛世纪》的世界中，若没有"雪灵"保护，人类在冰雪覆盖的地表死路一条。而《极裂世界》里的女性战士必须取得男搭档的血来滋养特殊兵器，才能击败随着地裂出现的半灵体魔物。

以下我们针对四个维度——力量本源、生态框架、审美逻辑、精神立意——来尝试给类型创作提供一些思路，并尝试找到一些公约数。

1. 力量本源

奇幻的世界内核是超自然力量或超现实力量。这可以是一种形而上的哲学探索，某种超脱于有形物质世界的宏观力量。"力量本源"的设计方向便会决定世界观的内核以及立意。《冰与火之歌》里夏季越长冬季越长的概念，造就了"凛冬将至"这个漫长但迫切的"世界压力"，推动王国间的权力游戏，也象征了人物命运。典型例子就是龙妈丹妮莉丝有超乎常人的愿景，因此必须踏上超乎预期的弯路和征程，方能抵达所往之地——"夏季越长，冬季越长；远景越是宏大，征程鞭长驾远"。而《魔戒》里的法术来自主人公无法理解的神秘本源，它代表的是平衡的真意，一旦过度运用，只有堕落与毁灭。这些超自然力量都在某方面体现了创作者本人的观点和信念。

同时，创作者还得在力量本源的基础上建立起实质的生态框架，延伸到地理、经济、人文种种层面，来让世界观有血有肉。例如《星球大战》的力量本源——"原力"，驱使两个阵营世世代代的斗争；《沙丘》里巨型虫和沙漠共生方能生产的"香料"，定义了银河系的政经逻辑。此外，还有《战锤40000》里来自亚空间的"灵能"代表的混沌力量，而混沌力量又是生命情感的投射，形成了设定闭环。

优秀的幻想作品总会在力量本源投注巨大功夫，毫不潦草——因为力量本源往往就是该作品的"高概念"。

值得一提的是，多数科幻类型作品里"科技"即是终极力量——"科技本身"就是力量本源。这和现实逻辑差不多。然而许多奇幻作品，科技体系是依附于超自然现象的次级力量来源，是由人类发掘、加工、创造、驾驭的，也是下一段要阐述的"生态框架"的其中一环，而非本源。

许多幻想世界观都有某种特殊的宏观力量存在，由其驱动世界运转。但当我们脱离远古神话的束缚，把时间定义在未来，这世界的面貌会怎么不同？这样的文明对未来又会产生什么样的想象、警惕，与希望？

2. 生态框架

由于幻想作品的高概念过于宽泛、抽象，创作者必须把它延展开来，落地成为更多关于这个世界的具体表现，这便取决于"生态框架"的搭建：这世界的力量本源如何在各文明的政治、经济、文化、信仰、社会、军事等方方面面产生影响？

换言之，所有建构世界观的细节都归属在这个范畴。

若力量本源是世界的灵魂，其衍生出来的生态框架便是世界的骨架。力量本源是抽象的、概念化的，生态框架是真正巩固世界观的地基，是让读者/观众信服一个架空世界的关键。

《白凛世纪》的世界异变来自一颗坠入太平洋的陨石（力量本源），而从它开始，我们看见许多新生态元素的诞生或者重新定义，包括：

（1）"雪灵"，地球冰封后，无故出现在雪地的光灵。

（2）"魂木"，地球冰封后，极少数没有白化的植物。

（3）人类从旧世界遗迹挖掘出来，必须经过工匠处理的"银器"。

（4）执行束灵仪式的特殊能力者"缚灵师"。

故事中，这些超自然元素、自然元素、技术人员、灵媒人员产生互动，自成闭环，并联合造就本世界观最受瞩目的战士阶级"奔灵者"。可以想象这样的生态框架会把新文明的权力结构、经济体系、社会阶级全部像齿轮一样锁紧。故事的宏观面则是关于这些齿轮如何运转、摩擦，甚至崩裂。

一个架空世界的"生态框架"和"力量本源"会产生关系，在于人类通常会寻找方式去驾驭新世界的超自然力量（无论是否彻底了解这力量），与它系统化产生联系，借此保护和延续自身文明。许多科幻故事——尤其太空歌剧——都有类似的操作。《太空无垠》里的"原分子病毒"，扯动了太阳系的势力纷争，驱使科技爆发，启动星系探索。《飓光志》的碎瑛甲和碎瑛刃，也是人类系统化驾驭世界力量本源的体现。

我们也看到许多幻想作品的世界观中，过去的末世遗迹被运用在未来世界的生态框架里。例如科幻美剧《看见》里，核战争前的水坝遗迹被新统治阶级当成了权力根基。游戏《地平线：零之曙光》中，人类把旧世界残留的建筑物和科技融入相对原始的部落生活里，主角更在废墟里找到过去的高科技——名为"Focus"的穿戴式 AR 设备。

3. 审美逻辑

美学的定义是透过既定媒介来提供独特的认知与感受。即便是文学、诗歌，也能透过作家的文字功底来与读者的感知互动，透过象形符号和音韵组合，在阅读者脑中撬动一系列足以比拟感官刺激的体验。视听媒体如影视、动漫、游戏就更加直观，并且具备各自的美学塑造目的。

类型故事的美学是感性的，却也是理性的；是有启发性的，有鼓舞性的，是与想象力紧密结合的。透过画作，透过图示，透过文字，所有建立在想象力之上的创意表述，都包含了创作者本人的审美在里面。

科幻的审美，尤其"太空歌剧"，往往是苍茫寂静的，浩瀚无垠的，体现出宇宙的广袤和无边际空间的异样压迫感，以及个体生命的渺小与坚毅。在以高科技为力量本源的世界中，冷峻和理性是审美的根基，星尘的混沌美和人造科技的结构美形成强对比。在浩瀚空间里，最能体现出人为痕迹的就是规整、密集的几何图形，它和宇宙的广阔、混沌、原生感形成对照。如同电影《普罗米修斯》说的"上帝造物不用直线"。同时，科技蓝光体现在画面上展现了冷峻的人工力量，而橘光的出现往往代表原始力量的爆发——火焰、杀戮、生命、毁灭。

此外，最常见的"赛博朋克""蒸汽朋克"两个次类型的审美，若细看推敲，都可追溯到它们各自的力量本源。

"未来奇幻"自然也会发展出属于自己的美学公约数，这或许会是接下来一段时间里世界各地创作者探索的领域。我个人认为它的美学主轴必然源于自然界。或者说，即使是超自然元素，也无法脱离自然力量而存在，因此奇幻美学多半运用了大量的自然场景和自然奇观，经典作品《魔戒》和《权力的游戏》中都有迹可循。反向案例则是科幻赛博朋克，可以从头到尾看不到任何大自然元素，刻意呈现人类科技繁盛的痕迹与后果。

非人为的宏观力量，例如雾气、海洋、落雪、尘埃、极光、沙漠，都有自己的独特表现力。幻想作品中，这些宏观力量必然渗入文明，影响人文生态的方方面面。

这样的世界观能展现出极强的原生态，明亮而有生命力，却隐隐发散一股沉寂的威胁性。故事人物便须在这样充满威胁的语境下寻找新的生存模式，延续社会文明，满足需求欲念，完成叙事目标。

插画师卢东彪为《白凛世纪》绘制三张海报，依循的核心便是"天空被无边永恒的云层封闭，阳光只存在传说里"的世界设计。无尽落雪，冰冷窒息，却仍能瞥见微弱的光灵（雪灵）。

多数幻想作品的审美基调脱离不了辽阔的空间生态，以及远方蠢动的神秘感。在壮阔和绮丽的地理设定上，总会有似远似近的奥秘之声在呼唤，从文学层面和视觉层面给世界观灌注生命力。

而在未来的野生设定里若想展现审美的未来性，一是可以渲染"现代世界"曾经存在，用"上一个时代的人类遗址"来营造出神秘、冒险的考古氛围，并成为新文明的根基。另一种方法则是直观展现科技元素，例如《地平线：零之曙光》的 AI 和机械兽，或者《极裂世界》里即使是属于奇幻设定的半球，设计师郑雪辰亦将太阳能晶板设计成光滑、坚硬、深紫色调的材质，与周边干旱、缥缈、明亮的黄沙形成强对比，糅合出一种平衡了幻丽、废土、科技元素的美学。

于是，在结合未来与原始的思考中，我们看见了两种语言体系的交汇与碰撞：一种是古典的、敬畏的、奥秘的，另一种是创想的、前卫的、知性的。一种是弥漫全局的力量，另一种则深深具备文明穿透力。这两者合并出现，展现极强的对比——超自然 vs 科技，神秘 vs 冷峻；宏大辽阔的渗透力，以及抢眼聚焦的穿透力。

4. 精神立意

正如每一部作品都蕴含创作者本人的独特观点，同类型的作品并不需要符合一致的立意标准。然而，我们还是可以粗略地说："幻想"作品总具备浓烈的冒险和探索欲求；"未来"设定则带着对文明远方的想象；或渴望，或警惕。

这些是我本人在探索"未来奇幻"类型时获得的思路，但概括而言它也覆盖到所有的幻想象限，凝聚成各种幻想类型的公约数。渴望探索未知秘境，渴望创造传说神话，这些创作热忱都会在空间、时间、力量三个轴线上萌生出关键的世界元素。

中华文明具备厚实的历史积淀，探寻历史脉络对我们而言一直是极具魅力的，是心灵冒险蓝图的主要构成部分。对历史的敬畏和共鸣，对未来的好奇与想象，我认为这些都是身为东方创作者会对科幻和奇幻故事产生强烈兴趣的原因——敬畏过去，畅想未来。

然而目前坊间多数的幻想作品若非"发生在未来的科幻"，便是"发生在

古代的奇幻 / 玄幻 / 魔幻" 两种传统的切割法。但我认为将来会有更多人去探索属于未来的高魔幻想，尤其东方语境对类型光谱这两个极端面的包容及爱好，正是滋养"未来奇幻"的最好土壤。

三、写在最后

感谢有机会撰写本文，倾倒想法，从类型的角度来看世界创建的思路。需要说明的是，本文提及的类型象限和坊间一些类型 / 次类型仍有区隔，未纳入讨论的有：二次元作品、穿越类作品等。原因在于这些领域有它们自己的类型界定方式。

本文旨在寻找从概念、生态、结构、元素都有相互依存逻辑和闭环体系的世界观作品，因此无法顾全所有创意区块。撰文的目的，仅希望在此提供一个类型创作的起始点，尝试为其做出有限的定义，便于创作者参考和借鉴。我相信，越来越多新作品的诞生将巩固新类型的疆域，同时重塑旧类型的藩篱。

沉浸在幻想作品里，阅读者或观众的感知能力会被大幅度地唤醒，在抽象符号的海洋中完全凭借头脑去建构一个从未真实看见、听见、触及的地方。那体验的真实感却不亚于第一次攀登珠峰，第一次深潜海洋。我们被引领着尝试登月，接近黑洞，与龙对话，触摸极光。我想这就是身为人类，我们热爱幻想作品的原因。

阿瑟·克拉克在人类踏上月球表面之前就已巨细靡遗地描绘出来登月的物理和心理感受；托尔金则为人类世界开启了另一个丰富的次元。期待有更多创作者倾心探索未知领域，把科技畅想、魔法灵性，一同带往未来。

作者简介

余卓轩，奇幻、科幻作家，编剧。

附录 1

人名翻译对照表

译名	原名
I. J. 古德	I. J. Good
J.G. 巴拉德	J. G. Ballard
J. K. 罗琳	J. K. Rowling
J. R. R. 托尔金	J. R. R. Tolkien
K. J. 毕晓普	K. J. Bishop
N. K. 杰米辛	N. K. Jemisin
P. 贾里·克拉克	P. Djèlí Clark
阿道司·赫胥黎	Aldous Leonard Huxley
阿德里安·柴可夫斯基	Adrian Tchaikovsky
阿尔乔姆·雷巴科夫	Артём Олегович
阿尔文·托夫勒	Alvin Toffler
阿卡迪·马丁	Arkady Martine
阿拉斯泰尔·雷诺兹	Alastair Reynolds
阿兰·达玛西奥	Alain Damasio
阿里·斯帕克斯	Ali Sparkes
阿列克谢·巴拉巴诺夫	Алексей Балабанов
阿米塔夫·高希	Amitav Ghosh

续表

译名	原名
阿瑟·克拉克	Arthur C. Clarke
阿西莫夫	Isaac Asimov
阿耶尔达	Ayerdhal
艾利亚特·德·波达	Aliette de Bodard
艾伦·D.阿尔蒂里	Alan D. Altieri
艾伦·科尔曼	Alan Colman
安·莱基	Ann Leckie
安德里亚·维斯库西	Andrea Viscusi
安德烈亚斯·艾施巴赫	Andreas Eischbach
安德烈亚斯·布兰德霍斯特	Andreas Brandhorst
安德鲁·巴特勒	Andrew Butler
安迪·哈尼曼	Andy Hahnemann
安吉拉·施泰因穆勒	Angela Steinm ü ller
安杰伊·萨普科夫斯基	пан Анджей Сапковский
安娜·威尔逊	Anna Wilson
奥克塔维娅·E.巴特勒	Octavia E. Butler
奥拉夫·斯塔普雷顿	William Olaf Stapledon
奥威尔	George Orwell
巴斯马·阿卜杜·阿齐兹	Basma ʿAbd al-ʿAzīz
保罗·阿雷西	Paolo Aresi
保罗·巴奇加卢比	Paolo Bacigalupi
保罗·迪·菲利波	Paul Di Filippo
贝基·钱伯斯	Becky Chambers
比尔吉特·拉比施	Birgit Rabisch
彼得·赖特	Peter Wright
波尔·安德森	Poul Anderson
布尔加林	Фаддей Булгарин
布拉姆·斯托克	Bram Stokerx
布鲁诺·博泽托	Bruno Bozzetto

译名	原名
布鲁斯·斯特林	Bruce Sterling
草野原原	草野原々
查尔斯·斯特罗斯	Charles Stross
查莉·简·安德斯	Charlie Jane Anders
柴纳·米耶维	China Miéville
柴田胜家	柴田勝家
达科·苏恩文	Darko Suvin
达里奥·托纳尼	Dario Tonani
大罗斯尼	J.-H. Rosny aîné
大卫·G.哈特韦尔	David G. Hartwell
大卫·布林	David Brin
丹·布朗	Dan Brown
丹尼埃尔·丰达奈仕	Daniel Fondanèche
迪特·里肯	Dieter Rieken
迪特玛·达特	Dietmar Dath
迪亚克·罗斯曼	Dirk Rossmann
蒂芭·艾哈迈德·易卜拉欣	Ṭayba Aḥmad al-Ibrāhīm
蒂姆·阿姆斯特朗	Tim Armstrong
蒂姆·伯纳斯·李	Tim Berners Lee
东野圭吾	ひがしのけいご
厄休拉·弗农	Ursula Vernon
厄休拉·勒古恩	Ursula Le Guin
范达娜·辛格	Vandana Singh
菲利普·K.狄克	Philip K. Dick
菲利普·里夫	Philip Reeve
费·韦尔登	Fay Weldon
弗兰克·施茨廷	Frank Schätzing
弗朗西斯科·沃尔索	Francesco Verso
弗雷德里克·波尔	Frederik Pohl

续表

译名	原名
弗雷德里克·詹姆逊	Frederick Jameson
弗里茨·朗	Fritz Lang
弗诺·文奇	Vernor Vinge
格温妮丝·琼斯	Gwyneth Jones
古德温·宝森万	Gudrun Pausenwang
古斯塔夫·勒·鲁热	Gustave Le Rouge
哈迈德·哈立德·陶菲格	Aḥmad Ḫālid Tawfīq
海德格尔	Martin Heidegger
海伦·福克斯	Helen Fox
赫伯特·乔治·威尔斯	H. G. Wells
赫尔伯特·W. 弗兰克	Herbert W. Frank
纪尧姆·蒙蒂亚格	Guillaume Montiage
加德纳·多佐伊斯	Gardner Dozois
贾斯蒂娜·罗布森	Justina Robson
杰夫·范德米尔	Jeff Vandermeer
杰夫·诺恩	Jeff Noon
杰弗里·福特	Jeffrey Ford
杰玛·马利	Gemma Malley
杰森·希恩	Jason Sheehan
今村昌弘	いまむら まさひろ
金·斯坦利·罗宾森	Kim Stanley Robinson
卡尔·艾默里	Carl Amery
卡尔海因茨·施泰因穆勒	Karlheinz Steinmüller
卡米耶·弗拉马利翁	Camille Flammarion
凯瑟琳·克雷默	Kathryn Cramer
科尔森·怀特黑德	Colson Whitehead
科林·格林兰德	Collin Greenland
克莱利亚·法利丝	Clelia Farris
肯·麦克劳德	Ken Macleod

译名	原名
拉丽萨·桑苏尔	Larissa Sansour
拉塞尔	Stuart J. Russel
莱昂纳多·帕特里尼亚尼	Leonardo Patrignani
莱布尼茨	Gottfried Wilhelm Leibniz
兰费朗科·法布里安尼	Lanfranco Fabriani
雷·库兹韦尔	Ray Kurzweil
雷切尔·科达斯科	Rachel Cordasco
李尹河	Yoon Ha Lee
理查德·克里奇	Richard Keridge
琳达·德·桑蒂	Linda De Santi
刘易斯·卡罗尔	Lewis Carroll
卢卡·克雷莫	Lukha Kremo
罗伯特·海因莱因	Robert Heinlein
罗伯特·斯科尔斯	Robert Scholes
罗杰·卢克赫斯特	Roger Luckhurst
罗兰·C. 瓦涅	Roland C. Wagner
罗米娜·布拉吉翁	Romina Braggion
马可·米拉尼	Marco Milani
马可·斯卡拉贝利	Marco Scarabelli
马克·阿尔珀特	Mark Alpert
马塞尔·泰鲁	Marcel Theroux
马西莫·皮特罗塞利	Massimo Pietroselli
玛格丽特·阿特伍德	Margaret Atwood
玛丽·杰托	Mary Gentle
玛丽·雪莱	Mary Shelley
玛丽安娜·西多夫	Marianne Sydow
玛丽亚·谢苗诺娃	одна из основателей
迈德·阿卜杜·塞莱姆·白尕里	Aḥmad ʿAbd al-Salām al-Baqqālī
迈克尔·克莱顿	Michael Crichton

续表

译名	原名
迈克尔·莫考克	Michael Moorcock
迈克尔·思科	Michael Cisco
迈拉·恰坎	Myra Çakan
毛琳·金凯德·斯佩勒	Maureen Kincaid Speller
莫里斯·雷那	Maurice Renard
穆罕默德·阿齐兹·拉赫巴比	Muḥammad ʿAzīz Laḥbābī
穆罕默德·阿扎姆	Muḥammad ʿAzzām
穆罕默德·侯赛因·海凯勒	Muḥammad Ḥusayn Haykal
穆罕默德·拉比	Muḥammad Rabīʿ
穆斯塔法·马哈茂德	Muṣṭafā Maḥmūd
娜塔莎·瓦-戴尔	Natacha Vas-Deyres
妮狄·欧柯拉福	Nnedi Okorafor
尼尔·阿瑟尔	Neal Asher
尼海德·谢里夫	Nihād Šarīf
尼科莱塔·瓦洛拉尼	Nicoletta Vallorani
尼可涅塔·瓦洛拉尼	Nicoletta Vallorani
尼克·佩鲁莫夫	Ник Перумов
努拉·诺曼	Nūra al-Nūman
诺维格	Peter Norvig
欧内斯特·卡伦巴赫	Ernest Callenbach
帕恩·安杰伊·萨普科夫斯基	пан Анджей Сапковский
帕特·卡迪	Pat Cadigan
乔治·拉斐尔	Giorgio Raffaelli
让·鲍德里亚	Jean Baudrillard
瑞安农·格里斯特	Rhiannon Grist
萨布里·穆萨	Ṣabrī Mūsā
塞尔日·勒曼	Serge Lehman
桑德罗·巴蒂斯蒂	Sandro Battisti
山姆·莫斯科维茨	Sam Moskowitz

续表

译名	原名
史蒂芬·巴克斯特	Stephen Baxter
斯蒂芬·斯温斯顿	Steph Swainston
斯塔尼斯拉夫·乌拉姆	Stanislaw Ulam
斯特凡诺·帕帕罗兹	Stefano Paparozzi
斯图亚特·霍尔	Stuart Hall
斯托姆·康斯坦丁	Storm Constantine
苏珊·鲍尔敦	Susan Boulton
苏珊娜·克拉克	Susanna Clarke
苏珊娜·乌苏拉·维默	Susanne Ursula Wiemer
塔里布·欧姆兰	Ṭālib ʿUmrān
塔姆森·缪尔	Tamsyn Muir
唐娜·斯科特	Donna Scott
陶菲格·哈基姆	Tawfīq al-Ḥakīm
特蕾莎·汉尼格	Theresa Hannig
图利奥·阿沃莱多	Tullio Avoledo
托马斯·摩尔	St. Thomas More
托尼·布莱尔	Tony Blair
托奇·奥尼布奇	Tochi Onyebuchi
瓦莱里奥·伊万格里斯蒂	Valerio Evangelisti
威尔森·塔克	Wilson Tucker
威廉·吉布森	William Gibson
维克托·波别烈日涅赫	Виктор побережных
维诺霍多夫	Д. О. Виноходов
维托里奥·库托尼	Vittorio Curtoni
沃尔夫·哈兰德	Wolf Harlander
沃尔夫冈·耶施克	Wolfgang Jeschke
沃里克·柯林斯	Warwick Collins
乌尔苏拉·波茨南斯基	Ursula Poznanski
乌韦·劳布	Uwe Laub

续表

译名	原名
西蒙·布雷昂	Simon Bréan
西蒙·皮尔逊	Simon Pearson
西娅·冯·哈布	Thea von Harbou
西泽保彦	にしざわ やすひこ
谢尔盖·帕夫洛维奇·科罗廖夫	Sergej Pavlovič Korolëv
谢里尔·文特	Sherryl Vint
雪莉·杰克逊	Shirley Jackson
雅克·施皮茨	Jacques Spitz
亚当·罗伯茨	Adam Roberts
亚历山大·格罗莫夫	Александр Николаевич Громов
亚历山德罗·维蒂	Alessandro Vietti
伊恩·班克斯	Iain M. Banks
伊恩·麦克唐纳	Ian McDonald
伊雷娜·朗热莱	Irène Langelet
伊娃·克里斯多夫	Eva Christopff
易卜拉欣·阿巴斯	Ibrāhīm ʿAbbās
易卜拉欣·纳赛尔拉	Ibrāhīm Naṣrallāh
因德拉普拉米特·达斯	Indrapramit Das
尤里·加加林	Yuri Gagarin
尤里·尼基京	Юрий Александрович Никитин
尤里·泽	Juli Zeh
尤瓦尔·赫拉利	Yuval Noah Harari
雨果·根斯巴克	Hugo Gernsback
约翰·布鲁纳	John Brunner
约翰·冯·诺伊曼	John Von Neumann
约翰·哈里森	M. John Harrison
约翰·坎贝尔	John W. CamPbell
约翰·库克	John Cook
约翰·梅杰	John Major

续表

译名	原名
詹妮弗·本考	Jennifer Benkau
詹妮弗·德莱尔	Jennifer Delare
珍妮弗·蒂伦	Jennifer Thyron
朱莉·贝尔塔格纳	Julie Bertagna
朱瑞瑛	Seo-young Chu
朱塞佩·里皮	Giuseppe Lippi
佐伊·贝克	Zoë Beck
T.金费雪	T. Kingfisher

作品及期刊名称翻译对照表

译名	原名
"巴斯—拉格" 三部曲	Bas-Lag Trilogy
2001 年：太空漫游	2001: A Space Odyssey
2038 年：起义	2038: la rivolta
3·11 的未来：日本、科幻、创造力	3·11 の未来——日本・SF・創造力
3001：太空漫游	3001: A Space Odyssey
42 度	42 Grad
SF 杂志	SF マガジン
Terra-X：大洋的宇宙	Terra-X: Universum der Ozeane
π² 的分区	Sezione π2
阿科纳蒂亚之谜	Das Arkonadia Rätzel
阿特兰	Atlan
艾莱利亚	Die Eleria
爱丽丝梦游仙境	Alice in Wonderland: Through the Looking Glass
奥特曼	ウルトラマン
奥兹的魔法使	オズの魔法使い
巴格达的弗兰肯斯坦	Frānkštāyn fī Baġdād

续表

译名	原名
芭鲁芭拉异界	バルバラ異界
白金数据	プラチナデータ
暴乱宝贝	Riot Baby
备份	Spares
变身	変身
波光粼粼的黑海	Air Cuan Dubh Drilseach
玻璃与花园	Glass and Gardens
菠菜田来的男人	al-Sayyid min Ḥaql al-Sabāniḫ
播种者寓言	Parable of the Sower
不见之月	不見の月
布拉姆比拉公主	Prinzessin Brambilla
彩虹桥	Bifrost
苍穹浩瀚	The Expanse
草丛中的毒药	Toxiques dans les prés
曾经，小海豹出生后能拖着脐带游三天	アザラシの子どもは生まれてから三日間へその緒をつけたまま泳ぐ
差分机	The Difference Engine
拆船工	Ship Breaker
超自然	Mā warāʾ al-Ṭabīʿa
尘灰三部曲	The Dust Trilogy
程序优化员	Die Optimierer
出埃及记	Exodus
出太空记	Space Exodus
创世的最后一日	Der letzte Tag der Schöpfung
创造星星的人们	星を創る者たち
创造性手术	Creative Surgery
从头开始	Ab Initio
大都会	Metropolis
大陆下	Land unter

续表

译名	原名
代数学家	The Algebraist
当权者	Authority
当音乐结束时	When the Music's Over
德古拉	Dracula
地疤	The Scar
地球人	Terranauten
地球之子	Die Söhne der Erde
地下人	Die Unterirdischen
第二次狗大战	Ḥarb al-Kalb al-Ṯāniya
第九宫的哈罗	Harrow the Ninth
第九宫的吉迪恩	Gideon the Ninth
第九世界	Mondo9
第十一朵分形云	L'Undicesima Frattonube
第五季	The Fifth Season
第一区	Zone One
电子玩偶	E-Doll
杜布里克·约纳斯 7 号	Dublik Jonas 7
队列	al-Ṭabūr
多维空间	Multiversum
发条女孩	Windup Girl
犯罪事实：审判	Corpus Delicti: Ein Prozess
方尖碑之门	The Obelisk Gate
方舟	Ark
飞翔的孔雀	飛ぶ孔雀
飞行物	Aerials
腓尼基启示录	Consider Phlebas
费尔萨姆·恩德基恩	Feersum Endjinn
分身	ぶんしん
疯癫亚当	MaddAddam

续表

译名	原名
孵化的石头	Hatching Stones
弗兰肯斯坦	Frankenstein
复兴之翼：太阳朋克龙选集	Wings of Renewal: A Solarpunk Dragons Anthology
钢铁朝阳	Iron Sunrise
钢铁议会	Iron Council
钢穴	The Caves of Steel
怪兽：入侵者和天启，日本科幻的黄金时代	Kaiju, envahisseurs & apocalypse. L'âge d'or de la science-fiction japonaise
关联主义者	Connettivisti
光之力	By Light Alone
轨道圣诞	オービタル・クリスマス
轨道之云	オービタル・クラウド
轨迹	Locus
国家安全局	NSA-Nationales Sicherheits-Amt
国家地产	Nation Estate
和谐	ハーモニー
黑暗的左手	The Left Hand of Darkness
黑暗情报局	Dark Intelligence
黑暗天篷	Dark Canopy
黑镜	Black Mirror
洪水	Flood
洪水之年	The Year of the Flood
后人类主义——伊藤计划以后的科幻	ポストヒューマニティーズ——伊藤計劃以後のSF
花之女王	Queen of Flowers
化作原野的大和抚子	あとは野となれ大和撫子
欢喜之歌：博物馆星球	歓喜の歌：博物館惑星
火星发现	Mars Discovery
饥饿游戏	Hunger Games

续表

译名	原名
机械姬	Ex Machina
基石	Foundation
基因设计师	Gene Mapper
计算机一号	Computer One
继人类	Nexhuman
加尔各答染色体	The Calcutta Chromosome
加速器	Accelerando
焦虑基因	The Anxiety Gene
教学与科幻	Actes des Journées Enseignement et Science-Fiction
接纳	Acceptance
结构虚构：未来的小说	Structural Fabulation: An Essay on the Fiction of the Future
借宿之星	宿借りの星
金属在黑暗中犹如血液	Metal Like Blood in the Dark
巨石苍穹	The Stone Sky
觉醒	Das Erwachen
卡：在耶马尔废墟中的达尔·奥克利	Ka: Dar Oakley in the Ruin of Ymr
卡利玛	Kali Ma
科幻史前史	PréhistoireS
科幻小说变形记	Metamorphoses of Science Fiction
科幻研究	Science Fiction Studies
科幻研究杂志	Res Futurae
科罗廖夫案	Il caso Korolev
恐惧状态	State of Fear
苦行憎之屋	Dervish House
库萨努斯游戏	Das Cusanus-Spiel
奎斯特	Quest
来自未知宇宙的消息：一场穿越海洋的时间旅行	Nachrichten aus einem unbekannten Universum: Eine Zeitreise durch die Meere

续表

译名	原名
蓝色洪水	al-Ṭūfān al-Azraq
雷切帝国	Imperial Radch
棱镜	Prisma
冷冻时光	Frozen in Time
离开秋山	Quitter les monts d'automne
猎血人	Bloodbusters
邻家的机器人	となりのロボット
羚羊和秧鸡	Oryx and Crake
零度下的男人	Raǧul taḥt al-ṣifr
裸阳	The Naked Sun
马尔杜克·阿诺尼马斯	<マルドゥック・アノニマス
脉冲星之夜	Pulsarnacht
漫长的旅途	Un long voyage
没有人是我的兄弟	Nessun uomo è mio fratello
美国佛陀	アメリカン・ブッダ
美丽心灵的永恒阳光	Eternal Sunshine of the Spotless Mind
美人鱼宇航员	The Mermaid Astronaut
美人痣	Beautymark
名为帝国的记忆	A Memory Called Empire
明日工厂	Tomorrow Factory
明日之旅	Riḥlat ila al-ġad
蘑菇人玛坦戈	マタンゴ
末世图景	Images de la fin du monde
陌生的身体	Strange Bodies
男人的灭绝	Inqirāḍ al-raǧul
你好，世界	ハロー・ワールド
你将拥有我的眼睛	Avrai i miei occhi
逆风部落	La Horde du Contrevent

续表

译名	原名
年度最佳科幻小说：第三十五年选集	The Years Best Science Fiction: Thirty-Fifth Annual Collection
牛顿的觉醒：太空歌剧	Newton's Wake: A Space Opera
纽约 2140	New York 2140
欧姆尼	Omni
帕迪多街车站	Perdido Street Station
佩里·罗丹	Perry Rhodan
批量的人	al-Insān al-Mutaʿaddit
蒲公英王朝：七国之战	The Grace of Kings
普罗米亚	プロメア
奇点天空	Singularity Sky
奇域志	Le cycle des Contrées
乔安娜·梅的克隆	The Cloning of Joanna May
秋天的革命	Fall Revolution
区间	Interzone
全面战争：2006	Total War: 2006
全勤之徒	皆勤の徒
全息玫瑰碎片	Fragments of a Hologram Rose
群	Der Schwarm
群鸟飞舞的世界末日	All the Birds in the Sky
燃烧的世界	The Burning World
绕圈呼喊	Ring Shout
人格转移杀人事件	人格転移の殺人
人工智能学会志	人工知能学会誌
人鱼祭	Sayyidat al-Baḥr
日本！日本幻想文学概览	Japon ! Panorama de l'imaginaire japonais
日本 SF 争论史	日本 SF 論争史
熵的展示：迈克尔·莫考克与英国科幻新浪潮	Entropy Exhibition: Michael Moorcock and the British "New Wave" in Science Fiction

续表

译名	原名
舍温博恩最后的孩子们：或者……我们的未来是如此吗？	Die letzten Kinder von Schewenborn: oder ... sieht so unsere Zukunft aus?
神义论	Theodizee
升级	Die Eskalation
生命	Leben
生生世世	Life after Life
生态乌托邦	Ecotopia
圣殿	Le Sanctuaire
尸人庄谜案	屍人荘の殺人
时代的深度	Die Tiefe der Zeit
时间关卡后	Ḫalfa Ḫāǧiz al-Zaman
时间征服者	Qāhir al-Zamān
时间之子	Children of Time
狩猎愉快	Good Hunting
水刀子	The Water Knife
水星	Uṭārid
思想的一致性	La consistenza delle idee
死了七次的男人	七回死んだ男
死灵之城	Necroville
死亡之网	Netz des Todes
太空歌剧文艺复兴	The Space Opera Renaissance
太平洋边缘	Pacific Edge
太阳宫：太阳朋克和生态预测的故事	Sunvault: Stories of Solarpunk and Eco-Speculation
太阳朋克：可持续世界中的生态和奇幻故事	Solarpunk: Ecological and Fantastic Stories in a Sustainable World
泰拉阿斯特拉	TERRA ASTRA
泰坦	Titan
天空的园丁：废园天使Ⅲ	空の園丁：廃園の天使Ⅲ
天冥之标	天冥の標

续表

译名	原名
天使与魔鬼	Angels & Demons
天堂之城	Paradise City
童年的终结	Childhood's End
屠杀器官	虐殺器官
褪色的人	al-Insān al-Bāhit
外延	Extrapolation
完美无缺的名侦探	完全無欠の名探偵
为怪兽卢克斯比格拉量取足型的男人	怪獣ルクスビグラの足型を取った男
未降之雨的故事	Conte de la pluie qui n'est pas venue
未来的冲击	Future Shock
未来考古学	Archaeologies of the Future: The Desire Called Utopia and Other Science Fictions
未来世界：终结革命	The Shape of Things to Come: The Ultimate Revolution
未来事务部	The Ministry for the Future
未来他们吃最精致的瓷器	In the Future，They Ate from the Finest Porcelain
我们成为的城市	The City We Became
我们的未来	Nos Futurs
乌托邦	Utopia
无处不在的风	The Wind from Nowhere
无限阶梯	La scala infinita
小海湾	Ağwān
新·哥斯拉	シン・ゴジラ
新世界	New World
新异托邦	Nuove Eterotopie
星系出云的兵站	星系出云の兵站
宣言	The Declaration
淹没的世界	The Drowned World
湮灭	Annihilation

续表

译名	原名
沿时间线	Lungo i vicoli del tempo
野蛮岁月	Des jours sauvages
野性的赞歌	A Psalm for the Wild-Built
一无所有	The Dispossessed
伊格	Eager
伊拉克 100+	Irāq +100: stories from a century after the invasion
遗落的南境	Southern Reach
遗物	Artefakt
异常	L'Anomalie
银河系	Galaxies nouvelle série
英国最佳科幻小说	Best of British Science Fiction
英伦魔法师	Jonathan Strange & Mr Norrell
游戏的王国	ゲームの王国
约翰内斯堡的天使们	ヨハネスブルグの天使たち
阅文杂志	Lire Magazine Littérature
云	Die Wolke
云南苏族在 VR 技术的使用案例	云南省スー族における VR 技術の使用例
再次来到多多良岛	多々良島ふたたび
在这满潮的海上	On Such a Full Sea
站在桑给巴尔	Stand on Zanzibar
章鱼的第九只手	Der neunte Arm des Oktopus
长生不老药	Iksīr al-Ḥayāt
这里有一具躯体	Hunā Badn
真实的火星	Real Mars
镇尼之城	Djinn city
蒸汽水手	Steam Sailors
正义号的觉醒	Ancillary Justice
蜘蛛	al-ʿAnkabūt

续表

译名	原名
直壁	Rupes Recta
指环王	The Lord of the Rings
致命引擎	Mortal Engines
智能机器的时代	The Age of Intelligent Machines
终极理论	Final Theory
重金属	Métal hurlant
诸神之河	River of Gods
转孕奇兵	WOMBS
自动爱丽丝	Automated Alice
自然史	Natural History
自生之梦	自生の夢
自指引擎	Self-Reference ENGINE
最后定理	The Last Theorem
最后与最初的偶像	最后にして最初のアイドル>
最后与最初的人	Last and First Man
左岸	Rive gauche